조선돌싱녀

이 이야기는 가상이며, 실제 역사를 다루고 있지 않습니다.

조선돌싱녀

1

최서희 장편소설

고즈넉이엔티 GOZKNOCK ENT

조선돌싱녀 1

초판 1쇄 발행 2018년 3월 10일

지은이 최서희
펴낸이 배선아
펴낸곳 (주)고즈넉이엔티

출판등록 2017년 3월 13일 제2017-000022호
주소 서울시 강서구 공항대로 649 제성빌딩 303호
대표전화 02-6269-8166 **팩스** 02-6166-9199
이메일 gozknock@naver.com

ISBN 979-11-88504-51-0 04810
979-11-88504-50-3 (세트)

차례

1

초혼은 내 실수, 재혼은 신의 실수

"여자 팔자는 뒤웅박 팔자인 게라. 아무튼 여자는 서방을 잘 만나야 혀."

연중 셀 수 없이 많은 날 북적거리던 종갓집, 전 부치는 큰어머니들 사이서 장난질하다가 문득 한탄처럼 들었던 말이다. 조금 더 머리가 커서 교복을 입었을 때는 비스무리한 소리라도 들으면 어쩐지 자존심이 상해 말대답을 하곤 했다.

드라마나 소설에서 현실의 벽에 사랑을 저버리고 재벌집으로 시집가는 악녀들을 보며 속물 같은 것들이라고 욕도 참 많이 했다. 인생의 가장 푸릇푸릇한 시절, 라영은 믿었고 그리고 노력했다. 자신의 인생은 오롯이 스스로 결정하며 개척해나가는 것이라고, 결코 남자에게 인생 송두리째 기대는, 아니 찌대는, 연약한 신데렐라 형 여성은 되지 않을 것이라고.

"애미야, 국이 짜다."

사극 속 기미상궁이라도 된 듯 숟가락을 다소곳이 입에 넣은 시어머니는 인상을 찌푸렸다. 결코 남자에게 인생을 기대지 않았던, 서른다섯 그녀 오라영의 아침은 오늘도 핀잔과 함께 시작되었다. 난닝구에 사각팬티만 걸치고 의자에 삐딱이 앉은 서방은 찬이 마음에 들지 않는다는 듯 젓가락으로 밑반찬을 휘적였다.

"요즘 반찬에 너무 신경을 안 쓰는 거 아니니? 이렇게 부실하게 먹어서 공부나 하겠어?"

"…너무 바빠서요."

"어휴, 일하는 유세는 참. 아무리 그래도 여자가 할 일이 따로 있지."

탁.

서방의 숟가락이 밥그릇을 때리는 명쾌한 소리가 두 고부의 신경질적인 대화 속에 끼어들었다. 라영은 알고 있었다. '그만하라'는 묵언의 메시지가 시어머니가 아닌 자신을 향한 것임을. 혀 차는 소리가 들려왔다. 꼬들꼬들하게 잘된 밥이지만 반찬 없이 삼키기는 쉽지 않았다. 그래도 라영은, 꾸역꾸역 삼켰다. 뭔가 올라오려고 할 때마다 밥을 목구멍에 틀어넣었다. 그리고 빈 밥그릇을 설거지통에 넣고, 두 모자의 따가운 시선을 무시한 채 안방으로 들어갔다.

신혼 1년 만에 홀시어머니가 무작정 집으로 들어와 합가했을 때도 참았다. 아이가 생기지 않아 명절마다 시어른들에게 조리돌림 수준으로 모독을 당했을 때에도 참았다. 2년 전 남편이 무작정

회사를 그만두고 공무원 준비를 한다고 했을 때도 참았고, 학원 동기라는 년과 술에 취해 모텔에 드나든 것을 알았을 때도 참았다. 도박 빚 이천만 원이 발견되었을 때도, 이 악물고 참았다. 라영은 어릴 때의 바람대로 신데렐라는 되지 않았다. 다만 왕자 발끝만큼도 못한 인간을 선택한 대가로 목소리를 뺏기고 물거품이 되길 기다리는 비극적인 인어공주가 되었을 뿐이다.

"쟤는 왜 먹다 말고 설거지도 안 하고 들어가?"

실질적으로 이 집의 가장이자, 식모로서 이대로 살면서 조금 더 참을 수 있었을지도 모른다. 아직 참을성의 끝을 시험해본 것은 아니니까. 하지만 며칠 전 퇴근길, 육교 위 우두커니 멈추어서 아래를 보았을 때 문득 죽어 버리고 싶은 충동을 느꼈다. 처음으로 라영은 더 참으면 안 되겠다고 생각했다. 사랑해서 선택한 사람이었기에, 그 길의 끝에 행복이 있을 것이라 믿었기에 7년간을 끈질기게 버텨 왔으나 결국 당도한 곳은 낭떠러지였다.

"이젠 됐어…."

때로는 시작하는 것보다 그만두는 것에 더 큰 용기가 필요하다. 잘못 선택한 길을 끝까지 걷는 것은 인내라기보다는 아집이다. 길을 잘못 선택했다는 것, 그리고 아집을 부려왔다는 것을 스스로 인정하는 것에는 또한 오랜 시간이 필요했다.

덜컥.

닫혔던 방문이 열리자 두 모자는 못마땅한 눈으로 라영을 쳐다보았다. 라영의 벌게진 눈과 여행용 캐리어, 이전과 다른 분위기에도 개의치 않고 서방이라는 작자는 눈을 부라리며 불만스럽게 입을 삐죽거렸다.

"지금 뭐 하는 거야? 그건 또 뭐고?"

"여행 좀 가려고."

"뭐?"

생뚱맞은 소리에 시어머니가 벌떡 일어서서 라영을 막았다.

"회사는 어쩌고? 너 어디 간다는 이야기 없었잖아."

"말했는데요. 저 사람한테도, 그리고 어머니한테도 아주 여러 번."

"무슨 소리야? 그리고 유부녀가 무슨 갑자기 여행이야? 너 어떻게 됐니? 아침부터 이게 무슨 짓이야?"

다다다 쏘아붙이는 시어머니의 말을 무시하고 식탁 앞으로 간 라영은 들고 있던 서류를 쾅 소리가 나도록 세게 놓았다. 생전 없던 일에 놀란 남편이 몸을 들썩하더니 라영이 내려놓은 서류를 집었다. 금방이라도 터져버릴 것 같은 눈물을 이 악물어 참으며 라영은 또박또박 말했다.

"다시는 이 집에 돌아오지 않을 여행."

남편이 집은 서류에는 '합의이혼신청서'라는 서식에 라영의 이름 세 글자와 그녀의 인감도장이 벌겋게 찍혀 있었다. 실감하지 못한 듯 눈을 멀뚱히 뜨고 종잇장을 바라보는 아들에게 다가가 종이를 빼앗은 시어머니는 눈을 크게 뜨더니 고래고래 소리를 질렀다.

"너 진짜 미쳤어? 이혼? 너 아무리 시대가 변했다고 해도 이러는 거 아니다. 너 우리 아들이 너한테 얼마나 잘했는데. 공부 중이라 사정 좀 어렵다고 남편을 헌신짝 버리듯 내버려? 너 이혼이 쉬운지 알아? 뭐? 여행? 너 애들 장난하니?"

"안 쉬웠어요."

"뭐?"

"하나도 안 쉬웠다고요!"

식탁 의자에서 엉거주춤히 일어서 화를 내지도 붙잡지도 못하고 눈만 꿈뻑이는 남편의 꼴이 우스웠다.

"내가 너랑 헤어지는 이유는 네가 직장이 없어서가 아니야. 어머니가 저렇게 매일 날 잡아먹으려고 해서도 아니고. 최수진인가 김수진인가 니가 잤던 년 때문도 아니야. 니가 나 몰래 그년이랑 여전히 만나고 있기 때문도 아니고."

"라영아!"

"사실 나 때문이야."

"내가 일부러 그러려던 게 아니라… 뭐?"

"너 같은 새끼와 결혼하고 그걸 지금까지 참아온 나 자신이 너무 등신 같아서. 이제 너는 다 포기해서 하나도 안 미운데 나 자신이 미워. 너에 대한 믿음을 뿌리 끝까지 파낸 뒤에는 나도 모르게 내 심장을 스스로 파내고 있더라. 처음부터… 너랑 만나지 말았어야 했어."

참고 또 참아왔던 그 말을 끝내 내뱉은 라영은 남편으로부터 시선을 돌렸다. 주체할 수 없이 눈물이 흘러내렸다. 라영은 눈물을 소매로 쓱 문대가며 현관을 향했다. 위세 등등하던 시어머니는 아들이 바람을 피웠다는 말에 냉정을 잃고 말을 더듬거리며 어찌할 바 모르고 있었다. 라영은 집을 나서기 전 한마디를 덧붙였다.

"그거 안 쓰면 재판이혼 청구할 거야."

문이 쾅, 열렸다. 7년 만에 떠나는 여행이었다. 아주 힘겹게, 그러나 개운하게.

***

사람들은 결혼은 판단력 부족이고 이혼은 참을성 부족이라고 우스갯소리를 한다. 그 날의 이혼 통보 이후 각고의 노력 끝에 석 달 만에 드디어 이혼녀딱지를 손에 쥔 라영은 이 말에 기분 좋게 동의했다. 단지 사람의 판단력이나 참을성의 기준은 천차만별이라 누구도 감히 이혼 딱지를 가지고 그 사람을 판단할 수 없다는 의견을 덧붙인다. 27년을 남아공의 열악한 감옥에서 복역한 넬슨 만델라도 감옥 밖에 나와서는 6개월 만에 아내와 이혼했다고 하지 않는가.

"네, 접근금지 가처분 신청까지 이야기했더니 더 이상 연락 안 오더라구요."

한 손에는 핸드폰을 들고, 등에는 백팩을 맨 라영은 밝은 목소리로 통화하며 새로운 집으로 걷고 있었다. 급히 구한 원룸은 꽤나 외진 곳에 있어 퇴근길이 조금 무섭기도 했지만 분명한 것은 이전보다는 만족스러운 삶이었다.

"변호사님 덕분이에요. 감사합니다."

발랄하게 전화를 끊은 라영은 문득 밤하늘을 바라보았다. 도시의 불빛에 별은 몇 보이지 않았지만 오히려 그것이 위로가 되는 밤이다. 모든 이의 삶이 번쩍거려야 할 이유는 없다. 잘 보이지는 않아도, 내 삶도 별처럼 실체 있는 것이겠지, 하며 웃었다.

탁 타닥!

그리고 다시 힘차게 걸어가려는데 묘하게 등골이 서늘해져 왔다. 자신의 발소리가 아닌 다른 발소리가 뒤이어 울리는 것이 느껴졌다.

'설마….'

라영의 발걸음이 빨라졌다. 그녀는 별안간 방향을 틀었다. 회사에도 찾아오고 친정에도 찾아오고, 이혼을 안 하겠다고 행패를 부리던 남편이 극적으로 합의이혼 신청서에 도장을 찍은 지 두 달. 이혼숙려기간도 이미 끝난 후였다. 빠른 걸음으로 걷던 라영은 뒤쫓는 기척이 확실해지자 큰길을 향해 내달렸다.

"헉, 헉…."

그 징글징글한 7년을 함께 살았는데 모든 것이 쉽게 정리될 것이란 기대는 애초에도 하지 않았다. 그래서 비싼 변호사에게 상담을 받았고, 이혼을 통보하기까지 준비도 나름대로 철저했고, 전쟁 같은 실랑이들도 꿋꿋이 견뎌냈다.

"헉, 헉…. 자기야…! 잠깐만, 진짜 잠깐만 나 보고 이야기 좀 하자."

신체적인 안전을 위하여 사람들이 기다리는 버스 정류장과 화려한 불빛의 상가들 사이로 뛰쳐나왔을 때, 자신을 붙잡는 익숙한 목소리가 들려 라영은 홱 돌아보았다. 남편, 아니 전남편이 꽤나 애처로운 표정으로 서서 손을 뻗고 있었다.

"가…. 저리 가! 누가 니 자기야?"

결혼생활 중 라영이 그렇게도 대화를 원했을 때는 귀찮은 표정으로 '다음에 하자'며 무시했던 그가 떠올라 더욱 설움과 혐오가 북받쳤다. 라영의 외침이 울리고 전남편이 움찔했다. 시내버스에 오르던 사람들이 힐끔거리며 둘을 바라보았다. 곧, 버스가 떠났다.

"라영아, 내가… 내가 미안해…."

귓전에 들리는 말에도 대꾸조차 하지 않고 라영은 차갑게, 빠른 걸음으로 인도를 걸었다. 집에 가 쉬고 싶었는데, 저 인간에게 새 거주지가 알려질까 봐 들어갈 수도 없다. 우선 횡단보도를 건너 택시를 타야겠다고 생각하며 라영은 걸었다.

"야! 씨! 너는 내가 이렇게까지 하는데… 라영아!"

무시당했다고 느낀 그의 목소리에서 일말의 분노가 느껴졌다. 처음에는 온갖 불쌍한 척과 그리운 척을 하지만 결국 전남편이라는 인간의 세상은 자기 위주로 돌아간다. 이 지긋지긋한 반복을 끝내고 싶은데 이 나라의 공권력은 이런 문제에 있어서 큰 도움이 되지 않았다.

신호등의 파란 불이 들어오고, 전남편의 발소리가 점점 쿵쾅이며 다가오자 라영은 곧장 횡단보도로 뛰쳐나갔다. 그리고 귀 밑에서 울려오는 거친 맥박과 자신의 숨소리를 느끼며 횡단보도의 중간 지점을 지나쳤을 무렵, 측면에서 덮쳐오는 눈부신 빛과 함께 갑자기 시간이 테이프 늘어진 듯 느슨해졌다.

"…응?"

빛을 향해 고개를 돌렸을 때 라영은 자신을 덮쳐오는, 마치 작은 언덕만큼 큰 4.5톤 트럭을 발견했다. 그리고 졸음운전을 했는지 설핏 놀란 운전기사의 풀린 눈동자 속에 자신이 서 있었다. 느릿하나 강렬한, 둔탁한 충격과 함께 롤러코스터가 최고점에서 떨어질 때의 찌릿한 느낌. 그리고 온통 어둠이었다.

"저, 정말 재수도 드럽게 없지 않아요? 대학 졸업하자마자 그놈이랑 결혼해서 지지리도 불행한 결혼생활 칠 년을 미련 둔탱이처럼 버텨내고. 그래, 이제야 내 행복 좀 찾아보겠다는데. 이제야 사람답게 살아보겠다는데. 죽었어! 미친! 그것도 그 새끼한테 도망치다가!"

만약 저승사자와 만났더라면 라영은 분명 이러한 항변을 토했을 것이다. 다시 태어나게 되면 죽어도 결혼 따위는 하지 않겠다는 굳은 다짐을 말했을지도 모른다. 그러나 잘생긴 저승사자와 인테리어에 돈 좀 쓴 듯한 찻집에서 담소를 나누는 로맨틱한 에피소드 따위는 없었다.

***

깊은 어둠 뒤. 잠긴 물속에서 허우적대듯 숨이 가빠졌다. 라영은 꿈을 깨듯 눈을 번쩍 떴다.

"헉, 헉…."

처음 본 것은 흙을 발라 정돈한 듯한 높은 천정과, 나무를 통째로 박아놓은 듯 한국적인 멋이 살아있는 몰딩이었다. 전통가옥을 리모델링한 친정의 분위기와 비슷하지만, 분명 친정은 아니었다. 정신은 또렷했으나 물 먹은 듯 눅눅한 몸을 간신히 가누고 앉았을 때, 창살에 창호지를 발라 만든 투박한 문이 툭 하고 열렸다.

"아씨, 정신이 드십니까요?"

열일곱은 되었을까, 누리끼리한 한복을 입은 앳된 얼굴의 여자아이가 라영을 보고 화색이 돌더니 맨발로 방에 들어왔다. 라영이 뭐라 대답할지를 멍청히 고민하는 사이, 여자아이는 주인님을 데려오겠다며 다시 뛰쳐나갔다.

'아씨? 이게 무슨 상황이지?'

어둠 속에서의 마지막 기억은 횡단보도 앞에서의 트럭 라이트 불빛이었다. 분명 사고가 있었던 것일 텐데 이 장소는, 또한 이 상황은 무엇이란 말인가. 이곳은 병원은 당연히 아니고…. 순간 라영의 눈에 자신의 손이 보였다. 원래보다 조금 더 가늘고 피부가 좋아진 듯한 손가락과…

'흉터가 없다?'

결혼 첫 명절, 시집 큰댁들까지 홀로 뛰어다니며 음식 장만 중 장난치던 시조카 대신 손에 기름을 끼얹은 적이 있었다. 몇 차례 치료는 받았지만 남편이 볼 때마다 눈살을 찌푸리며 징그럽다고 타박할 만큼 꽤나 큰 흉이 졌는데, 감쪽같이 사라져 있었다.

멍하니 자신의 달라진 손을 쳐다보고 있는데 다시 문이 왈칵 열렸다. 버선발로 들어온 중년의 남자는 갓을 쓰고 수염을 길게 기른 데다 옥색의 넓은 소매 도포에, 술띠까지 두르고 있었다. TV 사극에서 튀어나오기라도 한 듯 우스꽝스러운 모습이었다. 눈이 휘둥그레진 라영의 어깨를 잡은 그는 걱정과 다급함이 섞인 표정으로 말했다.

"라희야! 정신이 들었느냐? 왕실 혼사를 앞두고 갑자기 쓰러지다니 이 무슨!"

"응? 네? 응? 지금 뭐라고 하셨…."

"더위를 제대로 먹어 아직 정신이 덜 들었구나. 애비를 못 알아보겠느냐?"

스스로를 자신의 아버지라 칭한 낯선 남자가 라영의 양 볼을 덥석 잡더니 앞뒤로 흔들며 다그쳤다.

"정신 차리거라! 내일 대군께 시집을 가면 지아비를 하늘처럼 받드는 현모양처가 되겠다고 그렇게 들떠하더니, 이리 제 몸도 챙기지 못해서야 어찌 앞으로 도리를 다하겠느냐!"

대군, 시집, 현모양처. 볼이 잡힌 채 흔들리던 라영은 낯선 단어들의 조합과 수염이 덥수룩한 아저씨의 기습(?)에 넋이 나갈 것만 같았다. 겨우 두툼한 손을 자신의 볼에서 떼어낸 라영은 벌떡 일어서 문으로 걸어갔다.

"라희야!"

흰 한복 치맛자락이 버선발에 거슬려 미끄러질 뻔했지만 간신히 문고리를 잡고 참사를 피했다. 툭하고 문이 열리는 소리와 함께 낯선 풍경이 눈에 들어왔다. 선이 고운 기와단지 수어 채가 학익진처럼 펼쳐져 있었고, 금방이라도 '마님!' 하고 외칠 것 같은 복장의 사내 둘이 비로 흙 마당을 쓸고 있었다. 빙 두른 돌담은 기껏 성인 남자 키 높이로 크게 높지는 않았다.

"라희야. 괜찮느냐? 왜 그리 놀라느냐?"

"여기… 여기는?"

"네 방 아니더냐. 어허, 아직도 정신을 못 차린 게냐?"

뒤에서 자신의 어깨를 잡으며 흔드는 목소리에도 라영은 정신을 차릴 수 없었다. 하늘을 뿌옇게 뒤덮은 미세먼지도 없었고, 아무리 촌구석이더라도 저기 어딘가 한두 개쯤은 눈에 띄어야 할 고층 건물이나 송전탑도 없었다.

"아씨! 왜 그러십니까요?"

그제서야 무언가를 깨닫고 하늘을 올려다보는 라영의 모습에 아까의 여자아이가 걱정스럽게 다가와 물었다. 이곳은, 분명 현대가 아니었다. 일꾼들이 긴 장대를 이어 꽤나 화려한 천의 그늘막을 만들고 있었고, 몇몇 하인들은 수레로 묵직한 선물들을 옮기고 있었다. 얼떨결에 들었던 말이 다시 라영의 머릿속을 울렸다.

'내일 대군께 시집을 가면….'

라영은, 아니 고작 열여덟의 꽃다운 예비신부 라희는 털썩 주저앉았다. 기겁하며 자신을 붙잡는 '아버지'라는 남자와 '순덕이'라는 계집종의 목소리가 윙윙 울렸지만, 제대로 알아들을 수가 없었다. 그 순간 어린 돌쇠가 라희에게 다가와 걱정스레 물었다.

"아씨, 괜찮으십니까유? 어지러우실 땐 달달한 것이 좋다 하는디…."

그리고 품 안에서 익숙한 모양의 달다구리를 꺼냈다.

"드셔보셔유. 엿입니다유."

***

땅거미가 질 무렵, 라희의 사랑채에서 의원이 나와 절레절레 고개를 흔들며 돌아가자 아버지인 호조판서 장윤 영감이 급히 들어갔다. 라희는 여전히 넋이 반쯤 나간 채 쭈그려 앉아 있었다.

"흠, 너는 내일이면 부부인(대군부인)이 될 아이가 어찌 그런 망측한 자세로…."

"여기는 조선입니까?"

"허어, 진정 기억을 잃은 것이더냐? 의원 말로는 맥에는 이상이 없다고 하던데…."

"기억을 잃은 것이 아니라, 저는 이 여자가 아닙니다. 네, 물론 제 말이 엄청 이상하게 들린다는 것은 알겠지만 저는 현대의 한국에서 왔구요. 분명 트럭에 치였는데…."

자신의 눈을 똑바로 쳐다보며, 매우 억울한 표정으로 도무지 알 수 없는 이야기를 하는 딸을 보며 장윤은 한숨을 푹 내쉬며 앉았다.

"네가 이리 갑자기 실성을 하게 될 줄 알았더라면, 애초에 처녀단자를 넣지 않았을 것을…."

"믿지 않으시겠죠. 저도 믿기지 않는걸요."

정말이지 실성을 할 지경인 것은 라희였다.

"그러니까, 이 라희라는 여자가, 아니 제가 내일 대군인지 명군인지랑 결혼을 한다고요?"

"어허! 어찌 그리 말버릇이 험해졌느냐. 그런데 이제 조금 기억이 나는 것이냐? 그래, 내일이 네 혼사일이다. 엊그제 함을 받고 그리 기뻐하더니."

"혼인… 그러니까 혼인이요?"

"그래! 네가 잠시 더위를 먹어 정신이 혼미해진 것이지. 라희야, 애비를 똑바로 보거라."

장윤이 다급하고 절실한 표정으로 라희의 양 어깨를 꽉 잡았다.

"네가 내일 길례를 치를 분은 전하와 세자저하의 총애를 받는 정연대군 마마시니라. 온 나라가 금혼령에 삼간택까지 들썩이고, 네가 하도 애원하길래 이 애비 입김도 열심히 불어 이 경사를 맞게 되었는데, 이제 와서 정신을 차리지 못하면 도무지 감당이 안 되는 일이다."

"아저씨, 아니 아버님!"

"그래! 오늘은 푹 쉬고!"

"저는 결혼 같은 거 다시는…."

"허튼 생각 말고 잘 자거라! 내일은 꼭 제정신으로 돌아와 고운 모습으로 신랑을 맞아야 하지 않겠느냐."

장윤 영감은 라희의 항변은 전혀 들으려 하지 않고, 라희의 어깨를 아프도록 꽉 쥐며 내일 혼사의 중요성을 강조했다. 이르게 병사한 아내를 그리며 애지중지 키운 딸이었지만, 임금님까지 행차하실지 모르는 내일의 혼사는 그로서도 감히 무를 수 없는 것이었다. 라희가 내일 혼사를 앞두고 긴장한 데다 더위에 지쳐 정신이 또렷하지 못해 헛소리를 하는 것이라고, 굳건히 믿으며 안채를 나섰다.

"그러니까… 내가 그 얼어죽을 결혼을 또 해야 한다고? 그것도 알지도 못하는 조선시대에 와서? 죽어서도 다시는 가기 싫은 시집을 죽어서조차 가야 한다 그거지? 염라대왕 이 새끼 어디 있어? 나랑 이야기 좀 합시다!"

홀로 남은 방에서 분노에 찬 표정으로 횡설수설하던 라희는 방방 뛰며 애꿎은 천장에 대고 외쳤다. 혼인 상대가 누구인지는 크게 중요치 않았다. 칠 년간의 볼 장 다 본 결혼생활을 간신히 끝내고 드디어 싱글로 돌아와 자유를 찾는다 싶었는데, 하필이면 생뚱맞은 조선시대 여인의 몸에서 깨어나 혼인이라니! 어쩌면 현대보다 더 무거운 족쇄를 차게 될지도 모른다.

"제발 저승사자이든 누구든 나와서 이야기 좀 해요! 드라마나 만화에서는 누가 설명이라도 해주고 과거로 끌고 가드만요!"

그러나 아무리 애태워봤자 빈 방에는 공허함만이 감돌 뿐이었다. 이 벼락 맞을 상황에 뿔이 잔뜩 난 라희는 이를 갈며 눈을 번득였다.

"난 못 받아들여! 죽었으면 그냥 곱게 저승으로 보낼 것이지. 난 그 미친 짓 다시 안 해."

물론 그 미친 짓이란 결혼이다. 눈이 뒤집힌 라희는 좀이 쑤시는 것을 간신히 참다가 깊은 밤이 되었을 무렵 조용히 방문을 열었다. 마당에는 아마도 혼례를 위해 쓰일 장치들이 널려 있었고, 하인들까지 모두 잠자리에 들었는지 사람의 기척은 느껴지지 않았다. 버선발에 꽃신을 욱여넣다가 영 불편해 벗어던진 라희는 까치발을 들고 살금살금 사랑채 뒤의 돌담으로 향했다.

'이 정도는 기본이지.'

학창시절 삼지창처럼 뾰족했던 담들도 넘나들던 실력으로, 라희는 담 밖으로 꽤나 가볍게 착지했다. 중간에 댕기머리가 걸려 풀어헤쳐지기는 했지만 크게 신경 쓰지 않았다. 그리고 눈에 보이는 길을 따라 무작정 걸었다. 가출에 성공한 것이다.

'신이 내게 끝까지 엿을 먹이겠다면, 나도 내 마음대로 할 거야.'

이쯤 되면 오기였다. 전설의 고향에나 나올 법한 인적 없는 조선시대의 밤거리, 흙 묻은 버선발로 씩씩대며 경보하는 흰옷 차림 라희의 모습은 가히 공포스러웠다. 이 연약한 몸은 집 밖은 도통 돌아다니지 않았는지 얼마 걷지 않았는데도 다리가 아파왔다. 라희는 더욱 짜증이 났다. 그리고 돌담길을 따라 곡선 진 모퉁이를 돌아 앞을 보았을 때, 라희는 문득 멈추어섰다.

샛노란 달이 크고 둥그렇게 뜬 밤이었다. 까마득한 어둠 속 은은한 달빛 아래, 펼쳐진 고즈넉한 길을 배경으로 한 남자가 서 있었다. 검은 갓 아래 여인처럼 흰 피부와 붉은 입술, 그러나 유려한 턱날과 콧대, 그리고 심해처럼 가라앉은 차가운 눈을 가진 사내였다. 얼핏 보아도 장신, 그가 입은 유광의 검은 도포는 다부진 체격을 가리고 있었다.

"저승… 사자?"

이 세상 사람이 아닌 듯, 낯선 남자의 분위기에 멍해져 있던 라희는, 문득 떠오르는 생각에 얼굴이 밝아졌다. 드디어 이 상황에 대해 물어볼 신적인 존재가 나타난 것이다! 저 차림새는 저승사자가 분명했다. 자신을 보고 갑자기 화색이 도는 라희의 모습에, 남자는 일순간 미간을 찌푸리며 입을 달싹였다.

"…귀신?"

그의 입에서 나온 두 글자에 라희는 흠칫했다. 사실 지금 자신의 모습은 누가 보아도 일반적인 사대부가 여식의 몰골은 아니었다. 소복과 다를 바 없는 백의에 반쯤 풀어헤쳐진 머리에 버선발이라니. 하지만 지금은 그딴 것을 신경 쓸 때가 아니었다. 라희는 성큼성큼 걸어 사내에게 다가갔다.

"저승사자 맞으시죠? 어서 맞다고 하세요. 저기요, 제가 죽은 건 맞는데 갑자기 결혼이라니요. 번지수를 잘못 찾아온 것 같은데요."

순간 남자의 손이 올라가더니 라희의 이마와 잔머리로 연결되는 선을 부드럽게 쓸었다. 차지 않은 느낌이었다.

"무, 무슨…."

"만져지는 걸 보니 귀신은 아니고, 죽지도 않았는데 죽었다고 하는 걸 보니… 흔한…."

"응?"

"미친 여자로군."

황당한 눈으로 자신을 올려다보는 라희를 사내는 심드렁한 눈으로 쳐다보았다. 강물에 지푸라기라도 잡는 심정으로 저승사자일 것이라 생각했으나, 그녀의 예상, 아니 바람은 보기 좋게 빗나간 듯했다.

"사람이세요? 진짜? 정말로?"

일순간 똥 씹은 표정이 된 라희를 황당하게 바라보던 남자는 한숨을 푹 내쉬었다. 잘생긴 놈들은 어째 부정적인 표정조차 예술인 것인지. 세상은 불공평하다.

“정신이 온전치 못한 자들이 이리 밤중에 활개 치는 것도… 왕실의 부덕이라 여겨질 수 있지. 귀찮지만 어쩔 수 없군.”

“에이씨, 가던 길 가세요. 괜히 기대했네.”

정말 신이란 작자는 이 상황을 설명해 줄 생각이 없는 것일까. 라희는 실망하며 그를 지나쳐가려 했다. 그러나 그 순간 그의 억센 손이 라희의 팔뚝을 강하게 잡더니 라희의 몸이 공중에 붕 떴다. 선 고운 얼굴에서 차마 나오지 못할 듯한 완력에 라희는 속절없이 그에게 버둥대며 매달렸다. 그는 귀찮은 표정으로 라희를 어깨에 들쳐메더니 걷기 시작했다.

“아악! 지금 뭐 하는 거예요! 미쳤어? 이거 놔!”

“마침 파자교 주변이라 다행이군.”

“뭐라고요? 어디 가는 거예요?”

“포도청.”

그의 대답에 라희는 잠시 할 말을 잃었다가, 다시 광분하며 바둥거렸다.

“저기요. 저기요! 내가 거길 왜 가요? 내려줘요!”

“…….”

“야! 좋은 말로 할 때 안 내려놔? 너 누구야! 나 조선시대로 끌고 온 놈이 이러라고 시키든?”

“미친 자만 아니었으면 감히 목숨을 부지하지 힘든 말버릇이군.”

“미치긴 누가 미쳐! 이거 놔! 이 나쁜 놈아!”

온 힘을 다해 그에게서 벗어나려 버둥거렸지만 어림없었다. 온갖 소리를 지르며 협박도 하고 호소도 해봤지만 그는 더는 라희와 말을 섞기 싫은지 묵묵히 걸었다. 이윽고 묵직해 보이는 붉은 대문 앞에 횃불을 든 포졸 둘이 꾸벅꾸벅 졸고 있는 모습이 보였다.

"으악! 아야야야!"

지고 온 쌀가마를 던져놓듯 무심히 라희를 툭 내려놓자, 균형을 잃은 라희는 바닥에 엉덩방아를 찧었다. 소란에 깜짝 놀란 포졸들이 우왕좌왕하더니 어리둥절한 표정으로 둘을 바라보았다. 남자가 입을 열었다.

"치안에 해가 될 것 같지는 않으나, 밤중에 위험해 보여 데려왔네. 날이 밝으면 집을 찾아 주게."

"그런데 나리는 뉘, 뉘신지…."

"알 필요 없네."

남자는 귀찮은 표정으로 태연히 뒤돌아섰다. 다른 포졸이 바닥에 주저앉아 신음하고 있는 라희를 보고 깜짝 놀라 뒤로 물러섰다. 이전보다 더욱 산발이 된 머리와 흰 소복에 버선 차림이라니, 꿈에 나올까 무서운 광녀의 몰골이었다. 꺼림칙한 눈으로 라희를 보며 포졸들이 소근댔다.

"나는 처음에 저승사자가 귀신을 지고 온 줄 알았구먼."

"나도 그랴. 소름이 쫙 돋는 것이."

***

창덕궁 후원에서도 깊숙한 곳에 있는 소요암 정자. 깊은 밤 불빛 하나 없이 옥류천의 잘잘거리는 물소리만 들려왔다. 달을 가린 구름이 다시 슬그머니 얼굴을 내밀었을 때, 적의 용포를 입은 한 사내의 뒷모습이 보였다. 조선의 세자 현이었다.

"늦은 시간까지 고생이구나."

"더 일찍 돌아올 수 있었으나, 예상치 않은 일이 생겨 늦었습니다."

"일이라면…?"

"정신이 온전치 않은 자를 구제하느라…."

현의 뒤로, 라희를 포도청까지 데려갔던 흑의의 남자, 호가 다가왔다. 달빛조차 삼켜버릴 듯 깊고 차가운 눈에 현의 모습이 담겼다. 그보다는 다소 나이가 들어 보이나, 눈매가 강렬하여 호전적인 느낌을 주는 사내였다.

"지르하란의 움직임에 대한 정보를 얻었습니다."

호가 내민 봉투를 받아든 현은 언제나처럼 굳건한 신뢰심이 담긴 눈으로 자신의 동생을 보며 미소 지었다.

"참으로 고맙다."

"신하에게 고맙다 하지 마십시오. 당연한 일을 할 뿐입니다."

"내일이 네 혼례일이다. 이런 날조차 너를 의지하는 내가 형으로서 부끄럽구나."

"때가 되어 어명으로 여인을 맞는 일인데 특별할 것 없습니다. 저하께서는 그저 심양의 낯선 밤하늘 아래 제가 드린 맹세를 잊지 마십시오."

어릴 적부터 함께 타국에 볼모로 잡혀가 생활했기에 더욱 서로를 의지했던 형제였다. 충심과 정의감은 투철하나 여인에 대해서는 도무지 무심한 동생의 모습에 현은 웃음 섞인 한숨을 내쉬었다.

"그래도 혼인은 인륜지대사가 아니더냐. 듣기로는 장윤의 여식이 미색은 둘째 치고 성품이 곱고 품행이 단정하기로 조선 여인들에게 귀감이 되는 아이라 들었다."

"…그렇습니까?"

여전히 심드렁한 표정에 현은 고개를 절레절레 저었다. 용모 잘나기로는 조선 팔도에 청나라까지 소문이 날 정도의 동생이었건만, 어찌하여 여인에게는 그리도 차갑고 무심한 것인지 이해가 되지 않았다.

"그래, 내가 너에게 더 말해 무엇 하겠느냐? 그래도 화초처럼 곱고 바르게 자란 아이일 텐데 심히 대하지는 말거라."

"노력해보겠습니다."

검은 갓 아래 호의 붉은 입술은 꽤나 성의 없이 대답하고 있었다. 여인에 대한 관심이 선천적으로 없는 것은 아니지만, 호는 지금은 여인 따위에 관심을 가질 때가 아니라 생각했다. 혼인이라…. 단정하고 얌전한 아이라니 시끄럽진 않겠군, 하며 위안을 삼을 뿐이었다.

***

다행일까, 불행일까. 포졸 중 장윤 영감의 가솔이었던 자가 라희를 알아본 덕분에 날이 밝기도 전 비밀스레 집으로 송환되었다. 옥교라는 사방이 보이지 않는 가마 속 장옷을 뒤집어 쓴 채 가출했던 곳으로 되돌아가는 라희의 심정은 처참했다. 아까 내던져졌을 때 부딪혔던 엉덩이가 아직도 아팠다.

"그 미친 놈 때문에 탈출도 실패하고…."

호를 원망하며 가마에서 내려 집 안으로 들어서자 눈 밑이 퀭해진 장윤 영감과 몇몇 하인들이 서 있었다. 그중에는 안절부절 못하는 순덕이의 모습도 보였다. 장윤이 굳은 얼굴로 성큼성큼 다가오자 라희는 자신도 모르게 겁이 나 몸을 움츠렸다.

"!"

그가 팔을 움직였을 때 눈을 꼭 감았는데, 어느 순간 넓은 품이와 닿는 것이 느껴졌다. 라희는 조심스레 눈을 떴다. 장윤이 하나뿐인 딸 라희를 꼭 껴안고 있었다.

"무사히… 돌아왔으니 그걸로 되었다. 다행이다, 다행이야."

그는 더 이상 아무 질책도 하지 않았다. 그에 대해서도, 이 몸 주인에 대해서도 모르는 라희였지만 어쩐지 가슴이 뭉클해오며 코끝이 시큰해져왔다.

'사랑받는 아이였구나….'

장윤은 진심으로 딸이 무사히 돌아온 것에 대해 안도하고 있었다. 그에게 첫사랑이었던 부인이 어린 라희를 잘 키워달라는 유언을 남기고 죽은 뒤, 제 몸처럼 아끼며 사랑으로 키워왔던 딸이었다. 이 시대에 딸은 시집가면 출가외인이라 하여 일반적으로 아들보다는 등외시하는 경향이 심했으나, 장윤에게 라희는 예외였다.

"네가 이리 된 것도 다 내 부덕이다. 내가, 다 알아서 할 테니… 들어가 쉬거라."

껴안았던 팔을 풀고 라희의 어깨를 잡은 장윤의 표정에는 깊은 수심이 어려 있었다. 그의 얼굴을 본 순간 라희는 양심에서 불편감이 우러나오는 동시에 묘한 두려움을 느꼈다.

'내가… 이 아이의 운명을 바꾸어도 되는 것일까?'

장윤에게 들었던 말이 다시끔 뇌리를 울렸다.

'내일 대군께 시집을 가면 지아비를 하늘처럼 받드는 현모양처가 되겠다고 그렇게 들떠하더니….'

아마 자신이 이 몸에서 깨어나기 전 라희라는 아이는 결혼의 단꿈에 젖어 있었을 것이다. 장윤이 한 손으로 이마를 짚고 뒤돌아 사랑채로 향하자 훌쩍거리던 순덕이 라희에게 다가왔다.

"아이구, 아씨. 어쩌다가 이리 되셨습니까! 차림새가 아이구!"

장윤을 포함한 이 집 사람들은 모두 자신이 정신이 나가버렸다고 알고 있었다. 하기야, 혼인을 앞둔 양가집 새신부가 갑자기 알지 못할 말을 하고 오밤중에 거지꼴로 가출까지 했으니 제정신으로 볼 리가 없었다.

"내가, 혼인을 하지 않으면 저분… 아니, 아버지는 어찌 됩니까?"

"아씨?"

생각 외로 차분한 음색의 물음에 순덕은 눈을 크게 뜨더니 우물쭈물 대답했다.

"모르긴 몰라도, 정연대군 마마에 대한 전하의 애정이 깊으시다 들었는데… 이리 갑자기 혼인을 뒤집으면 노여움을 사실지도 모르겠어유…."

왕정시대에 왕의 노여움을 산다라, 갑자기 사약을 마시더니 피를 토하는 사극 배우의 모습이 떠올랐다. 라희는 고개를 휙휙 저었다. 그러나 그 뒤에는 망나니가 칼에 물을 뿜는 장면이 뒤따랐다. 라희는 상상 속의 참사에 제 머리를 쥐어뜯었다. 순덕이 더욱 걱정스러운 표정으로 라희를 쳐다보았다.

'내가 남의 사정 봐줄 처지가 아니잖아!'

지금껏 칠 년을 남의 눈치 보며 살았다. 이제야 나 자신만을 위해 살아보겠다 다짐했는데 갑작스러운 사고에 하필이면 이런 상황으로 내쳐지다니. 평생 '라희'라는 이 여자아이의 몸에서 살아야 하는지, 혹은 어느 순간 이 어긋난 상황이 제자리로 돌아가 자신이 다시 현대로 갈 수 있을지조차 알 수 없었다.

"그리고 만약 내일 혼인을 하지 못하신다면 아씨는… 아씨는…."

순덕이 울음보가 터진 듯 입을 틀어막더니 잠시 후 말했다.

"평생 수절하시고 홀로 사셔야 합니다유…. 아이구! 흑흑!"

"!"

순덕의 말은 사실이었다. 왕실 혼사에서 삼간택까지 간 여인은 다른 사내와 혼인할 수 없었다. 집안의 세가 큰 경우 삼간택에서 탈락한 처녀가 어찌저찌 혼인하는 경우도 있다 하지만, 삼간택을 통과 후 납폐까지 끝나고 혼례만 앞두고 있다면 실질적으로 유부녀인 것이다. 이 혼인이 엎어진다면 다른 사내와 결혼할 수 있을 리 없다.

'말도 안 돼. 왜 하필이면 이런 상황이냐고?'

홀로 고민해도 답은 없었다. 라희는 열여덟의 살결 고운 주먹을 꽉 쥐었다. 이 모든 것이 꿈이었으면 좋으련만, 손톱은 아프게도 살을 파고든다. 죽었다 다시 태어나도 결혼 따윈 하지 않겠다고 다짐했는데, 혼인을 하지 않으면 '라희'라는 어린 소녀의 인생이 송두리째 망가질 위기이다.

"아이구 아씨…. 진정 기억이 나지 않으십니까? 바른 성품과 문무를 겸비하신! 온 조선팔도에 소문난 일등 신랑감 대군마마와 혼인하시게 되었다고 그리 좋아하시더니. 돌아가신 마님도 기뻐하실 것이라고 눈물을 글썽이시지 않으셨습니까요."

눈물을 뚝뚝 흘리는 순덕의 모습에 라희의 마음은 더욱 혼돈에 휩싸였다. 돌아가신 어머니 이야기라니, 이건 반칙이다.

'그래, 이건 신의 오류 같은 것일지도 몰라. 가령 오늘 밤에 자고 일어났는데 다시 현대로 돌아갈 수도 있잖아? 그런데 내가 이 애 인생을 망쳐 놓는다면….'

라희는 입술을 깨물었다. 그러나, 만약 평생 이 아이의 몸으로 살아야 한다면? 여성에게 현대의 결혼이 그냥 커피라면 조선시대의 결혼은 티오피라고 할 수 있지 않을까. 지긋지긋한 유교사상의 틀 안에서 얼굴도 모를 한 남자의 부속품 정도로 살게 될지도 모른다.

"아이고 대감!"

한 치 앞을 알 수 없는 선택의 기로에서 망설이고 있던 그때, 하인들의 외침에 라희는 뒤를 돌아보았다. 아까부터 이마를 감싸쥔 장윤이 현기증이 나는지 바닥에 주저앉아 버린 것이다. 경사로 뭉게구름처럼 들떴던 이 집이, 라영이 라희의 몸에서 깨어난 지 하루만에 초상집 분위기로 바뀌어버렸다. 라희의 눈동자가 갈 길을 잃고 흔들리고 있었다.

***

혼례일이었다. 순덕과 다른 하녀들이 들어와 라희를 목욕시키고 분을 바르고 붉은 혼례복을 입히며 연지를 찍어 치장을 해댔다. 모두가 들떠 있었지만, 라희는 이 치장이 장례식장에서 입관 전에 씻기고 분을 바르는 것과 다름없다 생각했다. 곧 얼굴 한 번 보지 못한 신랑이 이곳에 도착하고, 혼례를 올린 뒤 밤에는 신방을 꾸릴 것이다.

"…하겠습니다."

"뭐… 방금 뭐라고 했느냐?"

"한다고요! 그 빌어먹을 놈의 혼인. 내가 아니라 라희가… 아니, 내가! 어쨌든 내가 이 혼인 안 하면 모든 걸 망친다면서요. 결혼은 치가 떨리게 싫지만, 나 때문에 나와 관계없는 사람들이 다치는 건 더 싫으니까요!"

어젯밤 라희의 결단에 장윤 영감은 내 딸이 정신이 돌아온 모양이라며 눈물까지 뚝뚝 흘렸다. 이리 쓰러지고 저리 자빠지는 생난리에 동정 반 타의 반으로 말을 내뱉은 라희는 그것을 차마 주워 담을 수 없었다.

'내가 이 미친 짓을 또 하다니….'

경사스러운 날을 맞은 장윤의 집 안은 매우 북적거렸다. 때를 타 정연대군의 처가와 안면을 익혀 두려는 하급 관리들과, 친족들로부터 부탁받은 선물을 실은 짐꾼들이 새벽녘부터 드나들었다. 닭 잡는 소리와 돼지 잡는 소리가 멀리서 꾹꾹거리며 들려 왔고, 동네의 거지들과 어린애들은 엿이라도 떨어지지 않을까, 대문 밖을 어슬렁거렸다.

"순덕아."

"예, 아씨."

"이왕 이렇게 된 거, 대군에 대해 더 자세히 알고 싶어."

순덕은 고개를 갸웃했지만, 여전히 신이 난 상태라 술술 말을 풀었다.

"뭐 다들 아시다시피 잘생기시고, 전하께서 총애하신다 하시고. 청에 다녀오시느라 약관이 지나셨는데도 혼인을 안 하셨고. 이판 대감 댁 난영 아씨도 우리 아씨 부러워서 배 아파서 앓아누우셨다고 하고유. 호호호."

"대군이신데 전하께서 총애하신다고 하면, 세자저하는 어떠시는데?"

"예? 세자저하유?"

라희라는 아이의 몸에서 깨어난 뒤 가장 후회되는 것은 역사 공부를 제대로 하지 않은 것이었다. 불공정한 것이 많긴 해도 어찌되었든 죄를 지으면 재판도 받고 그럭저럭 소명하거나 빠져나갈 기회가 있는 현대와 조선은 달랐다. 어명이요, 한마디에 죄 없이도 연좌제로 목이 날아갈 수도 있는 시대인 것이다.

"그러니까, 대군을 미워하거나 견제하는 세력이 있는지 궁금해."

"에이, 소인이… 그런 걸 어찌 알겠습니까유. 그래도 세자저하랑 우애도 좋으시다고 들었습니다유."

만일에, 혹여나 만일에 평생 라희로 살아야 한다면 적어도 역사의 풍랑에 휩쓸려 비명횡사만은 하지 않기를 바랄 뿐이었다. 물론 혼인이라는 제도에 고분고분 순응하며 살아갈 생각은 없었지만, 목숨의 보존에 대한 공포는 좀 더 본능적인 것이었다.

'정연대군이라는 사람. 성품이 좋다고 하니, 그래도 최악의 상황은 아니겠지. 잘 구워삶으면 조용히 소박 같은 걸 주거나 이혼을 해줄지도 몰라.'

***

늦은 오후 대문 앞이 눈에 띄게 소란스러워졌다. 혼례복을 입은 정연대군의 뒤를 많은 종친들과 관원들이 따랐다. 예를 진행하는 관원이 우레와 같은 목소리로 축문인지 명령문인지 모를 어려운 문장들을 구사하는 것이 들렸다. 아버지인 장윤 대감이 눈에 띄게 긴장하고 있었다. 정작 당사자인 라희는 별 생각 없이 대문을 들어오는 그의 얼굴을 보려다 수모의 제지로 다시 고개를 숙였다.

"세자저하 납시오!"

부부인 사가에서의 일개 대군 혼례에 세자까지는 행차하지 않는 것이 일반적이었으나, 현은 동생의 혼례를 보기 위해 이곳까지 들렀다. 라희는 어쩐지 안심이 되었다. 권력을 위해서라면 핏줄도 저버리는 자들이 많다 하더라도, 차기 왕일 세자의 총애까지 받는 대군이라면 가령 역모 같은 일로 함께 횡사할 일은 없지 않을까.

"잔을 받으시오!"

혼례는 수모가 옆에서 시키는 대로 치렀을 뿐이었다. 교배지례에 따라 신랑과 맞절을 하고, 합근, 즉 술잔을 나눌 때도 라희는 차라리 신랑의 얼굴을 보지 않았다. 눈을 아래로 내리깐 채, 절차대로만 할 뿐이었다. 현대라면 이 또한 하객들에게 신부가 웃지도 않고 너무 차갑다며 회자될 이야기였겠지만, 이곳에서는 딱히 신랑의 얼굴을 보지 않는 것이 흠이 아니었다. 오히려 조신하다는 칭찬을 들을 일이었다.

"이런 날조차 저런 얼굴은 너무하지 않느냐."

호를 지켜보던 현이 농을 하자 내관이 난처한 웃음을 지었다. 상대에게 전혀 신경 쓰지 않고 있는 것은 새신부 라희뿐이 아니었던 것이다. 어차피 얼굴 한 번 보지 못한 상대와 그다지 끌리지 않는 정략결혼을 하는 상황은 호도 마찬가지였다. 그는 두꺼운 화장에 얼굴을 반쯤 덮은 연지에, 무거워 보이는 족두리를 쓴 채 고개를 숙여 거의 낯이 보이지 않는 라희를 힐끔 보고 말 뿐이었다. 호는 별 생각이 없었다.

"저 녀석, 사내 노릇은 잘할지…."

"어색해서 아직 저러시는 것일 테니 걱정은 거두시옵소서."

종친의 말에 현은 못미더운 표정으로 고개를 끄덕였다. 현의 시선이 이번에는 라희를 향했다. 얼핏 보아도 옥처럼 흰 얼굴에 또렷한 눈매와 붉은 입술을 가진 미인이었지만 부끄러워서인지 표정이 굳은 제수를 보며 그는 흐뭇하게 미소 지었다.

'우씨, 이놈의 절을 대체 몇 번을 하는 거야?'

아무래도 대군의 가례라서인지, 임금이 기거하는 곳을 향해 절하는 절차가 상당했다. 절을 하고 일어설 때 치마가 걸리자 발로 걷어차는 딸을 본 장윤 대감이 한숨을 푹 내쉬고 종친들이 헛기침을 했지만, 라희에게 그런 것 따위는 중요하지 않았다.

'날 두 번 시집보내? 신이라는 놈, 만나면 꼭 멱살부터 잡을 거야.'

금방이라도 하늘로 날아갈 것만 같은 순백의 웨딩드레스가 실은 엄청나게 무겁다는 걸 미혼의 처녀들은 차마 상상하지 못할 것이다. 전통혼례복 또한 웨딩드레스만큼은 아니더라도 여간 불편한 것이 아니었다.

"저의 덕이 부족하여 가르치지 못한 탓에, 예가 많이 부족하옵니다."

왕실에 딸을 시집보내는 아비라면 의례 하는 말이지만 라희는 장윤 영감의 말에 괜히 마음이 무거웠다. 장윤 영감의 주름진 눈에도 눈물이 고여 있었다.

"곱게 기르신 딸을 주셔서 감사합니다."

붉은 장옷을 걸치고 화려한 가마에 탔을 때, 신랑으로 추정되는 자의 낮지만 부드러운 목소리가 들렸다. 어쩐지 들어본 적 있는 목소리 같다 생각했으나, 착각이겠지 하고 넘겼다. 양반가의 자제와 혼인했다면 신부의 집에 일정 기간 기거하는 반친영례로 끝났을 테지만, 대군과의 혼인이라 바로 가마를 타고 대군 사저로 떠나야 했다.

***

밤이 오고 정연대군 호의 사저 신방에 호롱불이 밝혀졌다. 종친들이나 동무들로 추정되는 이들의 왁자지껄한 웃음소리가 밤늦게까지 밖에서 앵앵 울려댔다. 거추장스러운 혼례복을 입은 라희는 될 대로 되라지 하는 심정으로 고개를 숙이고 있었다. 삐걱하며 방문이 열리는 소리가 들리고 사내의 것으로 추정되는 발소리가 들렸다.

'호랑이 굴에 들어가도 정신만 차리면 산다고 했어. 나 이판사판 산전수전 다 겪은 대한민국 전직 유부녀 오라영이야. 대군이라고 해 봤자 겨우 이십대 애송이야. 쫄지 말자!'

약간은 술기운이 돌아 기분이 살짝 들뜨기는 했지만, 여전히 호는 별 기대 없이 라희에게 다가와 그 앞에 앉았다. 고개를 푹 숙인 라희와 마주앉은 호 사이에 무거운 정적이 흘렀다.

'정신 차리자! 기선 제압이 중요해! 난 맨 정신으로 네 신부가 될 생각 따위는 없어! 호락호락한 인간이 아니라는 걸 보여주는 거야!'

'꽤나 수줍음 타는 여자인가 보군. 피곤하다.'

한 공간에서 전혀 다른 생각을 하고 있는 둘이었다. 호가 지금껏 겪었던 왕실의 여인이나 반가의 여식들은, 모두 지루한 이야기에 깔깔대고 사소한 일에도 호들갑을 떨며 놀라는, 대하기에 다소 껄끄럽고 귀찮은 존재들이었다. 향기 없는 꽃처럼, 보기에 화려할지라도 통하는 바가 없으니 끌려본 적이 없었다. 아마도 이 여인

또한 다르지 않으리라.

"고개… 들어보시오."

자의로 선택한 것이 아닐지라도 앞으로 평생을 함께해야 할 여인이었다. 나름 노력했지만 차가움이 묻어나는 말투였다. 라희는 이를 악물고 눈을 번득이며 고개를 훽 들었다. 적장을 노려보듯이 온 독기를 담아서 말이다. 긴 시간 함께한 하루였지만 서로 눈을 마주쳐 얼굴을 제대로 본 것은 지금이 처음이었다.

'…!'

'…!'

숨결이 닿을 수도 있는 가까운 거리, 밀폐된 공간에서는 호롱불만 가녀리게 흔들리고. 드디어 서로를 마주한 둘은 잠시의 정적 이후 누가 먼저랄 새도 없이 경악하며 외쳤다.

"어제 그 미친 여자!"

"어젯밤 미친 인간!"

조선시대 사내라고 하기에는 지나치게 유려하게 빠진 콧날과 턱, 그리고 한 번 보면 잊을 수 없는 차가우면서도 오만한 눈동자, 당황하여 보기 좋게 일그러진 잘난 입술과 눈썹…. 불과 하루 전 치를 떨었던 지독한 악연이었다. 그 원수를 외나무다리에서 다시 만났더라면 차라리 나았을 것이다. 적어도 뒷걸음질 쳐 도망칠 수는 있으니까!

"당신이 왜 여기 있어?"

"네가 왜 여기…!"

둘의 낯빛은 서로 못 볼 것을 본 사람마냥 닮아 있었다. 호는 순간적으로 자신이 지나치게 취해 꿈을 꾸는 것이 아닌가 생각했으나 눈앞의 새신부는 분명 어제 보았던 미친 여자가 맞았다. 산발에 버선발로 거리를 돌아다니며 헛소리를 하던 여자가 곱게 화장을 하고 신방에 앉아 있다니. 온갖 고초와 위기에도 평정을 잃지 않았던 그였으나 이처럼 황당한 적은 처음이었다.

"호판의 딸이 너라고? 니가 장라희란 말이냐?"

"그쪽이… 정연대군?"

미친 여자, 아니 호판 장윤 영감의 외동딸 장라희는 혼비백산하여 믿을 수 없다는 눈으로 자신을 쳐다보더니 '헛' 하고 한숨을 쉬며 시선을 떨궜다.

"이건 너무하잖아…."

"뭐?"

정말로 넋이 나간 듯 홀로 중얼거리던 라희가 갑작스레 호에게 달려들어 멱살을 잡고 얼굴을 들이댔다. 정신적 충격에 멍해졌던 탓에 무방비로 있던 호는 난생 처음으로 멱살이라는 것을 잡혀 보았다. 그것도 여자에게! 혼인 첫날밤 신부에게 말이다. 옅은 쌍커풀 아래 크고 검은 라희의 눈동자에는 활화산이 들끓고 있었다.

"바른 성품이라며…! 바른 성품은 개뿔! 이 나쁜 놈! 당신 때문에 내 인생이 꼬였어! 어제 당신이 포도청에만 안 끌고 갔어도 아무 생각 안 하고 도망갔는데! 마음 같은 거 안 약해졌는데!"

"하, 이런 미친 여자…!"

"미쳐? 내가 진짜 미친 게 어떤 건지 보여줄까?"

독기 어린 눈으로 잡아먹을 듯 노려보는 라희를 호는 강하게 밀어냈다. 그에게 밀려 뒤로 다시 꽈당 엉덩방아를 찧은 라희는 고통과 분노가 섞인 표정으로 이를 악물었다. 어제 포도청 앞에서 그에게 내동댕이쳐져서 정통으로 닿았던 부분을 또 당했다.

"개…."

"뭐?"

"미친개로구나."

호의 뇌리에 이전에 청에서 보았던 사나운 투견의 모습이 떠올랐다. 투견과 라희의 모습이 서서히 겹쳐 보였다. 마른하늘에 날벼락이 따로 없다. 지극히 이성적이던 호의 정신세계가 라희에 의해 상당한 타격을 받고 있었다.

"하필 혼인을 해도 어찌 너 같은 여자와…."

장신의 키와 다부진 체격에 귀공자처럼 잘난 얼굴로 소년일 적부터 무릇 여인들의 시선을 질리도록 받아왔던 그였다. 게다가 왕의 피가 흐르는 대군이다. 아무리 정략결혼이라지만 설마 미친 여자와 신방을 밝힐 줄은 몰랐다.

"그래! 나 미친개야. 어디 한 번 짖어볼까?"

이 혼인을 어떻게든 물리겠다는 말을 꺼내려 할 때, 라희가 기다렸다는 듯 불쑥 끼어들어 말을 끊었다. 흉포하리만큼 강하게 빛나던 눈빛에 갑자기 기대가 어리는 것을 호는 놓치지 않았다. 지략에 능해 사람의 마음을 잘 읽어내는 그였다.

"당신이 내 계획을 한 번 망쳤으니까, 당신이 되돌려. 지금 당신 눈에 보이는 대로 난 훼까닥 돌아버린 미친 여자이고, 이 혼인은 잘못된 거야. 어디, 그래도 나랑 같이 살 자신 있어? 미친개랑?"

정연대군이 순박한 스물의 소년이라면 라희는 어쩌면 며칠이나 몇 주 정도는 새신부 노릇을 참아줄 각오도 하고 있던 터였다. 그러나 호의 서늘한 눈매와 다시 마주쳤을 때, 그 각오는 깨진 유리처럼 산산이 흩어졌다.

'미친 자라고 날 매도하더니, 처음 본 사람을 짐덩이처럼 들쳐메서 납치하고 내던지고 밀치고! 제멋대로에 재수 없는 놈! 부처님이랑 결혼하래도 안 할 판인데 이런 성질머리랑? 죽어도 안 해! 아니 못 해!'

다급하며 절실한 말투, 그리고 원망스러운 눈으로 자신을 노려보던 라희의 눈을 빤히 쳐다보던 호의 안색이 조금 변했다. 그의 눈동자는 심해처럼 어두워 그 생각의 유속과 깊이를 알 수 없었다. 잠시의 정적 후, 입술을 살짝 비틀며 호가 입을 뗐다.

"너. 내가 잘못 본 것이로구나."

"뭐?"

"애초에 미친 것이 아니었어."

비웃음인지 헛웃음인지 모를 일그러짐이 호의 안면에 떠오르는 것을 보며 라희는 일순간 당황했다. 라희는 임금이 총애하는 호의 비범함이 문무에만 있지 않는다는 것을 전혀 알지 못했다. 라희의 기습 멱살(?)로 선점했던 흑돌이 바둑판에 선공의 점을 찍었으나, 대국에서 중요한 것은 돌을 먼저 집는 것이 아니다.

"미치도록…."

상대를 간파하는 것, 이것이 가장 중요한 것이다. 거친 태풍의 중심은 되려 조용하고 공허한 것처럼, 호의 눈은 고요하고 여유로웠다. 이제야 알겠군, 하는 깨달음이 그의 당혹감을 깨끗이 씻어 준 것이다.

"…혼인이 하기 싫었던 것이지."

"…!"

정곡을 찔린 라희는 눈을 동그랗게 뜨고 그대로 얼음이 되었다.

'저놈 뭐야, 궁예야?'

여러 가지 생각들이 순간적으로 머리를 떠돌았지만 입이 떨어지지 않았다. 한편 '정답이오'를 외치고 있는 듯한 라희의 얼굴을 보며 호는 머리가 띵해질 정도로 어이가 없어 실소를 참아야만 했다.

"과연. 어제도 혼인을 피하기 위해 밤중에 버선발로 도망을 나오려던 것이었군. 하필이면 내가 널 붙잡아 넘겼고."

이제야 짜 맞추어지는 퍼즐에 호는 한 손으로 머리를 짚었다. 이 어처구니없는 상황을 자초한 것은 다름 아닌 자기 자신이었다니, 무슨 운명의 장난이란 말인가. 미친개처럼 날뛰던 라희는 입을 꾹 닫고 무언가를 바라는 눈빛으로 자신을 바라보고 있었다.

"그러니까, 하. 전말을 보자면 나랑 혼인하기 싫어 도망치는 너를, 내가 다시 이곳으로 끌고 온 것과 다름없는 것이군."

"…맞아요."

혼인 후 라희에게 처음 듣는 차분한 존댓말이었다. 이미 모든 것을 간파당한 이상, 라희는 그에게 솔직해지기로 했다. 양 볼에 찍힌 수줍은 연지와는 어울리지 않는 태연하면서도 단호한 눈빛으로 라희는 냉기 풀풀 흐르는 호를 똑바로 바라보았다.

"자세한 이야기는 해도 안 믿을 거니, 말하지 않겠고. 혼인하기 싫어 도망친 것 맞고요. 그리고 그 생각은 지금도 마찬가지예요. 내가 미쳤든 미치지 않았든 이 혼인이 싫은 것은 맞습니다. 정답!"

"혼인을 하루 앞둔 여인이 도망칠 만한 이유라. 한 가지밖에 없지."

"…."

"정인."

뻔뻔하도록 잘난 호의 얼굴에 떠오른 것은 남의 일을 이야기하는 듯한 감정 없는 비웃음이었다. 아마도 눈앞의 황당무계한 여인에게 정인이 있었고, 혼인 전날 야반도주를 약조한 정인을 만나기 위해 뛰쳐나온 길에 하필이면 자신을 마주친 것이리라. 완벽한 추리에 호는 스스로에게 감탄했다. 라희는 못지않은 차가운 말투로 대꾸했다.

"그건 그쪽 마음대로 생각하시고. 어쨌든 책임지세요."

"뭐?"

"그쪽만 아니었으면 도망갔을 것을, 그쪽 때문에 다 망했으니 책임지고 이 혼인 물러 주시라고요."

밑도 끝도 없이 당당한 말투로 벌떡 일어나 목에 힘을 주는 라희에게 잠시 벙쪘다가, 호는 갑자기 찾아드는 웃음에 풋, 하고 작게 실소했다. 신랑에게, 그것도 대군에게 혼인을 물러 달라고 따지는 신부라. 아까의 멱살은 적어도 계획된 연극은 아니라, 이 막무가내인 여자의 성정 그대로였다는 걸 알 수 있었다.

"지금 그대가 그대 입으로 무슨 말을 하고 있는지, 진정 알고 있는 것인지?"

이전과는 말투가 달라진 호의 음성에 라희는 뒷목이 뻣뻣해지는 것을 느꼈지만 물러서지 않고 그를 노려보았다.

"호판 장윤 대감의 여식 장라희가, 다른 사내와 내통하면서도 간택에 참여함은 물론이고 대군과 혼례까지 치른 것은 이 나라 조선 왕실을 능욕한 것이 아니겠느냐? 무릎 꿇고 사죄하여도 무거운 형벌을 면하지 못할 텐데…."

"…."

"감히 내게 먼저, 혼인을 무르라?"

그가 얼음처럼 차가운 눈빛으로 살기를 내뿜을 때면 누구도 그 기세에 감히 대항하지 못하였다. 특히 반가의 울타리 내에서 화초처럼 곱게 자란 열여덟 소녀라면 제 아무리 드센 성격이라도 그 분노를 당해낼 리 없었다.

"그래요. 이렇게 된 거 이번엔 진짜 저승 가서 따지게 어디 죽여 보세요."

"뭐?"

"대신 죽을 때 저 막 소리 지르며 죽을 거예요. 죽기 전 옥사에 갇혀서도 고래고래 외칠 겁니다."

그러나 라희는 다르다. 겉만 양반가의 열여덟 소녀인 것이다. 말 그대로 겉모습만.

"그쪽이 싫어서 도망치는 나를, 억지로 잡아서 혼례까지 치르고. 그래도 그쪽이랑 살기 싫다고 하니까 죽이는 거라고 말입니다. 뭐 그런 거 있잖아요. 내가 갖지 못하면 부숴버릴 거야! 지금 딱 그 꼴 아닙니까?"

"!"

"미치도록 나를 사랑한 정! 연! 대! 군!"

서슬 퍼렇던 호의 오만한 얼굴이 융단폭격이라도 맞은 듯 일그러졌다. 다시 말하지만 그의 일평생, 그를 이렇게까지 몰아간 여인은 단 한 명도 없었다. 지나치게 머리가 좋은 탓인지, 남들이 갖지 못한 감각을 타고난 탓인지 그는 여인들과 대화하는 취미가 없었다. 청에서조차 이름난 명문가 여식들이 그를 몰래 흠모할 뿐, 냉철히 행동하는 그에게 창피를 당할까 차마 다가가지 못할 정도였다. 이성의 철옹성이 다시 한 번 무너지려 하고 있었다.

"하…."

그의 입꼬리가 미묘히 올라갔다. 머리가 울린다는 듯 이마를 한 번 짚고 일그러진 미소를 짓던 그는 라희의 어깨를 갑작스레 벽으로 밀어붙였다. 그의 손아귀에서 나오는 완력에 라희는 어깨에 통증을 느끼며 벽에 부딪혔다. 혹시나 해서 가져왔던 은장도가 땅에 툭 떨어지는 소리가 들렸다.

"…."

차다. 얼음처럼 찬 그의 눈동자에서는 어떠한 생각도 읽어낼 수 없었다. 너무 그를 자극한 것일까, 후회가 되려던 찰나 그의 얼굴이 옆으로 빗겨 다가오더니, 그의 음성이 귀를 자극했다. 라희는 자신도 모르게 몸이 빳빳하게 굳었다.

"처음에는 조용히 내치려 했으나, 생각이 바뀌었다."

미묘한 어투의 저음이 온몸의 긴장을 이끌어내었다.

"심양에서의 긴장이 몸에 배어 내 땅 조선이 따분하던 참이었는데. 마침 잘 되었구나. 네 죄를 고하지는 않으마. 자, 어디."

그의 붉은 입술이 달싹이며 라희의 귓가를 간질이다 훅 떨어졌다. 이내 라희의 정면으로 숨 닿는 거리까지 들어온 그의 눈은 묘하게 빛나고 있었다. 라희의 귀에 스스로의 맥박이 고동치는 소리가 들려왔다.

'이 악마가 어디를 봐서 이십대 중반이라는 거야?'

정연대군 호는 이제 진심으로 즐겨보려 하고 있었다. 어젯밤 은은한 달빛 속, 이 세상 사람이 아닌 듯 묘한 분위기를 내뿜는 그와 마주쳤을 때 알아채야 했다. 그가 꽤나 위험한 남자라는 것을. 그가 입꼬리를 올리며 말했다.

"네 스스로 도망쳐 보거라. 단 잡히면 내 손으로 죽일 것이다. 쥐도 새도 모르게."

***

신방의 불이 꺼지자 정연대군의 가신이자 동무들은 장난스러운 눈빛을 주고받더니 신방 가까이 다가가, 창호지에 구멍을 내려 손가락으로 푹 찔렀다. 그때, 갑자기 문이 확 열리며 호가 걸어 나왔다. 뒤로 나자빠진 사내들은 부딪힌 코를 감싸 쥐고 괴로워하였다.

"어찌하여 나오는 것이냐?"

편한 두루마기를 입고, 마당에 수없이 깔린 와상서 술을 기울이던 세자 현이 호에게 물었다. 호는 대답 없이 굳은 얼굴로 현의 술상에 다가가 마주앉았다. 시끌벅적하던 분위기가 묘하게 가라앉았다.

"날이 오늘만 있는 것은 아니니까요. 저하께 한 잔 올리고 싶습니다."

어린 시절부터 함께 자라온 동생이지만, 현은 호의 생각을 쉬이 짐작할 수 없었다. 호는 자신의 감정을 무던히도 잘 감추었다.

"그래, 주거라."

호가 호리병을 들고 현의 잔을 채웠다. 쥐 죽은 듯 조용해졌던 장내가 다시 웅성거렸지만 모두의 신경은 당연하게도 두 형제에게 쏠려 있었다. 새색시가 여간 부끄러움이 많아 오늘은 대군이 그냥 나온 것일까. 지나치다시피 우애가 좋은 두 형제의 본심도 과연 소문대로인 것일까. 여러 궁금증들이 객들의 머릿속을 떠다녔다.

끼익.

현의 술잔이 채워졌을 때, 다시 신방의 문이 젖혀지는 소리가 들렸다. 현과 호를 포함한 사람들의 시선이 다시 신방으로 향했다. 그리고 그곳에는,

"…!"

호의 미간이 꿈틀거리는 것을 현은 놓치지 않았다. 볼에 찍은 연지를 깨끗이 지우고, 족두리를 벗어 긴 머리를 풀어 한 쪽으로 넘긴 라희가 한 쪽 입꼬리를 올린 채 당당한 자태로 서 있었다. 몸에 걸친 혼례복인 홍장삼은 풀어헤치지 않은 그대로인 것이 다행으로 보일 정도였다.

"서! 방! 님!"

다분히 기계적인 미소를 띠며 라희는 사뿐사뿐 버선발로 걸어

현과 호가 마주앉은 곳으로 걸어갔다. 정적과 함께 모두의 경악 어린 시선이 따랐지만, 이미 그런 것 따위는 상관없었다.

"소녀 외롭게 첫날밤 이리 신방을 나가시면 어쩌십니까? 속상합니다."

마치 제자리인 듯 자연스레 호의 옆으로 끼어드는 새색시 라희의 파격적인 행보에 현은 벙찔 수밖에 없었다. 객들이 수군거리는 소리가 들렸다. 그러나 처음 보는 외간 사내들뿐인 이곳에서 쉬이 라희에게 다가가 말려줄 사람은 없었다.

"서방님께 소박을 맞으니 저도 술이 당길 수밖에 없지요. 아, 그런데 앞에 이 멋진 선비님은 누구십니까?"

라희의 검은 눈동자에 노란 달이 두둥실 유영하고 있었다. 예측할 수 없이 흘러가는 상황에 현이 흥미롭게 라희를 바라보았다. 모두의 시선과 신경이 자신에게 쏠려 있는 것을 잘 알고도, 라희는 짓궂은 미소를 띠며 손뼉을 쳤다.

'난 죽을 거 알면서 도망 안 쳐. 네놈 스스로 날 쫓아내게 할 거야.'

아득, 하고 호가 이를 악무는 것이 느껴졌다. 미묘해지는 둘의 분위기를 감지한 현의 눈빛이 호기심으로 깊어졌다. 정적 속, 라희의 쾌활하고 밝은 목소리가 어둠을 갈랐다.

"아하! 저를 소박 맞춘 이유가, 이분이시군요! 아무리 정인이 그립다 하여도, 첫날밤은 참아주시지 너무합니다!"

그날 이 자리에 있었던 누군가는 이 장면을 꽃들의 전쟁으로 표현했다. 화투판에 내던져진 붉은 혼례복의 여인이, 용포의 사내 둘을 족쳤다고 말이다. 이를테면, 일타이피라고 할까.

2

정연대군의 위험한 환청

눈꺼풀은 천근만근 무겁고, 머리는 띵 울리고 속은 배 멀미라도 하는 듯 쓰리다.

"우윽…."

몸을 일으키려던 라희는 밀려드는 구토감에 고개를 바닥에 파묻었다. 어젯밤 지나갔던 상황들은 조각조각 잘린 필름처럼 라희의 기억 속 어지럽게 산재해 있었다. 몸 상태가 어쨌건 정신이라도 든 라희는 미간을 찌푸리며 어제의 상황을 떠올려보려 애썼다.

'똥 씹은 얼굴을 한 정연대군을 보고는, 술을 병째 들고 마셨던가?'

고급진 전통주에서나 맡을 수 있는 깊은 솔향이 나는 술이었다. 호를 더 당황하게 하기 위해 일부러 더욱 큰 액션으로 호리병채로 들고 벌컥벌컥 마셨던 기억이 난다.

'다들 수군거리고, 정연대군은 날 죽일 듯 쳐다보고…. 앞의 그 선비는?'

그 얼굴이 잘 기억나지는 않지만, 정연대군보다는 나이가 들어 보였으나 조금 더 유한 듯한 인상을 가진 사내였다. 라희의 폭탄 발언에 처음에는 황당무계한 표정을 짓더니 재미있다는 듯 박장대소를 터뜨렸다. 용감하게도 호리병 속 남은 술을 원샷해낸 라희를 바라보던 그의 호기심 가득한 눈빛이 떠올랐다.

'그래, 적어도 그 쫌생이 비열한 대군보다는 나은 인간이겠지.'

술을 다 마시고도 다른 호리병에 손을 뻗던 라희의 손목을 호의 손아귀가 억세게 잡으며 저지했다. 그 누가 보아도 새색시에게 보내는 새신랑의 걱정 어린 눈빛은 아니었다. 그 서늘한 눈매에서 뿜어져 나오는 살기어린 눈빛과 마주친 순간, 갑자기 세상이 흐려지기 시작했다.

"으으, 머리 아파!"

주당은 아니었을지라도 소주 두 병 정도는 기분 좋게 마시던 현대의 자신과, 술 한 모금 마셔 본 적 없는 열여덟 양반집 영애 라희의 육체는 달랐다. 정신이 혼미해진 뒤로는 아무것도 기억나지 않는다. 라희는 베게에 고통스레 얼굴을 파묻었다. 아마도 해가 중천에 뜰 때까지 이 지경으로 뒹굴어야 할 듯했다.

***

출궁한 어느 대군저보다 큰 규모의 가택단지는 정연대군이 임금의 큰 총애를 받고 있다는 사실을 보여주었다. 지은 지 몇 년 되지 않아 매끈한 곡선이 살아있는 큰 기와지붕을 가진 사랑채, 그리고 그 안에는 아침부터 단정한 차림새로 정연대군이 독서를 하고 있었다. 깊고 날랜 눈매와 긴 속눈썹 아래에는 서늘한 눈동자가 활자를 담고 있었다. 높고 선 고운 콧대와 다소 거친 감도의 입술, 넓은 어깨와 군더더기 없는 몸을 가리고 있는 연하늘색의 도포조차 아름답다. 과연 조선과 청나라 수많은 처녀들의 가슴을 뛰게 한 그였다.

"…."

책을 넘기던 일순간, 그의 눈썹에 작은 경련이 일었다. 이 따위 잡념은 생산적이지 않다고 털어버리고 활자를 보려던 순간, 종이 속에 그녀가 떠오른다. 옥처럼 희고 고운 피부에 맹랑한 눈을 가진 소녀.

탁.

잔잔한 북극해처럼 냉정한 평온을 유지하던 그의 눈에 일순간 불꽃이 튀었다. 감내할 수 없을 만큼의 짜증이 차오르자 호는 책을 던져버렸다. 책을 폈다가 이리도 빨리 덮은 것은 처음이었다.

"그 여자…."

분노와 비웃음이 섞여 입술이 뒤틀린다. 라희를 어제 세자와 자신을 남색가로 잇는 헛소리를 지껄이더니 끌고 갈 틈도 없이 술을 벌컥벌컥 마셨다. 그리고는….

"대감! 세자저하께서 내관을 보내셨습니다."

다시 어제의 일이 떠올라 화가 치밀어 오르려는 순간, 밖에서 하인의 소리가 들렸다. 신경질적으로 숨을 내뱉은 호는 일어나 사랑채 문을 열었다. 녹의를 입은 내관이 보자기에 싸인 사각의 상자를 들고 있다가, 호를 알아보고 고개를 깊이 숙였다.

"동궁전의 정 내관 아닌가?"

"예, 저하의 명을 받고 잠시 궁을 나섰습니다."

"명?"

세자 현은 암암리에 움직여야 하는 일에 내관을 동원하지 않았다. 특히나 호는 기꺼이 현의 그림자가 되어 비밀스러운 정치적 임무들을 수행했는데, 그러한 지시사항이 있을 때 언제나 어둠 속의 심복들을 통해 서로의 뜻을 전달할 뿐이었다. 이처럼 현이 공개적으로 사람을 보낸 일은 처음이었다.

"이를 꼭 전달하라 하셨습니다."

호가 내관에게서 직접 상자를 건네받았는데, 꽤나 묵직하였다. 의아한 표정을 한 호에게 내관이 쐐기를 박았다.

"부부인 마님께 말입니다."

부부인, 대군의 부인에게 내려지는 정일품의 작호이다. 그의 말을 들은 호의 표정이 일순간에 굳었다.

"무엇이냐?"

"성주탕이옵니다. 식기 전에 드시는 것이 좋다 합니다."

다시 호에게 고개 숙여 인사한 내관은 정연대군저를 떠났다. 묵직한 성주탕을 든 호가 자신의 손에 들린 것을 알 수 없는 표정으로 내려다보았다.

'왜, 이걸 그 여자한테….'

성주탕이란 해장국을 말한다. 아무리 제수라 하더라도, 어제 그 추태를 보인 여자에게 수라간에 지시해 만든 성주탕까지 내리다니. 호는 현의 속내를 이해할 수 없었다. 사실 그 여자에게 내린 것의 정체를 몰랐을 때는 일순간 당황하고 말았다. 현의 성품을 알기에 위해가 되는 것을 내릴 리는 없다는 것은 알았지만, 그가 라희에게 호의적인 생각을 가질 수 없을 것이라 믿었기 때문이었다.

"마님 기침하셨는지 보고 올까요?"

나이 마흔 쯤 된 여종 월수가 슬그머니 호의 의중을 물었다. 호는 물끄러미 성주탕이 든 옹기를 쳐다보더니 대답했다.

'아, 그런데 앞에 이 멋진 선비님은 누구십니까?'

어젯밤 묘하게 들떴던 라희의 목소리가 기억나자 어쩐지 아까보다 더 기분 나쁜 짜증이 치밀어 올랐다.

"아니다. 내가 먹겠다."

"네?"

몇몇 하인들이 조용히 헉, 하며 입을 막고 서로 눈빛을 교환했다. 그저 장난기 많은 새색시의 헛소리로 치부한 정연대군과 세자의 금단의 사랑 이야기가 진실처럼 퍼져나가는 첫 기점이라는 것을 그는 절대 알지 못할 것이다. 가령, 세자가 자신의 아내에게 음식을 보낸 것을 질시한 정연대군이 심통이 나 부인에게 말도 없이 뺏어 먹었다든지 하는 쓸데없이 구체적이면서도 자극적인 소문 말이다.

***

한편 용포를 입은 채 서재에서 책을 읽던 현은 정연대군저에서 돌아온 정 내관을 안으로 들게 했다. 정 내관이 깊게 허리를 숙이고 현에게 다가왔다.

"전했는가?"

"예, 저하. 명하신 대로 부부인 마님께 드리라 하셨다고 말씀드렸습니다."

"호에게 주었는가? 그 아이는?"

"예?"

"부부인 말이네."

정 내관이 의아하다는 표정으로 현을 바라보았다. 내관이라 하여도 외간사내인지라, 보수적인 이 시대에 부부인까지 나와서 맞이하는 일은 드물다. 무보다는 문을 좋아하고, 놀이보다는 사색을 좋아하여 천상선비라 농처럼 일컬어지는 세자에게 어울리지 않은 장난기 많은 눈빛이었다.

"그 아이라면 어제처럼 문 열고 버선발로 나와서, 제 것이라며 좋아할지도 모른다고 생각했는데."

벌컥 열린 신방에서 아무렇지 않게 신도 신지 않고 걸어와, 자신의 앞에 앉았던 라희의 얼굴이 떠오르자 어째서인지 자꾸 웃음이 났다.

"당돌해. 너무 당돌해서. 그 반응이 조금 궁금하더군."

"…."

"하기야, 어제 너무 무리해서 해가 중천에 뜬 지금도 못 일어났을지도."

세자인 자신과 대군 호를 두고 차마 입에 담을 수 없는 농을 하던 라희의 패기조차, 달빛에 취해서인지 술에 취해서인지, 혹은 라희가 호의 부인이어서인지는 몰라도 마냥 유쾌했다. 특히나 그 아이가 술병을 낚아채어 벌컥벌컥 들이마실 때는, 자신의 가슴에 막힌 무언가가 뚫리는 기분이었다. 부부인의 이야기를 하며 큭큭 웃는 현의 적응되지 않는 모습에 정 내관은 다소 당황했다.

'…설마.'

열다섯에 궁에 들어온 이래 내관 생활만 삼십 년이다. 평생을 상전들의 기분을 맞추며 살아온 그인지라 눈치 구십 구단 이상이 아니면 이상한 일이다. 갑작스레 동궁에 부는 이상한 바람의 징조에 그는 조바심이 들었다.

***

하루 종일 쫄쫄 굶었지만 날이 어둑해지는 지금까지도 라희는 크게 시장기를 느끼지 않았다. 내내 머리를 잡고 굴러다니던 라희는 이제야 정상적인 컨디션으로 돌아와 안채의 문을 조심스레 열고 나섰다. 맨발로 신에 조심스레 발을 맞추었다.

'다시는 이런 짓 안 할 거야….'

호를 곤란하게 만들고 소문에 휩싸이게 해 내쫓길 작정이었는데, 다음날 이리 속이 부대끼고 고통스러울지는 몰랐다. 제 주량도 모르고 과거의 자신만 생각한 채 술을 마신 것은 명백한 실수였다.

월수에게 점심상도 물리고 저녁상도 물리라 했다. 그 뒤에도 시각이 꽤 지난지라 마당에 하인들이나 여종들의 기척이 거의 없었다. 하기야, 그들도 퇴근할 때가 된 시간인 것이다. 퇴근이라 하여도 정연대군저 안의 처소이겠지만 말이다.

'도망치기 좋은 순간이다.'

일순간 라희의 머릿속을 스쳐지나간 생각이었다. 이렇게 남의 시선이 없을 때 대문을 밀어제치거나 담을 넘어 도망친다면 제 아무리 호라도 당장은 알지 못할 것이다.

'잡히면 내 손으로 죽일 것이다. 쥐도 새도 모르게.'

어젯밤 들었던 그의 목소리는 아직도 귓가에 생생하다. 술을 잔뜩 마셔 혼미해지기 직전의 순간 기억나는 그의 눈동자에 찬 살기조차 아주 또렷하다.

'그냥 튈까? 그러다 잡히면 그 자식, 날 곱게 죽이진 않을 거야. 그래도 여기서 하루라도 살기 싫은걸. 그냥 튀자. 어쨌든 난 이 장라희의 인생을 위해 지금껏 해온 것만으로도 최선을 다한 거야.'

두 생각 중 망설이다가 결국 도망을 택하고 이를 실행에 옮길 것을 결심할 무렵이었다.

"도망치다 잡히면 죽는다 했을 텐데?"

귀신처럼 음산하고 낮은 목소리에 뒷목부터 소름이 올라왔다.

'제기랄!'

누군가는 비굴하다 할 수도 있지만 어쩌겠는가. 겁도 없이 그를 물어뜯었던 라희지만 어제 지은 죄가 지대하여 이 상황이 당당하지 않은 것은 어쩔 수 없었다.

“내가 왜 도망칩니까? 헛다리에도 꽤나 소질이 있으시군요.”

“맨발에 신, 그 엉망진창인 몰골. 힐끔거리는 눈. 손가락으로 담 높이를 계산도 하고. 헛다리라기에는 내가 꽤나 치밀해서 말이지.”

“왜 몰래 지켜봐요? 스토커에요?”

“스토… 뭐?”

바로 삼십육계 줄행랑을 택하지 않기를 잘했다. 호가 기척 없이 자신의 망설임을 지켜보고 있었을 것을 생각하니 소름이 돋았다. 라희보다 두 뼘은 더 큰 호가 잘난 얼굴에 드러난 찌푸려진 미간을 숨기지 않은 채 가까이 다가왔다.

“왜, 왜요? 나 정말 도망치려고 한 거 아니라니까요!”

당황하여 말까지 더듬는 라희에게 호는 숨결이 느껴질 정도로 가까워졌다. 어젯밤 자신을 벽에 밀치고 귓가에 속삭였던 그의 행동이 떠올라 라희는 짐짓 물러서려 했지만 호의 손이 라희의 어깨를 잡았다.

“청나라 사람? 아니면 서역인?”

“…네?”

“네 정인 말이다.”

“뭐라구요? 정인?”

“그래, 네가 어젯밤 술 취해 그렇게 불러대던 네 정인. 분명 조선 이름은 아니었지.”

호의 눈빛이 얼음장처럼 차가웠다. 어깨를 쥔 그의 손아귀에 자신도 모르게 힘이 들어가자, 라희에게도 묵직한 고통이 느껴졌다. 그런데 정인이라니? 라희는 도저히 호의 말을 이해할 수 없었다.

"대체 무슨 말이에요? 내 정인이 청나라 사람이라니."

"시치미 떼지 마. 그리 간절히 부르더니 진정 기억이 나지 않는다고?"

비릿하고 애매한 분노이다. 만난 지도 얼마 되지 않는, 미친 여자 비슷한 이 여자에게 왜 이리 화가 치솟는지 호는 알 수 없었다. 라희의 검은 눈동자는 살쾡이처럼 맹랑하기도 하고 괭이처럼 신비롭기도 하다. 그 눈이 두려움을 애써 감추려 애쓰며 자신을 쳐다보는 것을 알았지만 오기가 들어 더 괴롭히고 싶었다.

"그렇게 그 정인이 보고 싶어? 정신 차리자마자 목숨 걸고 또 도망칠 만큼?"

"이거 놔요. 저녁 잘못 드셨어요?"

"더 놓아주기 싫어졌다. 네 잘난 정인이 청나라 사람이라면."

"초면에 저한테 미친 자라 하더니, 제가 보기엔 그쪽이 더 미친 자 같습니다."

파직, 하며 둘의 시선이 마주치는 곳에 불꽃이 이는 듯했다. 라희는 호가 무슨 엉뚱한 소리를 하는지 도무지 알 수가 없었다. 자신이 술에 취해 청나라 정인의 이름을 불러댔다는 것이 무슨 생뚱맞은 이야기란 말인가. 시치미를 떼는 듯한 라희의 뻔뻔함에 호의 입술이 비틀렸다.

"워나온 제일 사랑해."

"뭐…? …아!"

갓과 도포를 쓴, 저 싹퉁바가지 냉혈한의 입에서 방금 나온 말의 뜻이 무엇인지 멍하니 생각하던 라희는 눈을 부릅떴다. 최근에 즐겁게 시청했던 아이돌 가수 양성 프로그램에서 데뷔한 남자 아이돌 그룹의 이름이었다. 이혼 과정 중인지라 우울감을 없애기 위해 시청한 프로였는데, 열혈 시청자가 되었던 것까지는 인정한다. 그러나 어쨌건 무미건조함을 넘어 '나 엄청 꼽거든'을 사방으로 발산하는 저 냉마왕 호의 입에서 나오면 안 되는 말이었다.

"그러니까, 내 정인 이름이…."

"애절해서 눈 뜨고 봐줄 수가 없더군."

표정에 폭격을 맞은 듯한 라희를 보며 호는 냉소를 흘렸다. 어젯밤 무식하게 술을 들이붓더니 정신 못 차리고 쓰러진 라희를 들쳐메어 신방에 눕혔을 때, 그는 눈 감은 라희의 얼굴을 자신도 모르게 쳐다보고 있었다. 그것도, 꽤 한참을.

'생긴 건 나쁘지 않은데….'

고운 화선지에 그은 명필의 획처럼 고운 눈썹이다. 살포시 감긴 눈, 긴 속눈썹이 인상을 쓸 때마다 파르르 떨린다. 아담하고 균형 잡힌 콧방울과 앵두처럼 붉은 입술. 여인의 얼굴을 이리 자세히 보는 것은 처음이었다. 제 누울 자리 못 보고 날뛰던 아까와는 달리 새근새근 아이처럼 자는 라희의 순수한 모습이 어색해서일까, 호는 어쩐지 속에서 간질거리는 아지랑이가 피어오르는 묘한 느낌에 쉽사리 일어서지 못했다.

"…랑해…."

잠꼬대인지 술주정인지 라희의 입술이 달싹인다. 호의 미간이 움찔거렸다. 눈을 감은 채 실실거리다 중얼대는 라희의 말을 듣기 위해 그의 얼굴이 라희 쪽으로 좀 더 기울었다. 이내 호의 표정이 딱딱하게 굳었다.

"푸흐, 풉…! 푸하하하하!"

호의 말에 잠시 멍해졌던 라희는 이내 폭풍처럼 밀려드는 웃음을 참을 수 없었다. 그의 입에서 나온 '청나라 정인'의 정체를 안다면 너무 어이가 없어 자신을 죽이려 들지도 모른다. 그 무뚝뚝한 얼굴이 어찌 변할지 상상이 가지 않았다.

"드디어 실성을 했군."

"푸하하하…! 하하하하! 그러니까 내가 어제 술에 취해 그 이름을 불렀다고요?"

냉기가 뚝뚝 떨어지는 호와 달리 라희는 너무 심하게 웃어 배가 아플 지경이었다. 이곳에 와서 이렇게 크게 웃어본 일도 처음이었다. 아니, 최근 몇 년간 처음인 것도 같았다. 포복절도하는 라희를 본 호가 눈썹을 꿈틀거렸다.

"뭐가 그렇게 웃긴 거지? 혹은 이름만 들어도 좋은 것이냐?"

간신히 웃음을 멈춘 라희가 호를 보고 가지런한 이를 드러내며 씨익 웃었다. 티 없이 맑은 아이가 웃듯 그 미소는 너무도 순수했지만, 호는 더 화가 났다. 라희의 대답이 그렇잖아도 비뚤어진 심기를 더 꼬아놓았다.

"네, 이름만 들어도 좋아요. 엄청 잘생겼거든요."

조소하는 그의 눈에서는 찬 기운이 풀풀 뿜어져 나왔다.

"하, 너 다시 한 번 묻는데, 네 처지를 알고 있긴 한 거냐?"

"왕실을 능멸하여 왕족에게 시집을 간 죄인이요? 네, 잘 알고 있고말고요. 하지만 입은 비뚤어져도 말은 바로 해야죠. 그쪽도 피해자 코스프레 아닌가요?"

"뭐? 코스?"

라희는 맹랑히 호를 바라보았으나 입가에는 아까 일의 여파로 웃음을 띠고 말했다.

"그쪽이 이유를 무엇으로 생각하든, 나는 그쪽과 함께 사는 것이 싫어요. 그런데 그건 그쪽도 마찬가지 아니에요?"

"뭐?"

"그쪽도 나를 좋아하진 않잖아요. 어젯밤 나를 알아봤을 때 그쪽 표정이 잊히지 않거든요. 어차피 우리는 혼인 전에 얼굴 한 번 못 본 사이인데, 피차 서로 싫어하는 사람과 살 필요 있나요?"

"꽤 설득력은 있군."

"굳이 제가 도망치는 것을 기다렸다가 죽이려 하지 말고, 그냥 적당한 이유를 들어 저를 내치시는 게 서로 편치 않을까요?"

라희의 설득에 정연대군의 입술이 웃듯 비웃듯 비틀렸다. 서늘한 눈매에 어린 그의 생각을 라희는 차마 짐작하지 못했다. 여전히 파악하기 힘든 자였다.

"아니, 편치 않을 것 같다."

즉각적인 그의 대답에 라희의 입이 댓 발은 나왔다. 젠장할.

"첫째로 왕실에서 짝지어준 너를 이리 바로 내치는 것은 귀감이 되지 못하고. 둘째로 마침 지루하던 터인데, 너처럼 제 주제를 알지 못하는 아이를 깨우치는 것이 꽤 흥미로울 것 같다."

"그쪽 변태입니까? 그냥 싫으면 안 보는 거지 그렇게까지."

"셋째. 네 말대로 나는 네가 싫다. 넌 피곤하고 예의 없고 어리석은 여자야."

둘은 서로를 잡아먹을 듯 노려보았다. 고작 하루 전 연지곤지를 찍고 혼례를 올렸는데, 이 정도 격심한 태세 변환을 겪을지는 라희도 상상치 못했던 일이다. 서로를 처음 만났던 그 순간부터, 잘못된 운명이었다고 생각했다.

"그리고 나는 조선을 발아래 두려는 오만한 청나라 사람들도 매우 싫지."

그의 차가운 눈은 청을 이야기할 때 더욱 매섭게 빛났다.

"내가 싫어하는 네가 하필 청나라 정인과 도망을 친다? 너 따위가 행복해할 것을 상상만 해도 얼마나 싫은지. 짐작이나 하겠느냐?"

"하…."

도무지 말이 통하지 않는 남자였다. 시대로 보면 왕자들이 볼모로 청에 갈 만큼 시달리는 시기이기에 그가 적개심을 가질 수 있는 것은 맞으나, 대체 엮어도 왜 그렇게 엮는다는 말인가.

"워너원은 내 정인이 아닙니다. 청나라 사람도 아니고요. 심지어는 한 사람도 아닙니다."

"좋아 죽더니, 뜻이 통하지 않을 것 같으니 태연히 거짓말을 하는군. 왜, 아예 사람이 아니라 해보지? 믿어줄 수도 있지 않겠느냐."

"이 똥멍청… 휴, 어쨌든 당신이 생각하는 세 번째 이유는 전혀 잘못 짚은 거라구요."

라희는 자신보다 두 뼘은 큰 호를 눈을 치켜뜨고 노려보았다. 호의 기세 역시 짙어 용호상박으로 서로를 제압하려는 형세였다. 감정을 숨기지 않고 여실히 드러내는 라희를 보던 호의 입에서 풋 하는 웃음이 흘러나왔다. 볼수록 화가 나기는 하지만 볼수록 재미있는 여자임은 분명하다.

"이미 늦었다."

"뭐라구요?"

"그리고, 가정교육을 어찌 받았는지는 모르겠으나. 나를 부르는 호칭으로 적어도 '그쪽'은 아니라 생각하는데."

잔뜩 찌푸려진 눈썹과 둥글게 뜬 눈, 불만이 가득한 입모양. 지금껏 들지 못했던 가학적인 욕구가 호의 내면에서 용솟음쳤다. 이번에 낸 것은 무조건 이기는 패이다.

"앞으로는 제대로 부르거라. 서방님."

고음보다 더 신경을 날카롭게 긁는 저음이다. 라희의 표정이 순간적으로 처참할 만큼 일그러졌다. 잘못 들은 것이었으면 좋겠다.

"이봐요, 꼭 나한테 그런 소리를 듣고 싶습니까?"

"이 집에서 너를 괴롭힐 방법은 많다."

"치사한 인간."

"그리고 치밀한 인간이지."

루시퍼가 웃는다면 저런 모습일 것이라 생각했다. 세상 모든 것을 유혹할 수 있을 만큼 잘나다 못해 세상 혼자 사는 외모이나, 그 내면은 진정 남의 괴로워하는 꼴을 즐기고 싶은 열망으로 가득 차 있는 것이다. 라희는 아득, 하고 이를 악물었다.

***

그날 밤도 상당히 심기는 어지러웠지만 라희는 애써 잠을 청했다. 이 피곤한 시대에 와서 처음으로 맞는 조용한 밤이었다. 첫날은 도망치다가 호에게 잡혀 포도청에 내동댕이쳐졌고, 둘째 날은 술을 잔뜩 마시고 생쇼를 했으니 고작 사흘이지만 참으로 파란만장한 날을 보냈다.

다음 날 닭이 울고, 밖에서 들리는 소란스러운 움직임에 깨어난 라희는 안채의 문을 열었다. 마침 나타난 월수가 조반상을 들고 밝은 표정으로 인사했다.

"마님, 조반을 가져왔습니다. 오늘은 조금 일찍 이동하셔야 할 듯싶습니다."

"이동?"

"대감께서 입궁에 대해 말씀드리지 않으셨나 보군요."

"입궁이라면 궁궐에 가는 것을 말하는 거예요?"

"예, 마님. 혼례를 치렀으니 전하와 중전마마께 인사를 드릴 차례입니다. 그리고 말씀하실 때는 이 아랫것을 편히 대해 주십시오."

생각해보니, 정연대군 이호는 조선의 대군이다. 대군이라 함은 적장자는 아니더라도 중전 소생의 자식이란 말이다. 즉, 오늘은 시댁에 인사 가는 셈이다.

"사람에게 위아래는 없지요."

라희는 다소 단호하게 말했다. 이모뻘인 월수를 하인이라는 이유로 막 대하고 싶지는 않았다. 그래, 분명 사람에 위아래는 없었으나, 조금 험난한 시댁살이를 해본 여자라면 신분제가 사라진 현대에도 '서열'이 존재함을 알 수 있는 것이다.

'시댁이라….'

남편과 아내는 분명 평등한 존재이나, '시댁'이 끼는 순간 그 평등함은 여지없이 부서진다. 대한민국 여성들의 이혼 사유로 가장 흔한 것이자, 비혼 사유로 매우 지대한 영향을 미치는 것이 마법의 '시'자이다.

사랑. 그래, 거기까지는 괜찮다. 그런데 어째서 결혼하고 사랑하는 이의 식구를 만나는데, 배우자는 왕자님이 되고 배우자의 형제나 자매는 귀한 아가씨 도련님들이 되며, 나의 신세는 부엌데기 여종이 된단 말인가. 물론 남의 집 귀한 딸을 귀히 여기는 시댁도 반쯤은 되겠지만, 순식간에 그 집의 서열제도에 치명상을 입을 확률이 높았다.

"꼭 가야 하는 거겠죠?"

"마님?"

월수가 영문 모르겠다는 표정으로 쳐다봤다. 현대의 시댁들도 불합리한 부분이 얼마나 많은데 하물며 남존여비와 가부장의 원흉이 된 조선시대이다. 게다가 라희의 시댁 어르신들은 정말로 '신분'이 높다. 진정한 로얄 패밀리이다. 물론 라희는 제사일도 잡일도 생신상도 기꺼이 차릴 수 있으나, 그런 것을 라희에게 요구하지는 않을 것이다. 라희에게 가장 두려운 것은 육체적 어려움이 아닌 정신적 고통이었다.

'어휴, 보약 좀 먹으라니까! 그렇게 칠칠맞으니 애가 안 들어서지! 너 같은 애 며느리로 받아준 나한테 고맙게 생각해!'

'아무리 그래도 남자가 할 일과 여자가 할 일이 따로 있지. 어디서 하늘같은 남편한테 부엌일을 시켜? 너는 옛날 같으면 쫓겨났어!'

'너네 집안은 너를 어떻게 교육 시켰길래 애가 그 모양이니?'

전 시어머니의 비수 같은 말들이 아직도 환청처럼 들려올 만큼 생생했다. 말을 한 사람은 잊더라도 들은 사람은 결코 잊지 못한다. 라희는 강제 시집과 강제 시댁 인사까지 가야하는 이 상황에 화가 치밀었다. 어쩌면 과거의 트라우마로 현재에 지나치게 두려움을 갖는지도 모르겠으나, 결혼 제도를 마냥 피하고 싶은 생각이 굴뚝같았다.

"굉장히 간이 크시네요. 날 데리고 입궁까지 하신다는 걸 보면."

옥교에 타기 전 라희는 호에게 빈정대듯 말했다. 갓을 쓰고 두루마기를 걸친 그는 어림없다는 듯 차가운 미소를 띠며 대답했다.

"네 아무리 어리석더라도 입궁이 어떤 의미인지 파악은 하고 있겠지."

"…."

"어젯 새벽에 담을 안 넘은 것을 보면, 제 목숨 소중한지는 아는 모양인데. 네가 오늘 만날 전하께서는 말 한마디로 널 까마귀밥으로 만들 수 있는 분이시다."

"입 다물고 있어라 이 뜻인가요?"

"그런 조언까지 할 정도로 널 아끼진 않아서. 마음대로 생각하거라."

재수 없다는 듯 호를 흘겨본 라희는 가마에 올랐다. 혼례복보다는 간소하지만 인견 소재의 화려한 한복은 역시 꽤나 불편했다. 가마가 흔들리더니 움직이기 시작했다. 창문이라도 있으면 좋으련만, 라희는 흔들리는 상자 안에서 갑갑한 시간들을 버텨내야 했다.

이내 가마가 궁에서 멈추고, 장옷을 쓰고 내린 라희는 호의 뒤를 따라 종종종 걸었다. 그는 일반적인 조선 남자들 사이에서도 눈에 확 튀는 큰 키와 긴 다리로 성큼성큼 걸어갔다. 라희의 발걸음 따위는 전혀 배려치 않은 보폭이었다. 물론 이 인간에게는 기대도 없었기에 투정도 하지 않았다.

'신기하네. 내관도 있고, 무수리? 상궁인가?'

사극에서만 보던 궁의 풍경을 실제로 볼 수 있다는 것은 신나는 일이다. 무수리복을 입고 무리지어 다니는 열 살 남짓의 소녀들이나, 무거운 갑옷을 입고 다니는 군사들. 녹의를 입고 종종거리는 어린 내관들까지, 호기심 넘치는 눈으로 둘러보면서도 라희는 열심히 호를 쫓아갔다. 이내 많지 않은 돌계단을 올라갔을 때, 드디어 한 궁궐의 안으로 들어가며 신을 벗을 기회가 생겼다.

"전하! 정연대군과 부부인 드셨습니다."

"들라 하라."

다소 중후한 목소리가 들리자, 라희는 자기도 모르게 긴장됐다. 상궁들이 문을 열고, 널찍하게 정돈된 중궁전에 들었을 때 라희는 침을 꿀꺽 삼켰다. 현대로 치자면 대통령과 영부인이다. 왼쪽에 자리한 호를 따라 큰절을 올린 라희는 '앉거라'하는 왕의 말에 조심스레 방석에 앉았다.

"오느라 수고 많았다. 이제 너도 상투를 틀고 어엿한 사내가 되었구나."

"그동안 전하와 중전마마의 은혜에 망극할 따름입니다."

상상했던 전제군주의 이미지와는 달리 곤룡포를 입은 임금은 꽤나 온화한 인상이었다. 무겁지 않은 분위기를 풍기는, 전형적인 인자한 아버지의 인상이다. 호를 대견하다 하던 임금은 라희를 바라보더니 따스한 미소를 지으며 말했다.

"과연 호판의 여식답게 인상이 좋다. 며느리를 잘 들인 것 같구나."

"고맙… 아니, 황공합니다!"

상당히 어색한 사극투의 말투에 임금은 며느리가 귀여운지 껄껄 웃었다. 호가 이를 아득, 하는 소리와 날카로운 시선이 느껴졌다.

'아니 나한테 어쩌라고! 뭘 알아야 제대로 말을 하지!'

대체 이 자리에서 어찌해야 하는 건지 알 수 없었다. 마음만 같아서는 '나 이 결혼 안 합니다.'하고 선언하고 싶었지만, 그랬다가는 인상 좋은 곤룡포 아저씨가 돌변해 목을 치라고 명할지도 모른다. 언젠가는 죽겠지. 하지만 아프게 죽는 건 싫다. 사약을 마시는 것도 무섭다.

"부디 대군은…."

지금껏 별 말 없던 중전이 입을 열자 라희가 긴장한 표정으로 그녀를 쳐다보았다. 마흔 초반은 되었을 나이이지만 고혹적으로 빼어난 미모가 눈에 띄는 중전은 꽤나 차가운 인상이었다. 원래 그런 분위기의 사람인지, 혹은 이유가 있는지는 모르겠다.

"군신유의의 충정을 언제나 가슴에 깊이 새기고, 전하와 세자를 위해 신하로서 최선을 다하거라."

"마마의 말씀 명심하겠습니다."

제 배로 난 자식일 텐데, 호를 바라보는 중전의 눈은 믿기지 않을 정도로 차디찼다. 선녀가 내려왔다고 생각될 정도로 아름다운 얼굴에 비해 온몸에 흐르는 냉랭한 분위기. 호가 부모 중 누구를 더 닮았는지 알 것 같았다.

"그리고 부부인은 백성들에게 귀감이 되도록 대군을 잘 따르고 내조에 힘쓰며, 자손을 생산하여 왕실의 얼굴을 빛내도록 하라."

"…."

다소 무례한 행동이었지만 라희는 중전의 얼굴을 빤히 쳐다보았다. 의례적으로 하는 말이겠지만, 라희는 저 중 하나도 따를 자신이 없었다. 대답 없이 자신을 바라보는 눈길과 마주치자 중전의 날카로운 말이 뒤따랐다.

"대답이 없느냐?"

"어리고 수줍음이 많아 긴장한 탓입니다. 마마께서 이해하여 주시옵소서."

호가 라희를 대신하여 대답하였을 때, 라희는 중전의 눈에 가득 깃든 냉기를 분명히 느꼈다. 두 모자의 애정 없는 시선이 허공에서 부딪혔다. 친엄마와 아들이라고 치기에는 상당히 부자연스러운 분위기를 라희는 분명 느꼈다. 두 모자의 분위기는 아랑곳하지 않고 임금은 이야기를 이끌며 온화한 분위기를 조성해냈다. 상궁들이 다과상을 들이고 오전의 담소가 꽤 오랜 시간 이어졌다.

***

임금과 중전에게 다시 절을 드리고 나왔을 때는 해가 중천에 떠 서였다. 하루 종일 앉아 있었던 것도 아닌데 긴장한 탓에 온몸이 녹초가 된 기분이었다. 제 아무리 겁 없이 덤비던 라희라도 확실히 목숨줄이 달려 있는 자리는 조금 달랐다. 호와 나란히 중궁전을 나서며 라희는 한숨을 푹 쉬며 물었다.

"나 실수한 것 없습니까?"

"책을 만들 수도 있다."

별 생각 없이 대답한 호의 말에, 라희는 걷다가 우뚝 멈추어섰다. 역시 다소 피곤했던 호가 라희를 무신경하게 돌아보았다.

"그럼 혹시 사약 같은 거 배달오고 그럽니까?"

"아마도."

호의 말에 라희의 표정이 좀 더 굳어졌다. 드라마에서는 종종 별것도 아닌 걸로 왕이 사약을 내리거나 귀양을 보내고는 한다. 어느 정도가 적당한지, 어찌 행동해야 실수가 아닌 건지, 혹은 어느 정도 실수가 용서할 만한 것인지 라희는 알 방도가 없었다. 절도 제대로 못 하고 맞장구도 안 치고, 종종 격식 차리지 않은 언행도 한 것 같다.

"풋…."

시시각각 심각하게 변해가는 라희의 얼굴이 우스워 호는 간신히 웃음을 참았다. 천방지축으로 날뛰던 라희를 본의 아니게 놀리는 일이 이리 즐겁다니! 고뇌에 찬 뚱한 표정이 어울리지도 않으면서, 조금 귀여운 것도 같다.

"뭐에요? 지금 웃었습니까? 설마? 이 사기꾼!"

이제야 알아챈 라희가 길길이 날뛰려 할 때, 그리고 호가 더는 웃음을 참을 수 없을 것 같을 때, 뒤에서 낯익은 목소리가 들렸다.

"보낸 것은 잘 받았는지…."

라희는 뒤를 돌아보았다. 임금의 것과 거의 동일한 붉은 용포를 걸치고 익선관을 쓴 사내가 미소를 띤 채 걸어오고 있었다. 그의 뒤로는 열은 넘어 보이는 내관들이 따르고 있었다. 잘생기고 온화한 인상이지만 깊은 눈매, 그를 어디서 보았을까 기억을 더듬던 라희는 혼례일의 밤이 떠올라 헉, 하고 숨을 삼켰다.

"세자저하를 뵙습니다."

호의 목소리에 라희의 눈은 더 커졌다. 장난스러운 웃음기를 띤 온화한 인상, 아까 왕과 대면하였을 때 어쩐지 익숙한 기분이었는데 착각이 아니었다.

"그때… 그 선비님?"

이 악랄한 정연대군의 동무인 줄만 알았는데. 형이었다니! 게다가 세자라면 다음 왕위 계승권자이다. 호가 중전을 닮았다면 그의 분위기는 영락없이 임금을 닮아 있었다. 현이 웃음을 띤 채 라희의 앞으로 다가왔다.

"예를 갖추지 않고 뭐하느냐."

"되었다. 이리 다시 보는 것만 해도…."

호가 옆에서 차가운 목소리로 핀잔하자 현은 그를 말렸다. 현의 눈이 라희를 부드럽게 담고 있었다.

"…기쁘다."

말똥말똥 자신을 쳐다보는 라희의 두 눈을 보며 현은 진심으로 즐겁다는 듯 말했다. 마주서서 서로를 바라보는 둘의 모습에 호는 어쩐지 심기가 불편했다. 어째서 그런 기분이 드는지는 모르겠지만 말이다.

"내가 내린 약은 먹었느냐?"

상황파악은 대충 되었으나 여전히 어찌할 바 모르는 라희의 귓가에 현의 말이 툭 꽂혔다. 약을 내렸다고? 들은 적 없는 이야기이다. 몸에 아픈 곳도 없고, 먹는 약이 따로 있다고 들은 적도 없다. 세자, 즉 조선의 두 번째 실세가 자신에게 약을 내렸다고? 다시 스스로에게 되묻는 순간 그날 밤의 일이 떠올랐다.

'아하! 저를 소박 맞춘 이유가, 이분이시군요! 아무리 정인이 그립다 하여도, 첫날밤은 참아주시지 너무합니다!'

호기심 많은 표정에서, 어이가 가출하는 듯하던 표정으로 변모해가던 현의 얼굴. 제 뒤가 구려 순간적으로 추리력을 발동한 라희는 벌떡 엎드렸다. 약이라니, 사약이 분명하다! 아무리 사람 목숨이 파리 목숨인 세상이라지만 너무하다.

"죽을죄를 지었습니다."

호는 '지금 뭐 하는 거냐?'는 황당한 표정으로 라희를 내려다보고, 현 역시 갑작스러운 라희의 행동에 의문스러운 표정을 지었다. 무릎 꿇고 현을 올려다보며 혼신을 다해 불쌍한 표정을 한 라희가 애원하듯 말했다.

"근데 아무리 죽을죄라도, 실수인데 좀 봐주시면 안 되나요? 제가 선비님이 세자저하인거 아시면 설마 그랬겠습니까? 이 일에는 저하 책임도 있습니다. 진작에 이렇게 삐까뻔쩍한 옷 입고 다니시지, 왜 일반인인 척하셨습니까?"

"삐까뻔쩍? 그런데 왜 무릎을 꿇는 것이냐?"

라희의 사고회로를 짐작한 호는 웃음을 간신히 감추었다. 아까 장난을 치지 말걸, 살짝 후회도 되었지만 라희의 이런 모습을 보는 것도 유쾌한 일이다. 현의 물음에 라희는 입을 쭉 내밀며 억울하다는 듯 대답했다.

"약 내리셨다면서요. 사약, 아닙니까?"

"사약이라니? 해장약… 성주탕 말이다."

"해장…?"

현의 대답에 우뚝 멈춘 라희는 낯빛이 붉어지더니 벌떡 일어섰다. 입술을 깨물며 웅얼거리는 소리가 들린다.

"에잇! 괜히 쫄았네!"

현은 웃음이 터지는 것을 참을 수 없었다. 본 것은 고작 두 번이지만 참으로 상상치 못한 전개를 펼치는 아이였다. 라희의 눈은 현에게 뭔가 쏘아붙여주고 싶은 감정을 담고 있었지만, 현에게서 '그리 아쉽다면 사약 한 그릇 배달 시키겠다'라는 말이 나올까 봐 간신히 삼키고 있었다.

"더운 날에는 간혹 정신이 오락가락하는 아이이니, 너그러운 마음으로 이해하십시오. 이 아이는 하루 종일 숙취로 먹지 못하여,

성주탕은 제가 대신 먹었습니다."

비웃음 섞인 호의 말투에 라희는 그를 있는 힘껏 흘겨보았다. 이리 오버한 것도 생각해보면 다 호 때문이다. 왕 한마디면 까마귀밥이 된다니 마니 하며 겁을 준 것도 그고, 아까는 사약을 받을 것이라며 놀리기까지 했다.

"덕분에 웃었구나. 내가 그런 말장난 하나에 동생의 부인까지 죽일 정도로 쪼잔한 사내는 아니니라."

"그렇죠. 동생분과는 달리 저하께서는 매우 너그러우신 분 같습니다. 형만 한 아우 없다더니, 이건 그릇이 달라도 너무 다르죠."

호의 따가운 시선이 느껴졌지만 라희는 신이 나서 독을 품고 말을 이었다.

"실례를 범한 제게 해장약까지 내려주셨다니, 저하께서는 분명 성군이 되실 겁니다. 우리 서! 방! 님! 이 저하의 발끝만큼이라도 따라갔으면 좋겠는데. 아, 그렇다고 저희 서! 방! 님! 이 치사한 밴댕이 소갈머리라는 건 절대 아니구요."

자신을 죽일 듯 노려보는 호의 눈길에도 라희는 꿋꿋했다. 되로 받고 말로 퍼주는 두 부부의 모습을 보며 현은 웃음을 멈출 수 없었다. 혼례일에는 동생의 비위를 잘 맞추어줄 그저 수줍은 새신부일 것이라 생각했으나, 이 여인은 일반적인 조선의 여인들과는 많이 다른 듯했다. 신선하고 새롭고, 생각의 틀을 깨는 여인이다.

'이 아이를 더 일찍 알았더라면 재미있었을 텐데….'

볼에 바람을 넣은 채, 호와 투닥거리며 길길이 날뛰는 라희를 보며 스물스물 피어오르는 말도 안 되는 생각에 현은 고개를 저었다. 해서는 안 될 생각이었다.

***

땅거미가 지고 달이 밝아지며 슬슬 어슴푸레해져가는 시각. 조선팔도의 손꼽히는 미녀들이 죄다 모였다는 요정 춘월관은 오늘따라 들뜬 기녀들이 모여 치열한 내기를 하고 있었다. 비단주머니에서 엽전을 손에 꼭 쥐고 꺼내간 기녀들은 두근거리는 마음으로 손을 피고 엽전의 모양을 확인했다.

"에이 씨!"

"에휴!"

"꺄악, 신령님 감사합니다!"

만개한 장미처럼 화려하고 고운 기녀들 사이에서 격심한 희비가 교차했다. 이 내기의 승자는 붉은 입꼬리가 찢어지듯 크게 올라가 방방 뛰었다.

"혜화 년, 계 탔네."

"어젯밤 꿈자리가 애매하더니, 에잇."

이윽고 춘월관에서 가장 큰 객실인 '월루'의 문이 열리고, 여객주 양씨가 다소곳이 인사하며 기녀들을 앉혔다. 악공들이 노래를 연주하고 무희들이 춤을 추기 시작했다. 아까의 내기에서 승리한 혜화는 들뜬 본심을 숨기고 수줍은 듯 상석의 사내에게 엉덩이를 붙였다.

"오늘 글쎄 해가 동쪽으로 지는 것 보셨습니까?"

"서쪽이 아니라?"

"대군께서 기방에를 다 오자 하시니, 해가 서쪽에서 뜨더니 동쪽으로 지더라구요."

호의 소꿉동무이자 홍문관 편수관인 이자학이 농을 하자, 비슷한 또래의 예닐곱 명의 동무들이 배를 잡고 웃었다. 상석에 앉은 호는 작게 코웃음을 치더니, 혜화에게 술을 받아 한 번에 넘겼다. 자학의 옆에 앉은 기녀가 콧소리를 내며 말을 꺼냈다.

"저희 춘월관이 대군마마 오신대서 난리가 났습니다. 조선 여인들이라면 다들 흠모하는 고귀한 신분에, 능력에, 조선의 남중일색이라 하면 누구나 떠올리시는 분 아니십니까? 호호호."

"춘심아. 네 자꾸 그러면 질투가 나지 않느냐. 언제는 내가 제일 잘생겼다며."

"아잉, 나리. 사내가 얼굴이 다는 아니지요."

노련한 기생 춘심의 농에 객들이 모두 껄껄 웃었다. 호는 원래도 말이 많은 편이 아니었지만, 오늘따라 더욱 말이 없었다. 불편한 심기가 표정에 드러나지는 않았지만, 이 자리에 모인 절친한 그의 동무들은 호가 꽤 저기압이라는 것을 알 수 있었다. '쓸데없는 시간 낭비'라며 기방 나들이 한 번 하지 않은 그가, 이곳에 술자리를 마련한 것만 봐서도 말이다.

"조선 여인들이라면 다들 흠모한다라. 너도 나에 대해 그렇게 생각하느냐?"

묘하게 냉기 날리는 호의 물음에 혜화는 움찔하더니, 애교를 살살 날리며 대답했다.

"어떤 여인이 대군마마를 감히 마다하겠습니까? 소녀도 대군마마 옆에 앉자마자 어찌나 가슴이 뛰는지, 호호호."

"마다하다 못해."

"예?"

"싫어하더구나, 감히."

호는 스스로 잔을 채우더니 한 입에 털어 넣었다. 악공들이 연주하는 음악은 흥겨웠고 고운 여인들이 자신의 눈에 한 번 들어보겠다고 교태를 부리고 있었으나, 호의 기분은 여전히 바닥을 기고 있었다. 심란한 날에도 술을 마시면 인위적으로라도 들뜨던데, 오늘은 어째서인지 술조차 쓰기만 할 뿐 마음을 기쁘게 하지 못했다.

"한 잔 받으시고 오늘은 즐기십시오."

역시 호의 동무이자 이조 정랑인 김명호가 다가와 호에게 술을 따랐다. 받자마자 싱겁게 들이키는 호의 냉랭한 모습에, 그는 조금 걱정스레 물었다. 첫날밤 호가 신방에서 나와버린 일과, 그날 라희가 벌였던 만행은 이미 동무들 사이에서 모르는 이가 없었다.

"혹여 부부인 때문이십니까?"

"오늘은 많이 마실지도 모르겠구나. 더 흥겨운 곡을 연주해보거라."

호의 명에 악공들은 더 박자가 빠른 음악을 연주하기 시작했고, 무희들은 격렬히 춤을 추었다. 명호는 걱정스런 표정으로 한동안 호를 쳐다보더니, 제자리에 돌아와 앉았다. 술기운이 알딸딸하게 올라온 동무들은 옆에 기녀들을 끼고 신명나게 즐기고 있었다. 혜화는 몸을 호에게 더욱 밀착시켰다.

"마마, 한잔 더 받으시옵소서. 호호호."

옆모습조차 어찌 이렇게 조각 같을 수 있다는 말인가! 기품이 넘치는 높은 콧대와 유려한 턱선, 그리고 여인의 마음을 봄날의 망아지처럼 날뛰게 하는 깊은 눈매와 붉은 입술과 낮은 목소리까지! 빠질 데라고는 찾아볼 수 없는 이 사내를 오늘 밤 치마폭에 가두고 말리라 결심하며 혜화는 몸을 비비꼬았다.

"마마의 마음이 외로워 보여, 소녀가 더 가슴이 아프옵니다. 오늘은 괴로움은 모두 잊으시고 소녀에게 다 기대시어요."

"…내가 외로워 보인다?"

"듣기로는 부인께서 다소…."

혜화가 채운 잔을 호는 다시 한숨에 털어 넣었다. 어찌하여 오늘은 취하지도 않는 것일까. 혜화는 그를 위로하듯 아양을 떨며 유혹적인 눈빛으로 말했다.

"악처에게는 채울 수 없는 마마의 가슴속 그 빈 곳을, 오늘밤 소녀가 부드럽게 위로해 드리겠습니다."

"…악처라."

호가 술을 한 잔 더 들이키더니 자리에서 벌떡 일어났다. 갑작스러운 그의 움직임에 놀란 혜화는 움찔 놀라며 그를 올려다보았다. 기생을 옆에 끼고 주무르며 술을 마시던 동무들의 시선이 그에게 집중되었고, 악공의 연주가 멈추었다.

"나는 이만 들어갈 테니 상관치 말고 즐기거라."

갑작스러운 그의 말에 혜화의 얼굴은 아쉬움으로 흑빛이 되었다. 얼굴이 벌게진 이자학이 놀라 따지듯 물었다.

"오늘 날을 새자며 저희를 불러 놓으시고는 이리 가시는 게 어디 있습니까?"

"술맛이 떨어졌다."

"마마, 혹여 제가 무슨 실수라도…?"

울상이 된 혜화의 물음에, 호는 그녀를 쳐다보지도 않고 대답했다. 대답이라기보다는 혼잣말이나 자문이라는 표현이 더 적정하겠다. 감정을 쉬이 보이지 않는 메마른 눈동자가 짙은 혼란에 안개처럼 휩싸여 있었다.

"그 아이…. 미치게 싫은데, 남이 욕하는 것은 더 싫다. 왜일까?"

술이 덜 되어, 그나마 이성적 판단이 가능했던 명호가 눈을 가늘게 뜨고 호를 유심히 보았다. 겉은 멀쩡했지만 호는 분명 취해 있었다. 술이라는 것은 교묘하여, 다분히 이성적인 사람일지라도 밑바탕에 숨긴 감정을 마중물처럼 끌어올리고는 한다. 동년배라고는 믿기지 않을 정도로 냉철한 그를 이토록 혼란스럽게 하는 여인은 도대체 어떤 사람이란 말인가.

***

월수와 여종들이 차린 칠첩반상을 배부르게 먹고, 가벼운 옷으로 갈아입은 라희는 안채의 방에서 이부자리를 깔았다. 잠자리를 정돈해준다는 월수를 만류하고 밖으로 내보냈다. 아무리 신세 좋은 대군집 부인이더라도 제 손으로 할 수 있는 건 스스로 하고 싶었다.

개굴 개굴…

밖에서는 어릴 적에나 들었던 개구리 소리가 정겹게 들려왔다. 라희는 쓸쓸한 음색으로 노래를 읊조렸다.

"개굴 개굴 개구리… 노래를 한다…."

엄마 팔을 베고 잠들기 전 귓가에서 자장가처럼 울렸던 소리이다. 라희가 초등학교 5학년일 적의 어느 여름날, 갑작스러운 교통사고로 돌아가시기 전날 밤에도 엄마는 고운 목소리로 노래를 부르셨다.

'바보….'

혼례 전 순덕이가 라희의 돌아가신 어머니 이야기를 꺼냈을 때가 가장 치명타였다. 서로 이야기도 나누어보지 않았지만, 공통점이라고 하기에는 슬픈 과거가 묘한 동질감을 이끌어냈던 것이다. 그 탓에 마음이 약해져 시집까지 오고 말았다.

"밤새도록 울어도 듣는 이…."

신세가 처량해서일까, 엄마가 보고 싶어서일까. 자신도 모르게 눈물 한 방울이 볼을 타고 흘러내렸을 때, 갑자기 방문이 벌컥 열리는 소리에 라희는 놀라 움찔했다.

"…!"

열린 문을 타고 들어오는 시원한 바람, 그 가운데 그가 서 있다. 그렇지 않아도 냉랭하고 서늘한 그의 표정이 더 딱딱하게 굳어 있다. 화가 난 듯, 꽤나 못마땅한 눈으로 라희를 내려다본다. 오만함이 넘쳐흐른다. 그러나 그것이 그와 가장 어울리는 본질이다. 그만큼 잘난 놈이니까.

"시끄럽다."

낮은 목소리에는 짜증이 섞여 있었다. 라희는 순간적으로 울컥하는 마음을 억누를 수 없어 벌떡 일어났다.

"그쪽 귀는 당나귀 귀입니까? 크게 부르지도 않았는데 뭐 그리 시끄럽다고 달려오셨습니까? 지난 칠 년간, 그리고 이 빌어먹을 조선에 와서도! 내 마음대로 할 수 있는 게… 하나도 없는데! 노래도 못 불러요?"

눈물이 가득 고인 채 원망스러움을 담아 쏘아대는 라희의 기세에 아랑곳 않고, 호는 굳은 표정으로 라희에게 다가와 어깨를 잡고 벽에 밀어붙였다. 다소 거친 그의 숨소리와, 짙은 알코올 향이 느껴졌다.

"술 먹었어요?"

"시끄러워."

인상 팍 쓰며 노려보는 라희였으나 이에 아랑곳하지 않고 호의 숨결은 더욱 가까이 다가왔다. 어깨를 잡혀 움직일 수 없이 벽에 붙은 채로, 그의 시선이 가까워져오니 몸이 빳빳이 굳어갔다. 코가 맞닿을 거리까지 왔을 때 라희는 가쁜 숨을 작게 내뱉었다. 좋은 먹잇감을 앞에 둔 맹수처럼, 그의 눈동자에 욕심이 서렸다.

"니가 없는데도 니 떽떽거리는 목소리가 들린다. 시끄러워서 참을 수가 없다."

"…."

"책을 읽는데도, 기방에서 술을 마시는데도, 아무도 없는 길을 걷는데도. 네가 시끄러워서, 견딜 수가 없어."

그의 몸이, 그의 손이, 그의 눈빛이, 그의 말이 점점 라희를 밀어붙인다. 벽에 그토록 바짝 붙었는데도 더 피할 곳이 없다. 이마부터 볼에서 턱까지, 그의 차가운 손가락이 라희의 선을 부드럽게 훑었다. 입술을 떼어 무언가를 말하는 순간, 되돌릴 수 없는 일이 일어날 것만 같은 느낌에 라희는 말없이 바짝 얼어 그를 응시했다. 그의 향이 술의 향과 함께 섞여 마치 취할 것만 같은 기분이었다.

"그러니까…."

그의 찬 검지가 턱선을 지나쳐 라희의 입술로 향했다. 말랑하고 촉촉하며 부드러운 감촉이 손끝에서 느껴지자, 호의 마지막 남은 이성 한 가닥이 팽팽해졌다. 긴장하여 가쁜 숨을 내어 쉬는 라희의 모습에, 사냥할 적에나 느끼던 짜릿한 감각이 그를 마비시키려 하고 있었다. 간신히 본능을 자제하며, 호는 다소 거친 목소리로 속삭였다.

"제발 조용히 해, 내게 잡아먹히지 않으려면."

달뜬 숨결을 쌕쌕대며 물기 있는 눈으로 자신을 바라보는 라희의 모습에, 호는 점점 이성을 잃어갔다. 입술을 매만지는 자신의 손결에 움찔거리는 모습도, 바짝 굳은 어깨도 무엇 하나 자극적이지 않은 것이 없었다. 라희의 부드러운 붉은 입술에 참을 수 없는 갈증이 일어 마지막 한 가닥의 이성이 끊어지려는 순간, 가슴에 무언가가 닿았다.

"…."

라희의 두 손이었다. 맞닿다시피 한 좁은 간격 사이 조심스레 들이민 라희의 섬섬옥수가 호의 가슴에 닿았고, 단호한 뜻을 담아 호를 밀어냈다.

"날… 좋아하지 않잖아요."

라희의 일렁이는 검은 눈동자가, 자신의 행동에 대해 항변하고 있었다. 그들 둘 다, 형식적인 부부일 뿐 로맨틱한 감정 따위는 서로에게 없다고 생각했다. 라희의 저지에 몸이 살짝 뒤로 밀렸으나, 여전히 가까운 거리에서, 호는 잠시 생각하더니 말했다.

"좋아해야 하는 것이냐?"

여인을 원하는 사내의 눈빛 정도는 안다. 서늘하기 그지없었던 호의 눈이, 이 위험한 밤, 야수처럼 맹렬히 자신을 집어삼키려 들고 있었다. 그러나 그는 이 순간을 위한 거짓말 따윈 하지 않았다. 단지 되물었을 뿐이었다.

"좋아하지 않는 사람과 밤을 보내고 싶지 않아요."

또박또박 힘을 담아 말하는데, 어쩐지 라희는 가슴이 아렸다. 술김인지는 몰라도 분명 자신을 갈망하는 듯 보이는 호의 눈을 똑바로 쳐다보았다. 이 남자의 생각은, 정말 알다가도 모르겠다. 그는 무언가를 말하려는 듯 입술을 잠시 떼었다가, 다시 닫았다.

"…그래."

몇 초의 정적 뒤, 그는 라희를 가두고 있는 손을 풀고 뒤돌아섰다. 그는 스스로의 감정을 자제하고 있는 듯 보였다. 들어왔을 때의 기세와는 다르게, 심심할 만큼 평범히 라희의 방을 나섰다. 문이 닫히자 라희는 진이 풀려 풀썩 주저앉았다.

"…."

심장이 미친 듯 요동치고 있었다. 단순히 놀라서인지, 아니면 다른 이유에서인지는 알 수 없었다. 자신을 몰아붙이던 그의 손, 그의 눈빛, 그리고 그의 숨결까지도 아직도 이 공간에 유령처럼 남아 있는 듯 생생했다. 오늘 밤은 쉽게 잠을 이루지 못할 듯했다.

***

동이 트자마자 눈을 뜬 호는 몸을 정돈하고 도포를 걸쳤다. 간밤에 심복으로부터 기별이 온 탓에 이른 시각부터 입궁을 서둘러야 했다. 현에게도 이미 소식을 전한 터였다. 어젯밤 기방에서 과음을 해서인지 머리가 찌릿하게 아파왔다.

'취한 탓이었다.'

구석에 몰린 괭이새끼처럼 몰아붙여져서 크고 겁먹은 눈으로 자신을 바라보던 라희의 얼굴이 아직도 생생했다. 가슴 속에서 묘한 감정이 소용돌이쳤다. 그러나 되살아난 그의 이성은 그를 부정하려 했다.

'날… 좋아하지 않잖아요.'

어젯밤 라희의 긴장된 목소리가 머릿속에 다시 울렸다. 아름다운 기생의 술을 받으면서도 라희의 얼굴이 눈앞에 어른거렸던 것은, 그날 집으로 돌아오는 길이 유난히 길었던 것은 모두 술 때문이라고. 제멋대로에 모난 돌처럼 톡톡 튀는 그녀를 소유하고 싶다는, 안고 싶다는 욕망 역시 단지 취했기 때문이었다고 합리화했다.

“다른 일이라도 있었던 것이냐?”

동궁전, 현의 집무실. 자신과 마주앉은 현의 물음에 호는 문득 정신을 차렸다.

“아닙니다.”

곤룡포를 입고 익선관을 쓴 세자 현은, 호와 이목구비가 묘하게 닮은 듯하면서도 그 분위기가 천양지차라서인지 형제처럼 보이지 않았다. 오늘따라 복잡한 표정을 한 호의 모습에 그 사유가 궁금했으나 그다지 말하고 싶지 않은 일인 듯해, 현은 말을 돌렸다.

“어느덧 처서라 날이 좋은데, 함께 뱃놀이라도 가는 것이 어떻겠느냐?”

“오늘 말씀이십니까?”

“꼭 오늘이 아니더라도.”

현이 소년처럼 눈을 굴리다, 씩 웃으며 말을 이었다.

“그 아이, 라희도 함께 말이다.”

호가 의문스러운 눈으로 현을 바라보았다. 술이 아직도 덜 깬 탓일까, 현의 입에 라희의 이름이 올랐을 때, 기분이 좋지 않았다.

“여인들도 정든 제 집을 떠나 시집을 오면 마음이 울적하고 힘이 들 것이다. 함께 기분도 전환할 겸 말이다.”

“어리석고 예의가 없는 아이입니다. 저하께서 신경 쓰실 필요는….”

“어리석은 아이는 아니다. 지나치게 당찰 뿐이지. 강아처럼.”

강아, 현의 입에서 참으로 오랜만에 나온 이름이었다. 현의 부인이자 조선의 세자빈이었던 그녀는 청에서 볼모생활 중 병으로 생을 마감했다. 타지에서 겪는 온갖 억울하고 서러운 일에도 우는 일 없이 강한 여인이었다. 그녀가 죽은 뒤 현은 아직까지도 새로운 세자빈을 맞지 않았다.

"그래서 더 신경써주고 싶다. 적어도 너는, 나처럼 후회하지 말았으면 해서. 뜻을 오해하지 말거라."

"…오후에 기별을 넣겠습니다."

호의 대답에 현은 흐뭇하게, 그리고 쓸쓸히 미소 지었다. 강아의 이야기를 꺼내자 호는 더 거절할 수 없었다. 사내로서 제 여인을 지키지 못했다는 죄책감이 아직도 현을 괴롭히고 있었다.

"그래, 그 이야기는 여기까지 하고. 명은 이제 완전히 몰락했다던데…."

"황제가 경산에서 스스로 목을 매었다고 합니다. 곧 조선도 들끓겠지요."

"어제 전하와 언쟁을 벌였다."

오늘 아침 호가 심복으로부터 받았던 소식은 명의 황제가 반군에 포위되어 끝내 자결했다는 급보였다. 현은 다소 굳은 표정으로 말을 이었다.

"세상은 변했다. 그러나 전하께서는 여전히 남한산성에 갇혀 계시는 것 같아. 참으로 걱정이다. 이번 일이 알려지고, 재조지은(임진왜란 때의 명 파병의 은혜)의 허울에 전하께서 상복을 입는다면 도르곤(청의 섭정왕)에게 빌미를 줄 뿐인 것을."

"입술이 없으면 이가 시리다, 왜란 때 명에서 원병을 파병한 것은 의리보다는 순망치한의 논리라는 것에는 동의하는 바입니다. 그러나 상복을 입느냐 마느냐 또한 청의 눈치를 볼 일은 아닙니다."

조선과 형제의 의를 맺었던 명나라는 끝내 멸망하였다. 남한산성에서의 굴욕 끝에 조선은 청에게 신하의 맹세를 했고, 현과 호는 그 일 이후에 청에서 몇 년간을 볼모로 살았다. 그들은 더 큰 세상을 보았으나, 같은 시각을 가지고 있지는 않았다.

"눈치라…. 조선은 약한 나라이다. 이제는 청의 신하국이나 다름없는데, 과거에 갇혀 유연히 처신하지 않으면 살아남을 수 없다."

현의 말에 호의 눈빛이 더욱 강하고 굳건히 빛났다. 흰 피부에 난처럼 수려한 외모는 필사 서생을 떠올리게 하나, 그 눈빛과 기세는 여느 장군 못지않다.

"조선은 명의 속국도, 청의 신하국도 아닙니다. 유연하나 비겁하지 않게 주도권을 가지고 힘을 길러야 합니다. 털을 깎는다고 호랑이가 살쾡이가 될 수는 없습니다."

청에서의 생활 중 조선의 두 왕자는 누가 예상했던 것보다 더 잘 적응하였다. 현은 다소 순응하며 청의 무력을 동경하였고, 호는 적진에 뛰어든 첩자처럼 두 낯을 가지고 살았다. 물러서지 않는 호의 말에 현은 다소 어둡게 미소 지었다.

"그래. 그 패기의 유무가, 전하께서 너를 총애하시고 나를 못마땅해 하는 이유시겠지."

"저하께서는 이 나라의 세자이십니다. 그만큼 많은 기대를 받으시기 때문에 그리 느끼실 뿐입니다."

현은 알고 있었다. 어느 순간부터 자신과 동생을 바라보는 아버지의 눈길이 완전히 다르다는 것을. 그렇다하여 호에 대한 우애가 변치는 않았지만, 자신을 탐탁찮아 하는 아버지가 호와 즐거이 정사에 대한 이야기를 나누는 것을 볼 때면 가슴 한 구석이 따끔거리고는 했다.

"그래, 그렇겠지."

현은 미소 지으며 고개를 끄덕였으나, 그의 눈빛은 여전히 그늘져 있었다.

***

라희는 호의 기별을 받고 옷을 갖추어 입었다. 어느덧 해가 중천에 떴는데도 속이 이상한 느낌으로 울렁거렸다. 그의 아찔한 눈빛, 그의 아득한 체취가 아직도 코앞에 감도는 것 같았다.

'정신 차려. 몸이 열여덟이라고 진짜 열여덟인 줄 알아? 나 대한민국 아줌마야. 걔, 머리에 피도 안 마른 애송이일 뿐이라고.'

입궁하라는 말이 들려왔을 때, 핑계를 대고 무시할까도 생각해 보았으나 어제의 일을 떠올렸을 때 오히려 거절하는 편이 더 찜찜했다. 별거 아닌 일이었는데, 크게 신경이라도 쓰는 소심한 사람 같지 않은가.

"마님, 오늘따라 얼굴이 붉어 보이십니다. 혹시 고뿔이라도…."

하루 종일 뚱하고 억울한 표정으로 볼을 붉히고 있는 라희를 보며 월수가 걱정스레 물었다. 개도 안 걸린다는 여름 감기를, 에어컨도 없는 이 시대에서 걸렸을 리 없었다. 어째서 아침부터 시도 때도 없이 호가 떠오르는지, 입술을 매만지던 찬 감촉을 떠올릴 때마다 왜 볼이 화끈거리는지 알 수 없었다.

***

왜란에 화재로 다소 흉물이 되어버린 경회루지만 여전히 궁 안에서 뱃놀이를 즐기기에 제격인 장소이다. 인왕산은 병풍처럼 풍광을 더해주고, 잔잔한 물결은 술을 재촉한다. 궁에 다다른 이후, 동궁전 상궁의 안내로 경회루에 도착한 라희는 설레는 맘으로 한 발짝 두 발짝 연못을 향해 걸었다.

"왔느냐."

뒤에서 들려오는 익숙한 목소리에 라희는 우뚝 멈추어섰다. 심장이 같이 멎어버리는 듯했다. 호가 홀로 다가오고 있었다.

"…."

앞으로 돌아서자, 두 뼘이나 큰 그가 반짝이는 연못을 배경으로 마주 서 있었다. 늦여름 바람에 연보라빛 도포가 부드러이 나부꼈다. 짙은 눈썹 밑에는 어제와는 다른 서늘한 눈동자가 별 감정 없이 라희를 보고 있었다. 다가올 듯 말 듯하던 그의 입술에 시선이 가자 라희는 제 볼에 피어오르는 열기를 느꼈다.

"어제는…."

"어제는…."

정적 끝에 둘은 동시에 말을 꺼냈다. 라희가 먼저 말하라는 듯 입을 닫았다.

"실수였다."

가장 그다운 무미건조한 말투이다. 이보다 더 기대했던 것도 없었는데, 왜 갑자기 널뛰던 심장이 저 연못 밑바닥으로 가라앉는 듯한 기분이 드는지 라희는 알 수 없었다. 그가 말을 이었다.

"너무 취했다. 앞으로 이런 일은 없을 거다."

얼음 망치로 못을 박는 기분이다. 지극히도 냉정한 그의 목소리에 라희는 하루 종일 들떴던 마음을 가라앉혔다. 스스로 가라앉히기보다는 누군가 찬물을 끼얹는 기분이었다.

"네."

허울뿐인 부부이다. 자신을 내쳐달라 사정하던, 그저 오기를 자극하는 고집 센 여자일 뿐이다. 호는 라희를 바라보며 스스로를 세뇌했다. 어젯밤 불빛 아래 아련하게 보이던 젖은 눈동자와 붉은 입술이 겹쳐질 때마다 심장이 팽창하는 느낌이었지만, 그는 애써 태연을 가장했다.

"네가 하려던 말은 무엇이냐."

"…?"

"어제는… 이라는 말 다음에 말이다."

계산된 질문은 아니었다. 그냥 묻고 싶었다. 묻고도 무슨 답을 기대하는지는 호 자신도 몰랐다. 잠시 멍해 있던 라희가 어색했던 표정을 지우고, 맹렬히 호를 노려보았다. 어제부터 호에게 자꾸만 말려드는 듯한 느낌이 싫었다. 잘못한 것도 없는데 왜 자꾸 작아진단 말인가.

"어제는… 술 좀 적당히 마시세요! 언제는 나보고 술 먹고 쓰러졌다고 그렇게 죽일 듯 노려보더니! 거기다가 뭐? 기방? 아주 살

판 나셨네!"

"역시 못 배운 말본새군. 어젠 뭔가 씌었던 것이 분명해."

"나는 곱게 잠이라도 잤지, 그쪽처럼 민폐는 안 끼쳤습니다."

'그래, 이래야 장라희지.'

투견처럼 따져대는 라희의 모습에 호는 살짝 맥이 풀리면서도 가슴 한켠이 간질거렸다. 원래대로라면 거슬려야 하는데 어쩐지 웃음기가 돌았다.

"민폐? 조선 여인들이라면 내 손 끝 한번 닿아보려 안달이라던데 민폐라?"

"하? 대단한 왕자병 나셨네요! 아, 왕자는 맞지. 대체 누가 그런 헛소리를 합디까? 혹시 어제 기방 언니들이 그럽디까?"

얄미운 호는 입꼬리만 살짝 올릴 뿐 대답하지 않았다. 라희는 어제 자신을 밀어붙이던 손길도, 이마와 턱선을 쓰다듬던 손가락도, 입술을 더듬던 감촉도 다른 여인과 공유하던 것이라 생각하자 어쩐지 화가 났다. 이 정도로 잘난 대군마마가 여자를 멀리할 리 없다는 것은 짐작했지만, 긍정도 부정도 아닌 그의 미소는 라희의 불편한 심기를 더욱 건드리고 있었다.

"있잖아요. 그쪽 언니들도 자본주의 논리에 따르는 것뿐이에요. 돈 주니까 하는 뜬말을 그렇게 진심으로 받아들이지 마세요. 그래요, 그쪽 외모 잘난 건 인정하는데 아무리 잘나도 사람은 내면이 더 중요한 법이거든요."

"화가 났구나."

"그럼 화가 나지 안 납…."

그의 말에 무심코 펄펄 뛰다가 라희는 말문이 막혔다. 왜 화가 날까. 어젯밤 일이 단순한 실수였다는 그의 말에? 혹은 기방 여인들 말에 우쭐해 하는 호의 모습에? 둘 중 무엇도 화가 날 일은 아니었으나, 라희는 분명 화가 나 있었다. 멈칫하는 사이에 호의 얼굴이 훅 다가왔다.

"시끄럽다."

"시… 뭐라구요?"

호의 두 손이 라희의 볼을 부드럽게 감쌌다. 탑에 갇힌 라푼젤처럼, 제 감정을 꽁꽁 묶어두고 살았던, 살아야만 했던 호의 낯에 어울리지 않는 화기가 돌았다. 꽃이 피듯 미소가 피었다. 낮은 그의 음성이 귀를, 심장을 파고들었다.

"거짓말이었다. 어젠 취하지 않았다. 그냥 화가 났었을 뿐이다."

"…."

"시끄러워서, 네가 너무 시끄러워서 말이다."

온화한 바람이 라희의 머리칼을 장난스레 간질였다. 그의 깊은 눈동자에 담긴 자신의 모습을 보았을 때, 명치가 따스해지며 천둥 같은 고동소리가 들려왔다. 심장이 뛰고 있었다.

연못을 등지고 자신을 바라보는 눈에 비친 복잡함이 호의 민낯임을 알 수 있었다. 적어도 그는 솔직했다. 대책 없이 막무가내인 라희에 대한 감정의 실체는 제 스스로도 파악하기 힘들었으나, 느끼는 마음을 최대한 담담히 말했을 뿐이었다. 그의 눈을 보며 쿵쾅거리는 제 심장소리를 느끼고 있는 라희의 귓가에, 다른 이의 목소리가 훅 들어왔다.

"오느라 고생 많았다."

고개를 돌리니, 그곳에는 곤룡포를 입은 현이 온화한 표정으로 라희를 반기고 있었다. 둘 사이에 흐르던 묘하고 아찔한 긴장이 툭 끊어졌다. 몇몇의 내관이 뒤따르고 있었는데 개중에는 성주탕을 배달하였던 정 내관도 있었다.

"안녕… 하세요. 세자저하. 다시 만나 뵙게 되어 반갑습니다."

"오셨습니까."

현과는 세 번째 만남이었다. 호는 아무 일 없었다는 듯 낯을 바꾸었다.

"그래, 마침 함께 있었구나. 채비가 되었다 하니 승선하자."

티끌 한 점 없이 고운 피부와 초승달처럼 고운 눈썹, 악의 없이 선하고 순수한 눈매의 라희를 보며 현은 비밀스럽게 숨을 들이켰다. 호에게는 다른 뜻이 없다 말하였으나, 본래 사람 마음은 열 길 물속보다 알기 어려운 것이다.

"조심히 오르거라. 물에 빠져도 건져줄 생각 없으니."

"흥, 저도 빠져 죽으면 죽었지 구해 달라 할 생각 없습니다요."

숨결이 느껴질 만큼 가까이 몰아붙였을 때는 언제이고, 시큰둥한 말을 던지는 호에게 심통이 난 라희는 콧방귀를 뀌었다. 현대의 유람선만큼 크지는 않았지만 연못의 규모를 생각할 때 꽤 큼지막하고 정교하게 만들어진 목조선에 그들은 차례로 올랐다.

라희까지 승선하자 노를 쥔 내관들이 배를 출발시켰다. 잔잔한 물결에서 느껴지는 파동이 발밑을 통해 그대로 느껴졌다. 승선감은 물론 현대 유람선에 비길 수 없겠지만 조선에서 즐기는 궁내 뱃놀이의 감성은 억만금을 주고도 할 수 없는 체험이었다. 그것도 세자, 대군과 함께!

“저하 덕분에 이런 호강도 해보고…. 저까지 챙겨주시다니 정말 마음이 넓으십니다.”

“칭찬이 과하구나. 쑥스럽다.”

배에 타자마자 라희가 현에게 아부를 떠는 속내는 뻔했다. 정보라고는 실낱만큼도 없는 이 시대에 세자란 엄청난 인맥이다. 따지고 보면 대군도 굉장한 슈퍼스타지만, 눈앞의 선해 보이는 세자가 자신의 목숨줄을 쥐락펴락 할 수 있는 왕이 될 사람임은 분명했다. 잘 보여둘 필요가 있었다.

“원래 이런 아이가 아닌데 점심으로 뭘 잘못 먹었나 봅니다.”

못마땅한 것인지 가소로운 것인지, 자신을 비꼬는 호를 한껏 노려보던 라희는 다시 현을 향해 가식적인 미소를 지었다.

“잘못 먹은 거 없습니다. 저는 그냥 저하와 친해지고 싶어서요.”

어젯밤부터 호의 행동은 도저히 종잡을 수가 없었다. 과장을 덧붙이자면 굶주린 야수처럼 욕망 가득한 눈으로 바라볼 때는 언제고, 현이 나타나자마자 여자 취급도 하지 않은 채 시비만 걸고 있었다. 현에게 한껏 붙는 라희의 행동에, 호의 눈빛에서 스파크가 튀었다.

“호야, 뒤편에서 술을 받아 오겠느냐?”

“저하, 그것은 제가….”

정 내관의 말에도 현은 호를 똑바로 쳐다보고 있었다. 호는 굳은 표정으로 몇 초간 현의 시선에 응수하더니 명에 따라 자리를 옮겼다. 그가 자리를 비운 틈, 라희의 귓가에 현의 목소리가 들렸다.

"나도…."

"예?"

"나도 널 알고 싶다."

현이 언제나처럼, 그러나 전과는 미묘히 다른 눈으로 미소 짓고 있었다. 여인을 이리 대한 지는 참으로 오랜만이었다. 라희는 별 생각 없이 따라서 실실대더니 활짝 웃었다. 정 내관은 조용히 침을 삼켰다. 이윽고 호가 술을 들고 나타났다.

"눈독 들이지 말거라."

"흥! 말 안 해도 안 먹습니다."

무심코 술병을 바라보는 라희에게 한 말일까? 호가 딱 잘라 말하자 라희는 제 스스로 찔려 펄쩍 뛰었다. 그 모습이 귀엽다는 듯 현은 풋 하고 웃음을 터뜨렸다. 배가 부드럽게 연못을 가르며 앞으로 나아갔다. 그들은 물과 닮아 있었다. 겉은 잔잔해도 속에는 제각각의 감정이 소용돌이 치는 것처럼….

'대체 무슨 생각일까?'

라희의 표정은 밝았지만 속은 복잡하기 그지없었다. 아까 했던 말, 어젯밤의 일은 단순히 취기가 부른 욕정이 아니었다는 말일까. 그렇다고 하기에는 현이 나타나자마자 태도를 확 바꾼 호가 미덥지 못했다.

'그래, 무슨 상관이야. 어차피 난….'

사랑도, 결혼 생활도 데일 만큼 데였다. 사랑하는 이의 감언이설에 속아, 그리고 제 감정에 속아 칠 년을 송두리째 날렸다. 라희는 바짝 정신을 차리려 마음을 다잡았다. 그럼에도 심장은 뛰고 있었다.

"저하, 저기!"

심지를 굳히며 다소 비장한 눈으로 물결을 바라보고 있는데, 정 내관이 펄쩍 뛰며 소리쳤다. 그의 검지손가락 끝에는 다른 나룻배가 한 척 보였다. 그리고 한 인영이 보였다.

"저건… 린이가 아니냐?"

현이 미간을 찌푸렸다. 삼조룡이 흉배에 놓인 곤룡포를 입은 예닐곱 살의 사내아이가 나룻배에 타 허둥대고 있었고, 배와 떨어진 연못가에는 내관들이 어쩔 줄 모르고 발을 동동댔다. 노는 떨어져 물에 푹 잠기고, 나룻배가 흔들리기 시작했다.

"어어, 어어어!"

순간 휘청대던 나룻배가 뒤집어 밑바닥을 보였다. 나룻배에 서 있던 사내아이는 물속으로 풍덩 빠졌다. 현이 뱃머리로 가서 용포를 벗고, 호 역시 호리병을 정 내관에게 건네고 신을 벗을 때 먼저 행동한 이가 있었다.

풍덩.

물보라를 일으키며 멋지게 연못으로 다이빙한 것은 다름 아닌 라희였다. 학창시절 그녀는 소년체전에 나가던 수영 유망주였다. 물론 보수적인 할아버지를 비롯한 식구들의 반대로 그만두었지만 여전히 그 감은 잃지 않고 있었다.

"장라희!"

놀란 호가 신을 벗다말고 뱃머리로 뛰어가 그녀의 이름을 불렀다. 현 역시 어리둥절하기는 마찬가지였다. 양가집 규수가 냇가에서 멱을 한 번 감아보기를 했을까, 수영을 할 것이라고는 상상하지 못할 일이었다. 마치 한 마리의 수달처럼 엄청난 속도로 나룻배를 향해 평영하는 라희를 보기 전에는.

"대, 대단하십니다! 저건 마치! 물…."

"개… 였구나, 역시."

긴박한 와중에도 정 내관은 감탄을 금치 못했다. 호가 이제 더 놀랄 일도 없다는 표정으로 라희를 바라보았다. 온갖 의복 중에서도 속치마까지 치렁치렁한 한복을 입고 수영하기는 보통 일이 아니다. 그러나 그 어려운 일을, 라희가 해내고 있었다. 사내들이 모두 벙쪄 있는 사이 라희는 나룻배까지 접근했다.

"살, 아푸… 살려주세요! 아푸…."

수면 위로 오르락내리락 하고 있는 린의 뒤편으로 헤엄쳐 간 라희는 대담히 헤드락을 걸어 아이의 머리를 수면 위로 유지시킨 뒤 연못가로 손짓만을 이용해 수영해갔다.

"세손마마!"

"아이고, 마마!"

라희가 물가로 아이를 끌고 올라오자 내관들과 상궁들이 호들갑을 떨며 아이를 부축했다. 소년은 물을 잔뜩 먹었는지 파랗게 질린 얼굴로 부들부들 떨고 있었다. 라희는 침착하게 소년의 양어깨를 잡았다.

"괜찮니? 숨 크게 쉬어봐."

소년은 바들바들 떨며 울상으로 라희를 바라봤다. 안색이 점점 파래져 가고 있었다.

"누구시오? 감히 세손저하께 말버릇이…."

"지금 그딴 거 따질 상황으로 보여요?"

게중 높은 신분으로 보이는 상궁이 도끼눈을 뜨며 따지고 들자, 라희는 상궁을 노려보며 화내듯 되물었다. 라희의 기세에 그들이 놀라 수그러든 틈에 라희는 린을 안심시키며 재촉했다.

"이제 괜찮아. 자, 이모… 아니 누나 보고 따라해 봐. 숨 크게. 흡… 하…."

"후… 하…. 켁, 켁! 우윽!"

이제야 제대로 숨을 쉰 린은 기침을 하더니 물을 토해냈다. 라희는 잘했어, 잘했어, 하며 린의 등을 두드려줬다. 어린아이인지라 너무 놀란 탓에 물 밖에 나오고도 호흡을 찾지 못했었던 것이다. 물을 한 바가지 토해내고 난 린은 정신이 드는지 엉엉 울음을 터뜨렸다.

"우앙! 나는… 나는 그냥 아버님이 보고 싶어서… 엉엉엉."

물에 축 젖은 붉은 용포를 입은 채 주저앉아 우는 린을 보고, 라희는 어깨를 감싸며 안고 등을 토닥여 주었다.

"괜찮아, 이제 다 괜찮아."

"훌쩍, 근데 배가 엎어질 줄은… 우어엉!"

"우쭈쭈쭈, 이제 괜찮아. 착하지, 착하지. 우리 아가."

훌끗거리며 우는 사내아이가 안쓰러우면서도 귀여웠다. 배가 뒤집히고, 누군가 빠진 것을 보았을 때 앞뒤 생각 않고 뛰어들었는데, 역시 잘했다는 생각이 들었다. 조금 망설였다면 이 작은 아이에게 심폐소생술을 해야 했을지도 몰랐다.

"저, 저하!"

아까의 상궁이 낯빛이 어두워지더니 곧 바닥에 엎드렸다. 세손 린을 따르던 내관들도 모두 땅으로 바짝 엎드렸다. 급히 배를 정박시키고 현이 이리로 행차한 것이다. 물론 줄줄이 딸려 있는 내관들과 호는 덤이었다. 저고리가 젖어 살결이 비치는 라희의 모습을 본 호의 얼굴이 딱딱히 굳었다.

"훌쩍, 아버님…."

눈물범벅이 된 린이 현을 보고 고개를 숙였다. 분명 현이 화가 났다는 것을 알 수 있었다.

"네가 왜 여기 있느냐? 글공부를 하고 있어야 할 시간인데."

라희에게는 보인 적 없는 현의 차가운 눈빛이 세손 린을 향했다. 말투 역시 지극히 냉정할 뿐이었다. 다그치는 듯한 현의 물음에 린은 그친 울음을 다시 시작하려 울먹거렸다.

"김 내관이 대답해 보라. 왜 세손이 여기 있는지."

"저하! 소인이 죽을죄를 지었습니다! 세손마마를 보필하지 못하고…."

"아버님, 잘못했습니다. 훌쩍, 훌쩍…. 소자는…."

내관과 상궁들이 낭패스러운 표정으로 땅에 바짝 엎드렸다. 남에게 싫은 소리 한마디 못 할 것 같던 현이 매서운 기세를 뿜고 있었다. 조용한 사람이 화나면 무섭다는 말이 맞았다.

"저하가 보고 싶어서 그랬대요."

무거운 정적 속, 물에 젖은 라희가 현에게 툭 말하자 모두의 시선이 라희를 향했다.

"상황 보니 이 아이, 저하의 아들 아닙니까?"

"…."

어쩐지 이 상황에 끼어들어야만 할 것 같았다. 울먹거리던 세손 린이 울음을 잠시 멈추고 라희를 바라봤다. 라희는 차분히, 그러나 분명히 따지는 투로 현에게 말했다.

"방금 아들이 죽을 뻔했습니다. 잘잘못은 이후에 가리고, 우선 어디 다친 데는 없는지, 걱정 해주고 안아주고 하는 게 먼저 아닙니까? 그렇게 차갑게 혼만 내시기에는 아직… 어린아이잖아요! 혼날 걸 알면서도 아빠를 그리워하는!"

라희의 외침에 길고 무거운 정적이 흘렀다. 물에 젖은 생쥐 같은 꼴로 린 옆에 주저앉아 세자에게 당당하게 항변하는 라희의 눈빛은 인상적이었다. 꿇어앉은 내관과 상궁, 무수리들의 침 삼키는 소리가 들렸다. 현은 속내를 짐작키 힘든 표정으로 라희와 한참동안 눈을 마주쳤다.

순간, 정적을 깨듯 앞으로 걸어 나온 호가 라희의 손목을 탁 잡아채 일으켰다.

"이거 놓아요! 지금 뭐 하는 거예요?"

"부인이 주제넘은 것도 제 부덕입니다. 크게 벌하여야 마땅하나 너그러운 아량으로 용서하십시오."

현에게 말을 던진 호는 라희의 손목을 잡은 채 질질 끌 듯 자리를 벗어났다. 세손 린이 다시 어깨를 움츠리고 고개를 푹 숙였다. 현이 한숨을 푹 내쉬자 엎드린 내관들은 눈을 굴렸다.

"나를 보려고… 배를 탄 것이냐?"

현의 말에 린이 움찔하며 그를 올려다보았다. 크게 화가 났던 아버지의 표정이, 김 샌 듯 다소 누그러져 있었다.

***

"아얏! 아프다구요! 말로, 말로 해요!"

연못과 동떨어진 뒤뜰로 한참을 끌고 와서야 호는 손을 놓아주었다. 라희의 반항에 어찌나 세게 잡았는지 손목이 벌겋게 부어 있었다.

"이게 무슨 짓이에요?"

"너야말로 무슨 짓인데?"

그를 처음 만났던 날만큼이나 서늘하고 온기 없는 목소리였다. 인적도 없이 잡초가 무성한, 관리되지 않은 뒤뜰은 볕도 잘 들지 않았다.

"머리가 있으면 제발 생각이라는 것 좀 해. 끼어들 일인지, 끼어들면 안 되는 일인지 그 정도도 파악 못 해?"

"세손이라고 해도 어린아이에요! 죽다 살아났는데 그렇게 심하게 할 필요는 없잖아요!"

라희의 말에 호는 골치 아프다는 듯 한 손으로 이마를 감싸더니 다시 그녀의 손목을 낚아채어 잡았다. 라희의 거센 반항에도, 손목을 꽉 틀어쥔 호는 화난 듯 말했다.

"잘 들어. 궁궐은! 그리고 왕실은! 젖먹이 아이도 충분한 이유가 있다면, 제 어미의 품 대신 차가운 흙 속으로 묻어버리는 곳이야. 네 같잖은 생각으로 이곳에서 일어나는 일을 판단하고 끼어들지 마."

"알아요! 내가 얼마나 같잖은지! 내 꼴이 얼마나 우스운지…!"

왜 하필 이 타임에 눈물이 흐르는지는 모르겠다. 하지만 가슴 속에서 터져 나오는 감정을 막아낼 길이 없었다. 양 볼에 뜨거운 감촉이 느껴졌다.

"그래요. 내 앞가림 하나 바보처럼 못 해서, 또 이런 선택을 했으면서… 남을 돕겠다고 나서는 것도! 남의 일에 끼어드는 것도 정말 바보 같은 거 아는데! 두고 볼 수가 없어서…."

뚝, 뚝 흙바닥에 라희의 눈물이 빗방울처럼 둥글게 퍼졌다.

"나도…."

이를 악문 채, 시선을 애써 밑으로 돌리며 어깨를 들썩이고 있는데, 찬 손가락의 감촉이 뜨거운 볼에 느껴졌다. 한숨을 쉬듯, 푸념을 하듯 복잡한 그의 목소리가 울렸다.

"나도 널 두고 볼 수가 없단 말이다."

오늘은 단연코 정연대군 호에게 가장 거지 같은 하루였다. 참을 수 없이 거슬리는 그녀는 하루 종일 자신의 인내심을 시험했다. 현에게 친밀히 행동하던 모습도 심기가 거슬렸고, 제 몸 사리지 않고 물에 뛰어든 것도 화가 났다. 앞섶이 다 보이도록 젖은 옷으로 조카를 안고 있는 모습도, 그 모습을 현에게 보이는 것도 미치도록 싫었다. 살얼음 길을 걷듯 항시 조심해야 하는 궁에서, 제 바른대로 날뛰는 그녀의 모습도 화가 나도록 불안했다.

"흡…!"

이미 한 손목을 잡혀 있던 라희가, 입술을 덮치는 차갑고 위험한 감촉에 눈을 크게 떴다. 호는 다른 손은 라희의 머리를 받친 채, 자신을 가두던 인내의 사슬을 풀고 라희의 입술이라는 붉은 과실을 달콤히 맛보았다.

3

대군에게 발목을 잡히는 방법

호의 입술이 라희의 입술을 거칠게 탐닉하며 침범하였다. 간신히 인내하던 것을 터뜨려 버린 그는 자신을 밀어내려고 하는 라희의 반항을 허용치 않겠다는 듯, 한 손으로 그녀의 뒷머리를 더 굳건히 받쳤다. 세상 어떤 과일보다 달콤하다는 듯 라희의 입술을 빨아들이고 맛보고 그녀의 치열을 핥았다. 거센 공성전 끝에 그녀가 가쁜 숨을 내쉬기 위해 입을 벌렸을 때, 그는 전리품처럼 그녀의 혀를 제멋대로 농락했다.

"…그만!"

쌓인 갈증을 다 풀어내진 못했지만, 수 분간 그녀를 맛본 호의 손이 약간 느슨해졌을 때, 라희는 손에 힘을 실어 그를 밀었다. 오히려 튕겨 나온 것은 라희였지만, 어쨌든 그에게서 벗어날 수 있었다. 라희는 가쁜 숨을 헉헉거리며 경악한 눈으로 호를 노려보았다.

"…왜?"

"내 부인이니까."

"지금 그걸 묻는 게 아니잖아요! 왜 자꾸 선을 넘는…."

"부부 사이에 지켜야 할 선이 있던가?"

호의 되물음에 라희는 멈칫하고 할 말을 잃었다. 그래, 그의 말대로 고작 키스 따위는 부부 사이에 별다른 것 없는 사건이다.

"우리, 서로 좋아하지 않잖아요!"

결국 할 수 있는 항변은 이것뿐이었다. 라희의 놀란 가슴이 아직도 미친 듯 요동치고 있었다. 방금 전까지 그녀의 입술을 탐닉하던 그의 붉은 입술이 픽, 하고 작게 웃었다.

"우리라… 그래, 생각해보니 네게 정인이 있었지. 넌 나를 좋아할 리가 없겠군."

"그게 또 무슨…!"

"그런데 난 달라. 네가 점점 갖고 싶어진다."

그의 눈동자가 라희를 담고 있었다. 언제나처럼 시큰둥하고 무감정한 듯하면서도, 묵직한 돌을 물속에 내려놓듯 큰 울림이 있는 그 말이 라희의 가슴에 서서히 와닿았다. 라희는 그저 멍하게 그를 바라볼 뿐이었다.

"미치도록."

늦여름의 아직은 뜨뜻한 바람이 아지랑이처럼 라희를 휘감았다. 볼이 화끈해져 왔다. 대체 이럴 때는 뭐라고 답해야 할까, 라희는 머릿속이 텅 비어버린 듯 아무 생각도 나지 않았다. 그가 말을 이었다.

"지금껏 내가 원하는 것이라면 무슨 수를 써서든 가졌다. 나는 네 몸도 네 마음도 내 것으로 만들 셈이다."

"…."

"그리고 너를 갖기 위해 더 너를 놓아주지 않을 것이다."

전의 것이 진정 어린 고백이었다면 이번의 말은 통보에 가까웠다.

"도망쳐보라고 했던 그날의 말을 취소한다. 도망치지 말아라."

그가 오해하고 있는 '청나라 정인' 때문인지, 그의 눈 속에는 뒤틀린 어둠이 넘실거렸다. 제 몸을 숨기고 있다가 감정이 풀려나자마자 덩달아 정체를 드러낸 강한 소유욕이 그의 이성을 지배했다.

"그쪽의 마음에 대한 대답, 지금 해도 될까요?"

오들오들 떨리는 몸이 물속에 들어갔다 나와서인지, 혹은 아까의 강렬한 키스 때문인지, 아니면 그가 내뿜는 기세 때문인지 알 수 없었다. 어째서인지 가슴 한 구석이 욱신거렸지만, 라희는 그를 상처 입혀서라도 자신을 방어하고 싶었다.

"나는 그쪽이…!"

"필요치 않다."

그가 라희의 말을 막았다.

"알고 있으니 굳이 할 필요 없다. 난 네게 답을 원하는 것이 아니다."

"전 물건이 아닙니다. 쌍방소통이 가능한 사람이라구요!"

"차라리 네가 물건이었으면 좋겠다. 그렇다면 적어도 날 이리 죽일 듯 노려보는 여인에게 반하진 않았을 테니."

라희의 볼이 다시 화끈거렸다. 얼음 가면을 쓴 듯한 얼굴로 저리 뻔뻔스러운 말을 어찌 저리도 잘한단 말인가. 어지러울 지경이었다. 아직도 입술이 불에 덴 듯 뜨거웠다.

"언젠가 내 마음에 대해 답을 한다면, 답은 정해져 있으니 너는 정해진 답만 말하면 된다. 그 외의 답은 듣지 않겠다."

조선시대에도 답정너가 있다니 참으로 놀라운 사실이다. 호는 부부라는 표면적 관계를 내세워 그녀를 절대 놓아주지 않을 심산이었다. 지금까지 수많은 여인들이 자신의 눈에 들기 위해 알랑거렸지만 향기 없는 꽃처럼 갖고 싶지 않았다. 라희의 입술에서는, 숨결에서는 그녀만의 짙고 달콤한 향이 났다. 이미 그녀라는 꽃을 꺾어 갖기로 결심하니 그녀에게 정인이 있든, 그녀의 마음이 현재 자신을 향하지 않았든, 무엇도 중요하지 않았다.

"그러니 지금은 그냥, 아무 말도 하지 말아라."

라희를 바라보는 호의 눈빛은 강렬하리만큼 제 감정에 솔직하면서도 난순했다. 그럼에도 한켠에는 복잡함이 섞여 있었다. 여전히 토끼처럼 놀란 눈으로 자신을 바라보는 라희에게 겉도포를 벗어 씌워준 호는 바들바들 떠는 그녀의 손을 잡아끌었다.

***

"에, 에엣취!"

여름에는 개도 감기에 안 걸린다더니, 어째 개보다도 못한 듯했다. 안채방 이불 속에서 바들바들 떨고 있는 라희에게 월수는 걱정스러운 표정으로 약을 가져왔다.

"아이고 마님. 어쩌다 그리 푹 젖어 오셔서는 고뿔에 걸리셨습니까!"

걱정스러운 표정으로 잔소리를 하는 월수를 보며, 코를 쓱 닦아낸 라희는 잠긴 목소리로 대답했다.

"내 오지랖이 태평양인 탓이죠."

"태평양은 또 무엇입니까?"

"화장품 회사요."

"예?"

무슨 말인지 모르겠다는 듯 눈을 크게 뜬 월수를 보며 라희는 다시 재채기를 했다. 이마가 욱신욱신거리고 화끈거렸다. 열이 나는 모양이었다.

"근데… 이 집에서 언제부터 일 하셨어요?"

"정연대군 마마께서 출궁하면서부터 일하기 시작했으니 대군 마마님을 뫼신 지는 이 년밖에 되지 않았습니다. 전에는 관비로 일했습니다."

"이 년…. 길진 않지만 그렇다고 짧다 할 수도 없겠군요."

감기로 다소 충혈된 눈이었지만 또렷히 뜨고, 라희는 월수에게 물었다.

"보기에… 정연대군은 어떤 사람인 것 같습니까?"

"속내를 드러내지 않으시는 분이니 마님께서 궁금해 하시는 것도 당연하겠지요."

월수가 미소 짓자 눈가에 그녀의 세월을 대변하는 주름이 자글자글 맺혔다.

"겉은 강하시고, 매끈하시고, 흠 잡을 곳 없이 완벽한 분이지만 쇤네의 미천한 안목으로 보기에 대군마마님은 마음조차 철옹성인 분은 아니십니다."

"에취! 미안해요. 자꾸 재채기가 나오네요. 그러니까 겉은 악당이지만 속은 착하다?"

"에구! 아닙니다. 마님께서 보시기에 대군마마께서 악당으로 보이시나 보군요."

"남들에게는 신사적인 것 같긴 한데, 나한테는 순 제멋대로 굴거든요."

아까의 키스를 떠올리자 더 얼굴이 붉어졌다. 월수는 코를 킁킁거리는 라희에게 정겨운 웃음을 띠며 입을 열었다.

"주제넘은 말씀일지도 모르겠지만, 마님을 처음 뵌 순간 대군마마님과 참 어울리는 분이시라는 생각이 들었습니다."

"내체 어떤 부분이요?"

"실지 연배에 비해서 행동과 말씀이 남다르시기도 하고…."

한마디로 나이에 비해 언행이 노숙하다는 뜻이었다. 당연할 수밖에 없는 것이 라희의 겉모습은 열여덟인데 속은 삼십대이니까!

"마님…. 쇤네가 주제넘은 말씀 한마디 더 드려도 되겠습니까?"

"네?"

"상처를 두려워하지 마십시오. 방패를 먼저 내밀고 그 틈으로 사람을 대하는 것은 자신을 보호하기보다 외롭게 만들 뿐입니다."

월수의 말에 라희는 다소 슬프게 미소 지었다. 평생 마나님들의 시중을 들어온 노련한 여종 월수는 라희가 가진 벽도, 호가 가진 벽도 어느 정도 보인 모양이었다.

"그 사람도… 방패를 들고 있나요?"

"쇤네가 보기엔 그런 것 같습니다. 그것도 아주 무거운."

호는 현을 제외하고 그 누구도 자신의 성벽 안에 들어오길 허락하지 않았다. 겉보기에는 지략이 깊고 영리하며 인간관계가 넓은 편이나, 그는 속내를 누구에게도 쉽사리 털어놓지 않았다. 그것이 그가 생존하는 방식이었다.

'난 다시 후회하지 않을 거예요. 숨는 게 비겁하다고 할지도 모르겠지만 적어도 또다시 죽을 만큼 아프지는 않을 테니까.'

라희는 호를 허락하고 싶지 않았다. 그의 얼굴을 생각하는 것만으로도 심장은 미친 듯 뛰었지만…. 아픔이 학습된 이성은 더욱 견고해졌다. 라희는 남은 탕약을 쭉 들이켰다. 가슴이 아릴 만큼 썼다.

***

깊은 밤, 라희를 처음 만났을 때와 같은 검은 두루마기를 걸친 호는 무거운 발길로 후원으로 향했다. 라희가 고뿔을 핑계로 며칠째 자신을 계속 멀리하고 있어서인지 꽤나 복잡한 표정이었다. 왕저의 후원, 만나기로 한 이의 뒷모습에 호는 걸음을 멈추었다. 융단처럼 펼쳐진 은하수 아래 피어 있는 패랭이꽃과 해당화는 선선한 바람에 너울거리고, 그 공간의 사이, 곤룡포를 입고 익선관을 쓴 이가 있었다.

"주상 전하를 뵙습니다."

호는 허리를 숙여 인사했다. 간만에 보는 아버지의 얼굴은 밤이어서인지, 혹은 달이 밝지 않아서인지 전보다 수척해 보였다.

"호야, 어릴 적에도 널 몰래 이리 불러 맛난 것을 쥐어주던 것을 기억하느냐?"

"물론입니다, 전하. 전하께서 주셨던 크신 사랑 잊지 않고 있습니다."

불혹을 훌쩍 넘어선 아버지는 어릴 적처럼 자애로웠다.

"오늘은 네게 단도직입적으로 묻겠다."

왕이 그늘진 눈으로 호를 바라보았다.

"왕위를 갖고 싶지 않느냐?"

마음의 추에, 끈이 떨어진 느낌이었다. 서늘한 눈으로 아버지를 바라보던 호는 천천히 무릎을 꿇었다.

"감히 담아본 적 없는 생각입니다. 저의 행동을 질책하신다면, 그 질책은 달게 받겠습니다. 하지만 그러한 역심을 품지는…."

"어찌하여 역심이란 말이냐. 네 눈에도 내가 아닌 현이가 왕으로 보이느냐?"

호의 앞에 앉은 왕이 몸을 숙인 호의 어깨를 꽉 잡았다. 최근 들어 건강이 더욱 나빠졌다는 말은 들었지만, 오늘따라 눈이 더욱 퀭해 보였다.

"요새는 자꾸 악몽을 꾼다. 오랑캐 놈들 앞에서 머리를 처박는데, 피가 철철 날 정도로 머리를 처박는데, 홍타이지 놈 옆에서 현이가 웃고 있다. 아비가 죽어 가는데, 그 놈과! 그 오랑캐 놈의 편을 든다! 제놈이! 이 자리를 차지하려고….”

“아버님!”

아직도 아버지가 남한산성에 마음이 갇혀 계시다는 현의 말은 틀림이 없었다. 당시 전투에서 크게 패배해 왕과 세자를 포함한 온 왕실과 많은 신하들이 패잔병의 꼴로 삼전도로 나아갔었다. 왕은 청태종의 앞에서 절을 올렸고, 현과 호가 청에 인질로 가는 것이 결정되었다. 몸이 병들어가면서 지난 상처로 인해 마음도 함께 병들어가는 아버지의 손을 잡고 호는 다그치듯 외쳤다.

“형님께서 아버님을 위해 스스로 인질로 가겠다고 청하신 것을 아시지 않습니까? 그리고 그 당시, 소자도 함께 청에 갔습니다. 그렇다면 소자도 오랑캐의 편을 든 것입니까?”

자신이 편애하는 아들 호의 간절한 청에, 간신히 제정신을 차린 왕은 몸을 서서히 일으켰다. 현은 자신을 닮았다. 처음에는 그래서 사랑스러웠으나, 이제는 그래서 현이 싫었다. 그날 이후로, 현이 자신을 닮아갈수록 부끄럽고 수치스러웠다. 이 감정의 근원은 알지 못했으나 갈수록 심해지는 것은 확실했다. 대상을 잃고 빗나간 애정은 호에게 향했다.

“그래…. 내가 너무 흥분했다. 너에게 이런 모습을 보여 미안하구나.”

왕이 뒤돌아섰다. 금색 용이 수놓아진 곤룡포의 뒷자락을 호는 무거운 눈으로 바라보았다. 아버지의 낮은 목소리가 들렸다.

“그러나, 네게 왕위를 물려주고 싶다는 말은 진심이다.”

아버지의 말이 무겁게 호의 가슴에 메아리쳤다. 시야에서 사라지는 용포를, 금실로 수놓아진 용의 발톱 다섯 개를 그는 끝까지 무표정한 눈으로 보고 있었다. 가슴이 무거웠다. 현에게 말하지 못할 비밀이 생겼다.

"수락하였으면 오히려 실망할 뻔했다."

침소로 향하는 왕의 뒤를 따르는 녹의의 사내가 있었다. 두 그림자가 나란히 침전으로 이어지는 찬 돌길을 밟아 지났다.

"내 병세로 몸이 온전치 못하다 하나, 왕재가 따로 있다는 것은 안다. 왕재를 지니지 못한 이가 왕위에 오르면 백성이 어찌 시달리는지도 알고."

"망극하옵니다, 전하."

시험하려 한 것은 아니었으나, 왕은 이미 호의 반응을 예상하고 있었다. 그래서 호의 거절에도 실망스럽지 않고, 더욱 신뢰가 갈 뿐이었다.

"하나의 수는 고정되어 있으니, 다른 수를 움직여야겠구나. 백이 흑을 칠 생각이 없으면 흑을 판 밖으로 떨어뜨리면 되는 것이다. 나의 시간이 얼마 남지 않았다."

"드리기 망측스러운 말씀이오나… 살을 내어주고 뼈를 얻을 좋은 수가 있습니다."

자신을 따르는 이의 가는 목소리에 왕은 멈추어 서서 몸을 돌렸다. 그리고 만족스러운 표정을 떠올렸다. 이를 위해 약삭빠른 그를 그곳에 심어둔 것이다.

"정연대군 마마의 부인 말씀입니다."

왕의 맞은편에서는 동궁의 정 내관이 어둠 속에서 약삭빠른 눈을 굴리고 있었다. 왕이 미소를 띤 채 되물었다.

"그 아이. 이름이 뭐랬지? 아, 기억나는구나. 장… 라희."

***

오늘따라 통 잠이 오지 않아 라희는 마당을 산책하러 안채를 나섰다. 얼핏 보니 사랑채의 불이 꺼져 있었다. 호는 자는 모양이었다.

'달이 밝구나.'

돌담 위에 떠오른 달이 노랗게 세상을 비추고 있었다. 달은 저리도 충만한데, 왜 마음은 갈수록 허해지는 것일까. 몸에 맞지 않는 옷을 입은 듯, 왜 이렇게 심기가 불편해지는 것일까. 답답한 마음을 추스르기 위해 넓은 마당을 가로지르며 깊게 숨을 들이마시고, 또 내뱉었다.

"너도 어지간히 야행성인가 보구나."

별안간 들리는 목소리에 가슴이 찌릿했다. 뒤를 돌아보자 제 집 담을 훌쩍 넘은 호가 달을 등지고 라희를 보고 있었다. 검은 삿갓, 검은 도포. 처음 만났을 때의 차림이다. 그날의 고백 이후 호를 대하기 어려워진 라희는 황급히 뒤돌아 안채로 향하려 했다. 그때, 팔을 잡는 촉감이 느껴졌다.

"…."

달빛에 더욱 조각처럼 음영진 그의 얼굴, 그리고 마력처럼 사람을 압도하는 검은 눈동자. 그에게 붙들려 눈을 동글게 뜬 라희를 보며 호의 입술에 작은 미소가 번졌다.

"나가자."

"네?"

라희의 손목을 잡은 호가 갑자기 그녀를 번쩍 들어 담장에 앉혔다. 깜짝 놀란 라희는 떨어지지 않기 위해 호의 목을 끌어안듯 붙잡았다. 조금 균형을 잡은 라희는 그의 어깨 쪽으로 숙인 얼굴을 들었다. 그의 숨결이 닿고 있었다. 그가 수상한 광채를 담은 눈으로 라희를 보며 붉은 입술을 달싹거렸다.

"오늘은 좋은 구경을 시켜주마."

라희는 정연대군저를 나와 그와 함께 한참을 걸었다. 어둡고 인적 없는 밤길, 팔목이 붙들려 걸으며 불평해댔지만 호는 손을 놓지 않았다.

"야밤에 갑자기 왜 이래요? 술 냄새는 안 나는 거 같은데, 술 마셨어요?"

"그러는 너는 야밤에 왜 홀로 나와 있었느냐? 그것도 그리 쓸쓸한 얼굴로."

"누, 누가 쓸쓸해요? 이거 안 놔요?"

그의 말에 뜨끔한 라희가 더 반항해댔지만, 호는 상관치 않았다.

"자꾸 그러면 또 들쳐멜 것이다."

호의 협박에 라희의 기세가 수그러들었다. 참으로 기상천외했던 첫 만남의 순간이 떠오른 것이다.

"…나쁜 놈."

"다 들린다."

"들리라고 말한 거예요."

라희의 목소리에 호는 실없는 웃음이 새나오는 것을 참았다. 다른 이들에게 들었더라면 용납할 수 없었던 말들도, 라희의 입에서 나오면 마냥 귀엽고 즐거웠다.

"미친 것은 네가 아니었구나."

"네? 뭐… 뭐예요? 갑자기!"

"그런 것이 있다."

라희의 귀가 점점 붉어졌다. 산전수전 다 겪은 이혼녀의 영혼을 가지고 있다고 해도, 갑작스레 덮쳐오는 감정에는 버틸 수가 없었다. 그는 방패를 들 틈을 주지 않았다.

"여기다."

돌담들이 이어진 길들을 지나고, 숲길을 한참을 걸어 드디어 호의 발이 멈추었다. 라희의 손목을 잡았던 그가, 손을 스르륵 놓았다. 반강제로 끌려오느라 인상을 잔뜩 찌푸린 라희가, 그제야 고개를 제대로 들어 풍경을 둘러보았다. 라희의 눈이 커졌다.

"우와…!"

눈앞에 펼쳐진 잔잔한 호수 한가득 달과 은하수가 담겨 있었고, 반딧불이들은 금방이라도 하늘에서 떨어져 흩날리는 별빛처럼 그들을 에워싸고 있었다. 성스러울 만큼 아름다운 이 호수가에는 보이지 않는 곳에 숨은 풀벌레들의 합주 소리가 아련히 울리고 있었다.

"너무 예뻐요, 세상에!"

라희는 넋을 잃고 이 아름다운 풍경을 바라보았다. 현대에서는 도시에 살았기 때문에 별이 하늘을 메우고 있다는 것을 잊고 살았다. 밤이 주는 안식을 방해하는 조명들이 없는, 이 적막한 시대의 별과 달과 자연의 풍광에 잔잔한 감동이 밀려들었다.

"그래서 내가 말했지. 좋은 구경을 시켜 주겠다고."

"돈 주고도 못할 구경인데요? 꿈속에 있는 것 같아요!"

"나도 그렇다."

"응?"

검은 강 속, 또 하나의 우주를 바라보며 감탄하는 라희의 뒤를, 호의 넓은 품이 끌어안았다. 호의 손이 라희의 어깨에 걸쳐졌다. 그의 또 다른 기습에 라희의 몸이 바싹 굳었다. 쿵, 쿵 가슴이 아프게도 울려 왔다.

"가만히 있어."

어깨에 얹힌 그의 손을 풀어내려 하자, 호가 낮은 목소리로 타이르듯 말했다.

"돈 주고도 못할 구경이라며. 나도 값은 받아야 하지 않겠어?"

"이게 값이에요?"

그가 침묵으로 답을 대신했다. 자신을 뒤에서 감싼 호의 몸에 기대어, 혹은 호를 자신에게 기대게 한 채 라희는 묵묵히 풍경을 바라보았다.

"정인 같은 거 없어요."

"뭐?"

별빛 아래의 평온한 정적을 라희가 툭 깨뜨렸다. 호의 손을 풀어냈다. 이번에는 그가 순순히 놓아 주었다.

"청나라 남자 같은 거 만난 적 없다구요. 워너원은 청나라 사람도 아니고 제 정인도 아니라고요."

몸을 돌려 그를 마주보았다. 두어 뼘은 더 큰 그의 얼굴이 달그림자에 그늘져 잘 보이지 않았지만, 미미한 화색은 느낄 수 있었다.

"솔직하게 말하는 거예요. 나도 계속 이렇게 피하는 건 예의가 아닌 것 같아서… 그냥 단도직입적으로 말할게요."

작은 한숨을 내쉬는데 폐부가 쓰려왔다.

"나 좋아하지 말아요."

"싫다."

말이 채 끝나기도 전에 호가 자르듯 대답했다.

"내가 그쪽을 처음 만난 날 도망친 이유는요. 딴 남자가 있어서가 아니라, 그쪽이든 누구든 남자 때문에 내 인생을 발목 잡히고 싶지 않아서예요."

조선 시대 남자가 이해해 줄 생각은 아니었다. 하지만 적어도 오늘 그 앞에서는 솔직해지고 싶었다. 그의 눈이 서늘했다.

"어째서 그런 생각을 가지게 됐느냐?"

"그것까지 말하기엔 너무 복잡해서요. 어쨌든 난 사랑 같은 쓸데없는 감정도 지긋지긋하고, 평생 그쪽 아내로 살아줄 생각 따윈 쥐꼬리만큼도 없어요. 그러니까 나 같은 사람 마음 얻으려 하지 말고 얼른 내쳐버리고 좋은 현모양처 들이세요."

라희의 차디찬 말에 호가 한숨을 푹 내쉬었다.

"가시를 세운 새끼 고슴도치 같구나."

"저기요, 나 진지하거든요?"

그때, 호가 라희를 품으로 끌어당겼다. 그의 완력에 그에게 폭 안긴 라희는 바둥거렸지만 이내 얼굴을 묻었다. 어째서인지 눈물이 났다.

"네 인생 발목 잡을 생각, 추호도 없다."

듣기를 바라던 말인데, 가슴이 아렸다.

"하지만 너에게 내 인생을 발목 잡힐 생각은 조금 있지."

그가 못을 박듯 말했다. 심장이 아플 만큼 벅차게 뛰었다.

"날 만나기 전의 네 인생에 대해서는 고작 출신과 가문 정도밖에 모르지만 사연이 많다는 건 알아. 양반집 곱게 자란 딸이 너처럼 제멋대로일 리는 없으니까. 하지만 분명한 것은…."

한 템포 쉰 그가 작은 한숨을 섞어 말했다.

"그럼에도 불구하고 아니, 그렇기 때문에 네가 너이기 때문에 네가 자꾸 끌린다."

이러면 안 되는데, 다시는 사랑 따위는 하지 않기로 했는데, 그깟 남자 따위는 믿지 않기로 했는데, 얼마 전부터, 혹은 처음 만난 그 순간부터 그가 서서히 가슴에 스며들고 있었다. 그의 가슴을 밀며 그의 품에서 벗어나 마주보았다.

"아니 진짜! 자존심도 없어요? 싫다는 사람을 왜 자꾸 좋아한다고 하는데…! 나 정말… 그쪽 좋아하기 싫은데! 왜 자꾸 흔들어요!"

울며 짜증내며 그에게 따졌다. 울기 싫은데 눈물이 펑펑 흘렀다.

"나 진짜… 그쪽 안 좋아하려고 했는데, 일부러 안 좋은 생각만 하려고 했는데…. 나한테 자꾸 왜 그러는데요!"

어느 순간 그의 한마디에, 그의 손짓 하나에 가슴이 뛰었다. 그를 생각하게 되고, 그를 기다리게 되고, 그를 좋아하게 되었다. 이성으로 누를 수 있는 감정이 아니었다. 호의 찬 손이 라희의 볼을 감싸며 그녀의 눈물자국을 부드럽게 닦아냈다. 심술궂은 심보겠지만, 그녀가 자신에게 흔들린다는 것이, 자신 때문에 울고 있다는 것에 호는 즐거웠다. 벅찬 고동이 가슴 깊은 곳에서 울리는 듯했다.

"나 감기 걸렸어요, 고뿔이요. 옮기면 어쩌려고…."

그의 시선이 자신의 입술을 향하고 있다는 것을 느낀 라희가 뾰루퉁한 목소리로 선수를 쳤다. 호의 입술이 호선을 그렸다.

"상관없어."

호가 라희의 아랫입술을 깨물며 입안으로 삼켰다. 맨몸으로 파도를 맞는 듯, 그의 입맞춤은 너무도 격정적이어서 벌거벗겨진 기분이었다. 라희가 작은 신음을 흘리며 입을 열었다. 호는 사막을 헤매다 오아시스를 발견한 야수처럼, 그녀를 맛보고 또 맛보았다. 구름이 또 달을 가리고, 반딧불이조차 그들을 위해 잠에 들었다.

***

"기분이 좋아 보이십니다."

하늘은 구름 한 점 없고 초가을의 볕이 따사로운 오전, 냇가가 보이는 정자에 선 호의 곁으로 검은 옷의 심복이 다가왔다. 백색에 가까운 은회색의 도포를 입은 호와 명암의 대비를 이루었다.

십 년간 호를 주군으로 모셔온 지라, 그의 작은 변화도 민감히 알아채는 그였다.

"좋은 일이 있었다."

"좋은 일이라면…."

수줍게 자신의 침입을 받아들이던 라희의 붉은 입술과 그 달콤함이 떠오르자, 호는 다시 그녀가 보고 싶어졌다. 어젯밤부터, 아니 꽤 전부터 그녀를 안고 싶었고 그녀를 향한 욕심을 양껏 채우고 싶었지만 간신히 인내하는 중이었다.

"그런 일이 있었다. 청의 움직임은 어떻더냐?"

"산해관의 오삼계가 청과 연합할 것 같습니다."

"이자성은 죽 써서 개를 준 셈이군. 청의 시대가 열리겠구나."

청에서 살 적부터 구축해둔 호의 정보망은 조정에 전달되는 공식적인 소식보다 빨랐다. 호는 정보를 바탕으로 빠르게 변화하는 치밀한 물밑 상황을 명철히 읽어내었고, 이는 현의 정치적 입지에도 큰 도움이 되고 있었다.

"오늘부터 상복을 입으시는 것입니까?"

"명나라가 멸망한 마당에 쓸데없는 짓이지만, 전하의 명이다."

"…관계없는 이야기지만 저잣거리에 온통 괴이한 소문이 돌고 있습니다."

심복의 걱정스러운 말투에 호는 미간을 찌푸렸다.

"소문이라니?"

"세자저하에 대한 소문입니다. 어찌 보면 대군께서도 관련되어 계시어…."

"쓸데없는 소문 따위 신경 쓸 바 아니다. 보나마나 형님 대신 내가 왕이 될 것이라는 헛소문이겠지."

호의 말에 주춤하던 심복은 눈치를 보며 말을 이었다.

"그것이… 이번에는 부부인 마님에 대한 소문이라…."

"무어라?"

라희를 뜻하는 칭호에, 호의 눈빛이 매섭게 바뀌었다. 그녀의 이야기가 나오자마자 신경이 날카로워져 살기까지 내뿜는 주군의 모습에 심복은 침을 꿀꺽 삼켰다.

***

따사로운 볕 아래, 라희는 아기 병아리처럼 종종 뛰어 마당을 가로질렀다. 잽싸게 라희를 좇아온 월수가 장옷을 조심스레 씌웠다. 아랍 여인들의 차도르가 따로 없었다.

"갑갑해요. 이거 꼭 써야 해요?"

"입모를 안 쓰고 외출하셨다가는 관아에 잡혀가실지도 모릅니다."

월수의 말에 라희는 한숨을 푹 내쉬었다. 사실 반은 진실이고 반은 거짓이었다. 머리를 덮는 장옷을 쓰지 않고 여인이 돌아다니는 것은 불법이었지만, 어떤 간 큰 양반네가 고발하여 정연대군 부인이 관아에까지 갈 일은 없을 것이다.

"가채도 안 쓰신다고 이리 고집을 부리시고! 마님, 지금이라도 다시 안으로 들어가셔서…."

"그놈의 가채! 생각만 해도 목에 담 걸릴 것 같아요. 전제군주제만 아니었어도 여성인권 운동이라도 하는 건데."

"전… 무슨 주제요?"

"아니에요. 얼른 장이나 보러 갑시다. 장옷은 단디 쓸게요."

하인들이 대문을 열어주자, 라희는 신나게 앞으로 나섰다. 장옷을 뒤집어쓴 월수가 라희의 뒤를 따랐다. 라희는 어젯밤의 일이 떠올라 자신도 모르게 미소 지었다. 그리도 거부했던 사랑은 너무도 달콤하게 그녀의 입술에, 가슴에 휘몰아쳤다.

"좋은 일이 있으십니까? 오늘따라 유난히 기분이 좋아 보이십니다."

"방패요. 그냥 내려놓아 버리니까 덜 아픕니다. 많이 무거웠나 봐요."

"네?"

"그냥, 그런 일이 있었습니다."

월수의 물음에 라희는 밝게 미소 지었다.

사실 이곳에 와서 처음으로 하는 낮 외출이었다. 발목 잡지 않을 테니, 도망치지 말라는 조건으로 호는 라희의 외출을 허락했다. 애도 아닌데 허락까지 받아야 하냐는 라희의 쏘아붙임에 한바탕 신경전이 또 벌어지긴 했지만, 어쨌든 좋은 것이 좋은 것이다. 이제는 라희가 원할 때면 언제든 밖으로 나갈 수 있었다.

"우와아! 나 진짜 사극 속으로 들어온 것 같아요!"

장날이었다. 오일장은 물건 값을 흥정하는 외침들과 장구 소리, 사당패의 흥겨운 몸짓과 얼쑤 하는 추임새 소리로 한껏 활기를 띠고 있었다. 현대의 기준으로는 마감이 어설프고 투박해 보이는 장신구 좌판은 연신 탄성을 내지르는 소녀들에 둘러싸여 있었다.

"마님, 혼잡하니 조심하십시오!"

장옷을 걸치고 더워 땀을 뻘뻘 흘리면서도 라희는 간만의 바깥 나들이에 잔뜩 신이 나 있었다. 양 손에 짐을 든 월수가 포목점에서 비단을 보고 있을 때, 두리번거리던 라희가 자기도 모르게 인파 속으로 들어갔다.

"잡았다."

방향감각을 잃어 어리둥절해 있을 때였다. 손목을 낚아채는 투박한 손에 라희는 깜짝 놀라 손의 주인을 쳐다보았다. 연보라색의 도포를 걸친 키 큰 사내가, 숙인 얼굴을 장난스럽게 들었다. 라희의 눈이 커졌다.

"어엇!"

갓 아래는 예상치 못한 얼굴이 즐겁다는 듯 미소 짓고 있었다.

"세자… 저하?"

현이었다. 곤룡포가 아닌 평복을 입은 그가 장터에 서 있는 모습은 다소 어색했지만, 생각지도 못하게 아는 얼굴을 만나 반가운 것은 사실이었다.

"우와! 이런 우연이 있네요!"

"그래, 우연이지. 운명 같은 우연."

"그런데 설마 저하도 장 보러 오셨습니까? 내관들이나 상궁들이 안 하고 직접 장 보시는 건 아니죠?"

"어찌 알았느냐? 몰래 나왔는데 너한테 들켜 체면이 상하는구나."

둘은 장난스럽게 서로를 마주보며 웃었다. 사실 저번 세손의 일에 끼어들어, 다시 보기가 민망했는데 이렇게 너그럽게 웃어주다니. 라희는 현이 참 성격 좋고 유쾌한 사람이라 느꼈다.

"이왕지사, 우연히 만난 거 함께 장터 구경이나 하겠느냐?"

갑작스러운 그의 제안에 라희는 당황했다. 우연히 만난 세자와 장터 구경이라니, 갑자기 이 무슨 밑도 끝도 없는 전개란 말인가.

"네? 하지만 월수가, 그러니까 제 시종이 저기서…."

"한 번 쯤은 골탕도 먹이고 하는 것이다."

"하지만…."

눈을 찡긋한 현이 라희의 손을 잡으려던 때, 갑자기 다른 손이 라희의 손을 낚아챘다. 낮익은 저음이 현을 가로막았다.

"지아비가 허하지 아니하여…"

동생임에도 형처럼 현을 이해해 주고 보필하는 호였으나, 어릴 적에도 이처럼 매섭도록 차갑게 돌변했을 때가 있었다. 현의 얼굴에서 미소가 가셨다.

"아니 됩니다."

호의 서늘한 눈이 현을 향했다. 여덟 살 때였던가, 호가 지독히도 아끼던 물건을 현이 탐내려 했을 때, 그는 이런 표정을 지었다. 그는 화가 나 있었다.

라희의 손을 잡고, 냉기가 뚝뚝 떨어지는 눈으로 자신을 바라보는 호의 모습에, 현의 표정도 미소가 가셨다. 셋 사이에 묘한 긴장이 흘렀다. 일순간 현이 굳은 표정을 풀고 허허 웃었다. 입은 웃고 있었지만 눈은 여전히 웃고 있지 않았다.

"뭐가 그리 심각하느냐? 내가 네 부인을… 도둑질이라도 할까 봐?"

뼈가 있는 말이었다. 라희는 이 상황에 안절부절못할 뿐이었다. 무슨 말을 해야 할지 몰라 쉽게 입이 떨어지지 않았다. 호의 눈은 여전히 차가웠다.

"그럴 리가 있습니까? 단지… 제 것을 남이 손대는 걸 극도로 싫어해서 말입니다."

호의 손이 라희를 끌어당기며 그녀의 어깨를 감쌌다. 현의 표정이 미묘히 굳었다. 더 이상은 두고 볼 수 없어 라희는 불쑥 나섰다.

"형제간에 갑자기 분위기가 왜 이래요? 저하랑 우연히 만났는데 제게 장 구경을 시켜준다고 하신 것뿐입니다."

"괜찮다, 편을 들어줄 필요 없다."

진땀을 빼며 둘을 중재하려는 라희를 보며, 현은 풋 웃었다. 실소였다.

"초선이 되살아나도 호는 유혹하지 못할 것이라 우스갯소리를 할 때가 있었는데, 아주 푹 빠졌구나."

현의 말에 라희의 귓불이 붉어졌다. 보통 철벽남이 아니라는 것은 익히 들어 알고 있었지만, 푹 빠지니 어쩌니 하는 소리는 제 귀로 듣기엔 부끄러운 이야기이다.

"라희와 단둘이 있다 남의 입에 오르기라도 하면, 저하께서도 곤란할 수 있다는 것, 뻔히 아시지 않습니까?"

"맞는 말이다. 오늘은 내가 실수했구나."

"무례를 너그럽게 이해해 주셔서 감사합니다."

"그래, 이만 가보마."

처음의 날선 미소와는 달리, 현은 호의 말에 쉽게 수긍했다. 듣기 좋은 말을 하지만, 여전히 화가 난 듯한 호의 표정과, 아마도 기분이 좋지 않은 상태로 돌아서는 현의 뒷모습에 라희는 발을 동동 굴렀다. 괜히 자신 때문에 의좋은 형제의 우애에 금이 갈까 두려웠다.

“왜 그래요? 그냥 우연히 만나서 함께 있었던 것뿐인데, 그렇게 무안을 주면 어떡해요?”

현이 자리를 피하자 입을 삐죽이며 따져대는 라희와 눈이 마주친 호는, 여전히 화가 난 듯한 표정으로 작은 한숨을 내쉬었다. 그의 눈 속에 복잡한 심경이 담겨 있었다.

“우연? 진정 그렇게 생각해?”

“그럼 뭐 운명이라도 됩니까?”

“됐다.”

라희의 손목을 잡은 호가 무표정한 얼굴로 라희를 잡아끌었다. 집 밖으로 자유롭게 나다녀도 된다고 약조했는데, 벌써부터 후회가 되었다.

‘평복을 연례행사처럼 입는 형님이, 인파 가득한 시장통에서, 장옷을 뒤집어 써 얼굴도 제대로 보이지 않는 라희를 우연히 만날 확률이라.’

북적거리는 군중 속에서 호 역시 한참을 돌고 돌아 간신히 라희를 찾았던 터였다. 호는 지금껏 자신이 무신경해서 현의 징조를 알아채지 못했다는 것에 화가 났고, 라희의 경계없는 순진함에도 화가 났다. 감정 표현에는 서툴면서, 사내를 대할 때는 자신이 여인이라는 자각도 하지 못하는 라희에게 괜히 심술이 났다.

"아니, 내가 뭘 잘못했다고…!"

온몸으로 냉기를 뿜는 호에게 반 강제로 끌려가며, 라희는 억울한 듯 궁시렁댔다. 장터길목을 한참 지나 인적 없는 돌담길에 이르렀을 때, 호가 갑자기 라희를 품으로 당겨 양 볼을 손으로 감쌌다.

"저기…."

그가 이렇게 몸으로 밀어붙일 때마다, 미친 듯 심장이 요동쳤다. 흰 피부와 잘난 턱선, 배우 빰치는 콧대. 그리고 심해처럼 차고 깊어 빨려들 것만 같은 눈동자. 잘생긴 게 죄라면 능지처참으로도 부족할 얼굴이다.

"사내는 아무도 믿지 말아라."

화가 잔뜩 나 대꾸도 안 해 주더니, 기껏 한다는 말이? 라희는 김이 새서 풋 웃음을 터뜨렸다.

"남자는 다 늑대다? 뭐 이런 거예요? 치, 그쪽이 하도 능숙해서 나이 속인 줄 알았더니, 뭐 귀엽고 풋풋한 부분도 있네요?"

전혀 진지하지 않은 라희의 놀림 섞인 대꾸에, 호의 한쪽 입꼬리가 비틀렸다.

"사내에 대해 무지하여, 그리 경계가 없을 수도 있겠구나. 사내가 마음에 둔 여인을 보며 무슨 생각을 하는지, 무엇을 하고 싶어 하는지 네게 알려 줄 필요가 있겠다."

무지라니! 물론 연애를 그다지, 아니 거의 해보지 못하긴 했지만 결혼생활을 칠 년이나 했다. 칠 년 중 결혼생활다웠던 시간은 고작 몇 개월이라지만, 어찌되었건 전직 유부녀 아닌가! 라희는 어이가 없어 펄쩍 뛰었다.

"하? 저기요? 내가 그런 거 모를 짬은 아니죠! 어디 번데기 앞에서 주름을 잡고 있어요?"

"그렇다면 더 잘 됐구나."

호가 배고픈 악마처럼 사악하게 미소 지었다. 아까의 말이 그제서야 훅 들어오며 라희는 깨달았다. 말려들었다는 것을. 호가 라희의 귓가에 입을 대고, 낮은 목소리로 즐거이 속삭였다.

"오늘 밤은 익히 알고 있는 것을 해보자꾸나."

라희의 몸이 바짝 굳었다. 눈앞이 핑핑 도는 것 같았다.

"뭐… 뭐를요! 하긴 뭘 해요?"

라희의 귓가에서 맴돌던 호의 입술이 부드럽고 흰 목덜미에 닿았을 때, 라희는 놀라 숨을 흡 하고 들이켰다. 라희의 목에 부드럽게 입 맞춘 호가, 욕심에 찬 미소를 지으며 라희를 바라보았다.

"이런 거."

그의 표정과 목소리는 미치도록 섹시했다. 라희는 대꾸하려던 말을 잊고 쿵쿵 울리는 심장을 주체 못하며, 다소 긴장한, 흔들리는 눈동자로 그를 보았다.

***

평복 차림으로 뒤에 내관 두어 명을 데리고 동궁전에 돌아온 현의 모습에, 정 내관을 비롯한 내관과 상궁들이 황급히 허리를 숙였다. 무표정한 현의 얼굴을 본 정 내관은 그의 의중을 알 수 없어 미간을 찌푸렸다.

'제 것을 남이 손대는 걸 극도로 싫어해서 말입니다.'

호의 목소리가 아직도 메아리처럼 귀에 울렸다. 현이 화가 난 이유는 호가 자신에게 대항했기 때문이 아니라, '제 것'이라는 두 글자 때문이었다. 분명 맞는 이야기인데, 기분 나쁠 만큼 가슴이 쿡쿡 쑤셔 왔다.

"외출은 어떠셨습니까?"

정 내관이 곤룡포의 착용을 도우며 넌지시 물었다.

"좋았다."

긍정적인 대답이었지만, 말투는 꽤나 무미건조했다. 더 이상 그에 대해 이야기하지 말라는 신호라는 것을, 정 내관은 눈치로 알았다. 사실 라희가 오늘 장터에 나갔다는 정보는 정 내관이 제공한 것이었다. 그 이야기를 흘리자마자, 오래간만에 평복으로 백성들의 삶을 둘러보겠다고 급히 나가던 현을 보고 정 내관은 자신의 추측이 틀리지 않았음에 감탄했다.

"혼자 독서를 할 터이니 나가 있거라. 행여나 누가 찾아오더라도 들이지 말라."

"예, 저하."

그 이후 라희를 만났는지, 만났다면 무엇을 했는지, 어떻게 상황이 진행되었는지는 모를 일이었다. 정 내관은 아쉬운 마음으로 물러났다. 홀로 책상에 앉은 현의 눈이 날카로워졌다.

'가져서는 안 되는 것이 갖고 싶을 때는 어찌하면 좋을까?'

린이를 구해주고, 물에 푹 젖어 살결이 비친 라희의 모습이 떠올랐다. 현은 책상에 놓은 벼루를 집어던졌다. 사랑이란, 조절할 수 없는 감정이기에 더 화가 났다. 호와 평생을 함께하며 쌓아왔던 신뢰와 우애가, 라희에 대해 타오르는 욕심 때문에 점점 변질되는 느낌이었다.

'숨기자. 외면하자. 그것이 옳다. 그 아이를… 잊자.'

아우의 여인을 탐하려 하는 것은 윤리적으로 허용되지 않는 일이다. 사람의 양심이란 실로 너무도 나약하여, 이성의 힘으로 스스로를 다그치지 않으면 안 된다. 그렇지 않으면 오늘처럼 큰 실수를 하게 될 수도 있다.

"세자저하!"

분명 방해하지 말라 했는데, 정 내관의 목소리가 들렸다. 현은 미간을 찌푸렸다.

"중전마마께서 꼭 저하를 뵈어야겠다고 하셔서…."

정 내관의 말이 끝나기도 전, 문이 벌컥 열리며 화려한 복식을 한 어머니가 안으로 걸어 들어왔다. 정 내관은 난처한 표정으로 몸을 움츠렸다. 현은 작은 한숨을 쉬며 자리에서 일어났다.

"어인 일이십니까?"

"사람을 다 물리세요."

차가우면서도 단호한 어머니의 말에 현은 정 내관에게 눈빛으로 신호하였고, 정 내관이 조심스레 문을 닫고 밖으로 나갔다. 정 내관의 명에 주변의 모든 궁인들은 세자의 집무실에서 최대한 떨어졌다. 정 내관이 미심쩍은 표정으로 고개를 갸웃거렸다.

"조금 더 일찍 옥좌에 앉으셔야겠습니다."

중전이 다소 화가 난 듯, 굳은 표정으로 현을 노려보듯 말했다.

"갑자기 무슨 말씀이십니까?"

"세자를 지키기 위해서입니다. 정신 똑바로 차리시고, 날 보세요."

자신의 코앞으로 다가온 어머니의 눈에는 핏발이 서 있었다. 눈치 빠른 현은 중전이 무슨 생각을 하는지 감이 왔다. 뒤이어 가슴에서 참을 수 없을 만큼의 고통과 분노가 밀려왔다. 그는 화를 터뜨리는 대신, 살기 어린 미소를 가득 띤 채 고개를 들고 말했다.

"아버님께서 나를 쫓아내고, 호를 세자로 세우시려고 하는 겁니까, 기어코?"

두 자녀들에게, 특히나 호에게 매섭게 대했던 이유는 왕실에서 흔했던 혈육상잔의 비극을 막기 위해서였다. 왕의 사랑이 호에게 쏠릴수록, 반대로 그녀는 호에게 더욱 엄격해졌다. 형만 한 아우는 없어야 했다. 왕권에서 아우가 형을 제친다는 것은, 형의 죽음을 의미한다. 그것은 그녀가 어머니로서 가장 두려워하는 일이었다.

"내가 세자에게 왕위를 선물할 터이니, 세자는 한 가지만 약조하세요."

중전의 목소리가 떨리고 있었다. 자신의 배에서 난 자식들이 서로를 죽이는 꼴은 절대 볼 수 없었다.

"호를 미워하지 말고, 지켜주세요. 호가 잘못이 없다는 걸 세자도…."

"제가 왜!"

중전의 말을 현이 끊었다.

"제 아우를 해하겠습니까? 핍박 받는 낯선 땅에서부터 의지하며 살아온 세상 하나뿐인 벗입니다. 염려… 거두십시오."

그는 들끓던 분노를 없었던 것처럼 능숙히 숨기고 미소 지었다. 사실 아버지에 대한 존경과 애정 따위는 사라진 지 오래였다. 패륜이라 할지라도, 어머니의 제안을 받아들여야 했다. 살려면, 살아가려면 말이다.

"세자를 믿겠습니다."

자신이 낳은 두 아들 중 하나가 희생되기 전, 남편을 죽이기로 작정한 중전은 충혈된 눈으로 현을 강하게 바라보았다. 현이 걱정 말라는 듯 고개를 끄덕였다.

'어머니, 저는 더 이상 숨기지도 외면하지도 않겠습니다.'

뒤돌아서서 문으로 향하는 중전을 보며, 현이 일그러진 웃음을 지었다.

'어머니와의 약조는 지키도록 노력하겠으나 스스로와의 약조는 지키지 못할 듯합니다.'

잘난 동생이 자랑스러울 때도 많았고, 이처럼 출중한 아이가 자신을 중심으로 돕는 것에 더욱 우쭐하기도 했다. 그러나 한편으로는 자신을 매섭게 쳐다보는 아버지의 눈길이 호를 따스히 볼 때마다 속 깊은 곳에서 응어리가 졌다. 응어리진 어둠은 점점 커져갔다. 그것은 점점 크게 부풀어 오르다가, 라희를 좋아하게 된 이후로 금방이라도 토해낼 만큼 목구멍까지 차올랐다.

'왕위에 오르고, 그 아이도…!'

현의 눈에 탁한 광채가 일렁거렸다. 그는 자신의 못난 욕심을 인정하기로 했다.

***

눈썹달이 뜬 밤의 정연대군저 안채, 목욕을 마친 라희가 흰옷을 입은 채 허리까지 풀어헤친 머리를 말리고 있었다. 월수가 피부에 좋다는 약초를 물에 함께 데워줘서인지, 그렇잖아도 보송하고 어린 피부가 더욱 부드러워진 느낌이었다.

'사내가 마음에 둔 여인과 무엇을 하고 싶어 하는지, 네게 알려줄 필요가 있겠다.'

문득 돌담길에서 호가 했던 말이 생각난 라희는 괜히 헛기침을 했다. 고뿔은 진작 나았는데도 말이다.

'에이… 설마.'

목에 닿았던 호의 입술, 중추신경을 자극하는 듯한 그 감각을 떠올리자 얼굴이 붉어졌다. 죽어도 결혼 따위는 하지 않겠다고 다짐해놓고, 그의 마음을 받아들이는 것에 더해 말려들기까지 하다니 라희는 제 자신이 부끄러웠다. 몸은 열여덟이지만 헛먹은 실제의 나이도, 자신보다 꽤 연하인 그에게 대책 없이 휘둘리는 감정도 부끄러웠다.

톡톡.

몸을 움츠린 채, 자신도 모르게 헤실헤실 웃고 있는데 밖에서 인기척이 들렸다.

"헉!"

눈을 크게 뜬 라희는 황급히 방 안을 둘러보더니 전광석화의 속도로 이불로 들어갔다. 그리고 문의 반대편으로 돌아누워, 자는 듯 눈을 감았다. 문이 열린 것은 간발의 차이었다. 월수나 여종들과는 다른 사내의 발소리가 들렸다. 라희의 심장이 미친 듯 두근거렸다.

"자느냐?"

익숙한 호의 저음이었다. 모든 감각이 민감해져서인지 그에게 나는 시원한 향기가 바로 코앞에라도 있는 듯 진하게 느껴졌다.

"…."

"불도 끄지 않고."

호롱불로 다가선 호가 바람을 훅 불어 안채에 어둠을 밝혔다. 잔뜩 긴장한 라희의 몸이 이불 속에서 더 움츠러들었다. 불을 끈 그가 저벅저벅 걸어 라희의 이불로 다가왔다.

"…!"

이불이 살짝 들리는 느낌이 들더니, 등에서 그의 널찍한 품이 느껴졌다. 라희는 너무 놀라 숨을 쉴 수도 없었다. 잠든 척을 한 이상, 갑자기 일어나는 모양새도 이상했다. 그대로 굳어 있는데 이불 위로 그의 팔이 뒤에서 껴안듯 감쌌다.

"자는 사람을 덮칠 수도 없고, 이거 참…."

장난기 담긴 나지막한 목소리에 라희는 숨을 삼켰다. 잠든 척한 것을 들킨 것일까? 만약 여기서 일어나면 상황이 어떻게 전개될까? 심장이 점점 가쁘게 뛰어왔다. 호가 라희의 얼굴을 가린 긴 머리칼을 귀 뒤로 넘겼다. 그의 손가락이 턱선과 귀를 어루만지는 감각이 너무 자극적이어서 온 몸의 신경이 예민해졌다.

"어쨌거나 오늘 밤은 서로가 익히 알고 있는 것을 하기로 했으니."

냉혈한 싸가지인 줄만 알았던 그가 이렇게 능글맞은 인간이라고는 상상하지 못했다. 눈을 감고 있는데도, 그의 입에 걸린 호선이 보이는 듯했다.

"네 곁에 있으마."

귓가에서 들리는 그의 목소리에 라희의 몸이 바짝 굳었다. 오늘은 잠을 자지 못할 것 같았다. 그대로 잘 수도 깰 수도 없는 상황이다. 등에 와 닿는 그의 가슴이, 귓가에 와 닿는 그의 숨결이, 코끝에 와 닿는 그의 향기가 라희를 괴롭히고 있었다.

라희는 호의 품에 등을 대고, 어둠 속에서 그의 숨을 느끼며 한참을 있었다. 문득 그의 살결이 느껴질 때마다 온몸에 열감이 느껴졌다. 자는 척하고 있지만 쉽사리 잠이 오지 않았다.

"이것도 좋구나."

그가 뒤에서 조금 더 라희를 강하게 껴안았다. 라희는 소리를 낼 뻔한 것을 간신히 참았다. 깨어 있다는 것을 들키면, 호는 이 밤을 포옹으로 끝내려 하지는 않을 것이다.

'나… 다시 사랑을 해도 될까요?'

어릴 적이라면 물불 가리지 않고 불나방처럼 사랑에 뛰어들었을지도 모르지만, 지금은 다르다. 사랑이 결코 생각처럼 아름답지만은 않다는 것을 알기 때문이다.

'이 사람을… 정말 믿어도 될까요?'

라희는 눈을 꼭 감고 입술을 깨물었다. 어느 순간 자신도 호를 사랑하고 있다는 것을 알았지만, 한편으로는 두려웠다. 사랑하는 마음이 클수록, 닥칠 수 있는 아픔의 강도가 비례한다는 것을 알

왔다.

'네게 끌린다.'

그의 목소리가 마음의 골짜기에서 메아리처럼 울렸다. 이미 시작된 사랑을 재단하는 일은 바보 같은 짓이다. 그의 따뜻한 품에서도 라희는 잠을 제대로 이루지 못했다.

***

닭이 울기 전, 호는 습관처럼 눈을 떴다. 옆에서는 라희가 작은 숨을 새근거리며 잠들어 있었다. 언제나 비워져 있었으며, 채울 필요도 느끼지 못했던 마음의 한 구석이 기분 좋게 충만해지는 느낌이었다. 이래서 시집장가를 드는 모양이었다.

"아쉽구나. 함께 일어났으면 좋았을 것을."

봉긋한 이마와 오똑한 코, 희고 보드라운 살결, 숱 많은 속눈썹. 라희의 잠든 모습을 쳐다보던 호는 아쉽다는 듯 말했다. 역사는 밤에만 이루어지지는 않는다. 어제도 참았는데, 또 참아야 한다니 조금 심술도 났다.

'언제까지 참을 수 있을지는 모르겠구나.'

사실 어젯밤은 라희가 자지 않고 깨어 있다는 것을 알고 있었다. 무예에 능한 호에게 상대의 다양한 기를 간파하는 것은 쉬운 일이었다. 바짝 굳어 자는 척하는 모습이 귀엽기도 하고 놀리고 싶기도 하여, 뒤에서 꽉 껴안았다. 놀라 숨을 들이키는 모습이 어찌나 귀엽던지.

라희의 이마에 입맞춤을 한 호는 옷매무새를 정돈하며 일어섰다. 어젯밤에는 라희도, 그리고 호도 밤을 지새우다시피 했다. 라희는 긴장해서. 그리고 호는 본능을 자제하느라 말이다. 그녀를 갖고 싶은 욕망은 강렬했으나, 그것마저 강요할 생각은 없었다. 라희의 마음이 열리기까지 당분간은 기다려 줄 셈이었다.

진정, 언제까지 참을 수 있을지는 모르겠지만 말이다.

***

밤기운이 제법 서늘해진 구월의 초, 임금의 생일을 맞아 근정전에서 큰 연회가 열렸다. 왕실의 종친들과 대소신료들이 끝도 없이 열을 맞추어 앉았고, 나인들이 술과 음식이 든 상을 각각 내왔다. 중앙에는 임금과 중전이 연회에 어울리는 붉은 옷을 입고 앉아 있었고, 그들의 오른편에는 현과 호, 그리고 몇몇의 군들과 옹주들이 밝은 표정으로 자리해 있었다.

"감축드리옵니다. 전하!"

"만수무강 하시옵소서! 천세! 천세! 천천세!"

정승들의 술을 사양 없이 받은 임금은 이미 코끝이 붉어져 있었다. 중전은 짙은 화장을 하고, 입가에는 다소 가식적인 듯한 미미한 미소를 띠고 있었다.

"오늘은 기분이 좋구나! 마음껏 취해보겠다!"

왕이 술을 한 잔 들이키자, 연주가 시작되고 무희들이 중앙으로 나와 춤을 추었다. 왁자지껄한 분위기 속에, 연회는 성공적으로 진행되었다. 중전과 현이 서로 간에 어두운 눈빛을 주고받는 것은, 누구도 알지 못했다. 그때 호가 일어서서 왕에게 향했다.

"소자도 전하께 술 한잔 올리고 싶습니다."

호의 말에 왕은 기뻐하며 잔을 받았다. 작은 잔 속에 진귀한 술이 한가득 찼다. 꿀렁거리며 차오르는 잔을 보며 정 내관이 긴장스러운 표정으로 침을 삼켰다.

"허허허! 좋다! 대군이 주는 잔, 받아보자!"

왕의 목울대로 넘어가는 술을, 무표정한 눈으로 중전은 쳐다보았다. 꿀꺽꿀꺽 넘기던 왕이 어느 순간 술잔을 떨어뜨렸다. 좌중의 시선이 임금과 호에게 쏠렸다.

"켁! 켁!"

잔을 떨어뜨린 그가 갑자기 심한 기침을 해댔다. 중전의 미간이 꿈틀거렸다. 심상치 않은 기침에 신료들이 웅성거렸다. 현이 표정없이 아버지를 보고 있었다.

"아버님!"

호가 다급히 외치며 술병을 내려놓고 왕을 부축했다. 아버지의 몸이 흔들리고 있었다.

"괜찮으십니까? 아버님!"

몇 차례 더 기침을 한 왕은, 기침이 멎자 벌게진 얼굴로 웃었다. 그는 꽤나 취해 있었다.

"허허허! 급히 마시다 보니 사레가 들렸구나!"

사단이 나는 줄 알고 긴장했던 일꾼들과 관원들 역시 안도의 한숨을 내쉬었다. 중전이 소매에서 손수건을 꺼내 임금의 땀을 닦아주었다. 현은 조용히 술을 들이켰다. 밤이 깊어지고 있었다.

***

연회 다음날, 머리가 조금 아팠지만 현은 집무실에서 여느 때처럼 책을 읽었다. 그러나 활자가 머릿속에 들어오지 않고, 잡념만이 그를 괴롭혔다. 어젯밤 연회가 끝나고 동궁전으로 돌아가는 그에게 다가온 어머니가 낮게 속삭였다.

'보름이면 효과가 나타난다고 했습니다. 그동안 잘 버티셔야 합니다.'

독의 종류가 어떤 것인지는 현도 몰랐지만, 분명한 것은 아버지가 곧 앓아누울 것이라는 사실이다. 어쨌든 지아비인 임금을 해하려 하는 이유는 중전 또한 다급해서였다. 왕이 현에 대한 피해의식이 심해지고 있고, 이미 현을 몰아세우기 위해 움직이고 있다는 것을 들었다.

'몸을 낮추시고, 항상 조심하세요. 세자.'

어머니의 당부가 귓가에 맴돌았다. 호는 그날 이후로 전처럼 자신에게 살갑게 하지 않았다. 현 또한 호를 마주하는 것이 불편했다. 과거의 일이 양심에 걸려서가 아닌, 미래 자신이 계획하는 바가 다소 가책으로 와닿았기 때문이다.

"전하, 송구하오나 잠시 들어가도 되겠습니까?"

정 내관의 목소리였다. 현이 허하자 그는 눈치를 보며 슬금슬금 들어왔다. 그는 현을 보며 한참을 망설이더니 품에서 종이봉투 하나를 꺼냈다.

"저, 이것을 꼭 저하께 전해 달라고…."

"누가?"

"정연대군 마마댁 여종이 궁에 찾아와서 말입니다."

호가 밀서를 보낸 것일까, 그는 기밀스러운 정보를 현에게 전할 때 때로는 다양한 방법을 이용하고는 했다. 현이 감흥 없이 봉투를 받아들어 보았다. 개봉된 적이 없는 봉투였다. 정 내관을 물러나라고 한 현은, 봉투를 찢어 편지를 보았다. 얼마 되지 않는 몇 줄의 글을 읽어 내리던 그의 얼굴이 굳었다.

***

장옷을 쓴 라희는 월수의 동행을 마다하고 홀로 집을 빠져나왔다. 지리에 밝지는 않았지만, 약도를 본 터라 혼자서도 찾아갈 수 있을 듯했다. 바쁜 발걸음으로 돌담길을 지나 샛길로 들어갔다.

'누가 보낸 것일까…?'

어젯밤은 호 때문에 새벽녘에나 잠이 들어, 오늘 늦잠을 자고 일어난 터였다. 방 안에 덩그러니 놓여 있던 흰 봉투를 이리저리 돌려 살펴보다가 자신의 이름자를 발견하고 과감히 찢고 내용물을 보았다. 어릴 적부터 종갓집에서 자라며 어깨너머로 한자를 배웠기 때문에 글은 어느 정도 읽을 수 있었다.

'정연대군의 목숨을 살리고 싶으면 아래의 장소로 나오거라. 혼자 나오지 않으면 네 서방의 목숨은 없다. 이 편지는 태우거라.'

드라마나 소설에서 흔히 나오는 함정이었다. 누군가를 음모에 빠트리기 위해서 악당이 놓는 덫은 이런 방식이 많았다. 그럼에도 라희는 이 편지를 무시할 수 없었다. 현대처럼 핸드폰이라도 있었다면 당장 전화를 걸어 안부를 확인하겠지만, 이 시대에는 그가 오늘 밤 무사히 귀가하기만을 기다리는 수밖에 없다.

'죽는다….'

그가 죽는다는 것은 상상할 수도 없는 일이었다. 글로만 읽어도 심장이 내려앉는 듯했다. 만약 이 편지를 무시했다가 그에게 정말 그런 일이 생긴다면? 라희는 스스로를 용서할 수 없을 것 같았다. 생각이 거기에까지 다다르자 라희는 장옷을 꺼냈다. 쓸 일 없을 것 같던 은장도도 꺼냈다.

'그래, 어쩌면 정말 도움을 주려는 사람의 편지일지도 몰라.'

라희는 스스로의 무모한 행동을 합리화했다. 사랑이란 감정은, 다시 그것을 잃고 싶지 않다는 애절함은 그녀의 이성을 마비시켰다. 바보 같은 짓이었지만, 라희는 편지를 태우는 대신 서랍장에 넣어두고 길을 나섰다.

"…."

해가 중천에 떴는데도 기울어져가는 폐가는 귀신이라도 나올 듯 을씨년스러웠다. 라희는 조심스레 폐가의 마당으로 발을 옮겼다.

부스럭.

어디선가 옷깃이 부딪히는 듯 사그락사그락 소리가 났다. 잔뜩 긴장한 라희는 품에서 은장도를 꺼내 날을 세웠다.

"누구… 있어요?"

폐가의 창고로 다가간 라희는 양 옆을 두리번거리며 긴장한 채 물었다. 창고 안에서 뚫린 나무문을 통해 누군가가 그녀를 보고 있었다.

"정연대군 부인 장라희입니다. 편지를 보고 왔어요! 누구 없어요?"

장옷을 어깨까지 내린 라희는 다시 외쳤다. 분명 아까 인기척이 느껴졌는데 누구도 대답하지 않았다. 불안한 느낌이 밀려들었다. 그때였다.

"…!"

기척도 없이 뒤에서 나타난 장신의 누군가가 라희를 덮치듯 한 팔로 안았다.

"꺄아악! 뭐야! 으악! 안 놔, 이 새끼야!"

그렇잖아도 온몸의 털이 곤두설 만큼 긴장했는데, 갑자기 기습을 받자 놀랄 대로 놀란 라희는 은장도를 떨어뜨리며 비명과 욕설을 내질렀다. 현대에서 사고가 있던 그 날, 자신을 쫓아오던 전 남편이 떠올라 더욱 패닉에 빠진 것이다. 놀라 몸부림치는 라희를 그는 품에 끌어당기며 진정시키기 위해 꽉 안았다.

"쉬, 쉬…. 나다. 이 새끼라니, 너무하구나."

귓가에서 익숙한 목소리가 들렸다. 사고기능이 정지되어 그 목소리에도 불구하고 한참을 날뛰었지만, 어느 순간 몸부림이 멈추었다.

"이호, 네 서방이란 말이다."

"서방? 서방…?"

그제야 그의 익숙한 품이 느껴지고, 그만의 특색 있는 저음이 귀에 들어왔다. 그가 어젯밤처럼 뒤에서 자신을 안고 있었다. 부들부들 떠는 자신을, 부드럽게 안도시키듯 양 손으로 자신의 어깨를 감싸고 있었다.

"하아, 아니…. 왜, 왜? 나 진짜 죽는 줄 알았단 말이에요!"

"쉿."

긴장이 풀리며 안도감과 함께 원망인지 무엇인지 모를 감정이 밀려든 라희가 울먹이듯 외치는 것을 호는 멈추게 하더니, 갑자기 허리춤에서 검을 뽑아들었다. 날카로운 철이 쇠를 스치는 효과음에 라희는 다시 바짝 긴장했다. 라희의 몸을 옆으로 돌린 호는 창고의 문을 한 발로 걷어찼다.

빠지직.

썩은 경첩이 틀에서 빠지는 소리와 함께 문이 쿵하고 앞으로 떨어졌다. 호의 검이 창고 안에 있던 한 사내의 목을 겨누고 있었다. 그가 라희를 불러낸 장본인이었다. 검은 도포를 쓰고 갓을 쓴 그는 고개를 숙이고 있어 얼굴이 쉬이 보이지 않았다.

"헉!"

목에 차가운 호의 검날이 닿고, 뜨거운 쓰림이 느껴지자 놀란 그는 벌벌 떨며 고개를 들었다. 그를 알아본 라희의 눈이 커졌다.

"그때… 세자저하의 내관 아니세요?"

"네놈이었구나."

호의 서늘한 눈동자가 강한 살기를 담고 있었다. 범 앞의 쥐처럼, 정 내관은 파랗게 질려 떨고 있었다. 당초의 계획은 이것이 아니었는데, 제대로 틀어졌다.

"대군마마! 뭔가 오해가! 이것은 다 대군마마를 위해서…."

정 내관은 다급히 외쳤다. 냉철한 호는 오늘 손속에 자비를 두지 않을 것이다.

"무슨 오해인지 내게도 말해 보거라."

"헉!"

호의 뒤에서 나타난 또 한 명의 얼굴에, 정 내관은 핏기가 가셨다. 원래라면 이곳에 라희와 단둘이 있어야 하는, 자신의 주군이었다. 평복을 입은 현의 표정이 싸늘히 굳어 있었다. 호의 검날이 정 내관의 목에 생채기를 내고 있었다.

"죽을죄를 지었습니다!"

"주상 전하 납시오!"

정 내관이 손을 싹싹 빌며 턱을 부딪칠 만큼 심하게 떨 때, 갑자기 임금의 행차를 알리는 소리가 들렸다. 현의 표정이 더욱 굳어 왔다. 용포를 입은 아버지가, 상당한 수의무사들을 대동하고 어울리지 않는 이 폐가로 입장하고 있었다. 어머니의 말을 믿기는 했지만, 실제로 이 상황을 마주하고 보니 더욱 참담했다.

스윽.

냉기 가득한 눈으로 정 내관을 보던 호는 그의 목숨을 거두지 못해 아쉽다는 듯 혀를 차며 검집에 칼을 넣었다. 정 내관은 다리가 풀려 주저앉았다.

"둘이 함께 있었구나."

호와 현, 라희를 본 임금의 안색은 그리 좋지 않았다. 현 역시 무표정한 눈으로 아버지를 바라보았다. 현에게 도달한 편지의 내용은, 라희가 쓴 듯한 연서였다. 그것을 믿고 홀로 이 폐가로 향했더라면, 만약 라희와 단둘이 이 폐가에 있었더라면 아버지가 판 함정에 꼼짝없이 빠졌을 것이다.

"전하…?"

얼마 전 보았을 때보다 혈색이 많이 나빠져, 용포가 아니었으면 몰라볼 뻔했다. 라희는 놀라 눈을 크게 떴다. 이 볼품없는 폐가에 호에, 세자에, 정 내관에, 왕까지! 무슨 일이 벌어지는 것인지 전혀 짐작을 할 수 없었다.

"아버님께서 꾸미신 일입니까?"

"무슨 말인지 모르겠구나. 단지 지나가다 우연히 들렀을 뿐이다."

호가 굳은 얼굴로 분노를 담아 말함에도, 왕은 모르쇠였다. 오늘의 일을 겪고 나서야 호는 아버지가 자신을 왕위에 올리기 위해 현을 쳐내려 하는 것을 알게 되었다. 그것도, 라희와 엮는 비열한 방법으로 말이다.

"저희도 우연히 만나서 이야기를 나누고 있었습니다."

현이 낮은 목소리로 비꼬는 듯한 투로 말하다 검을 뽑았다. 왕의 눈썹이 꿈틀거렸다. 날이 선 검으로 현이 정 내관의 복부를 찔렀다. 억 하는 소리와 함께 정 내관이 앞으로 무너지듯 쓰러졌다. 라희는 너무 놀라 비명을 질렀다. 살인, 살인이다. 눈앞에서 살인을 본 것이다. 모든 것이 거짓말 같았다.

"이게 무슨 짓이에요!"

호가 라희의 입을 막았다. 현은 라희를 보더니, 다시 아버지를 보며 차갑게 말했다.

"정 내관이 제 주제를 모르고 감히 저희의 우애를 시험하려 하였으므로, 합당한 벌을 준 것뿐이니, 마음 두지 마십시오."

"정 내관이야 동궁 소속이니 처분권은 네게 있는 것이 맞지. 그래, 좋은 구경을 할 줄 알았더니 싱겁구나. 나는 다시 궐로 돌아가야겠다."

자신의 명을 따르다 죽은 정 내관을 거들떠보지도 않고, 임금은 폐가를 나섰다. 아쉽게 입맛을 다시며 말이다. 친아우인 대군의 아내를 불러들여 겁탈하려던 것쯤으로 몰아세웠으면, 눈엣가시 같은 세자를 치워버리고 호를 앉힐 수 있었는데, 아쉬웠다. 비뚤어진 편애로 가득 찬 왕은 가마에 앉아 기침을 했다. 기침을 할 때마다 비릿한 맛이 섞여 나왔다.

한편 폐가에 남은 넷은, 아니 셋은 말없이 서 있었다. 눈앞에서 일어난 살인에 아직도 정신을 차리지 못한 라희가 떨며 주저앉으려는 것을 호가 감싸 안았다.

"사람이… 사람이 죽었어요! 어떻게…?"

"괜찮다…, 괜찮다. 정신 똑바로 차리거라."

'너도 죽을 뻔했다'라는 말을 호는 삼켰다. 라희가 아무리 천방지축에 강한 척하더라도 결국 이리도 연약한 여인이었다. 정치적 목적을 위해, 혹은 살아남기 위해 타인의 목숨을 거둘 수밖에 없는 것이 왕족이었으나 라희가 이해할 리 없다. 호는 그저 그녀를 꼭 껴안고 다독일 뿐이었다. 그 모습을 현이 차가운 눈으로 보고 있었다.

'내가 홀로 이곳에 오지 않은 이유는, 네가 연서를 보낼 까닭이 없었으니까.'

행여나 하는 설렘에 흔들려 함정에 빠질 뻔했지만, 현이 마음을 다잡은 이유는 라희의 마음이 자신에게 없다는 것을 알고 있었기 때문이었다. 현은 혼자 나가는 대신 호에게 연락을 취했다. 오늘의 위협은 넘어갔지만 현의 마음에는 참담함만이 남았고, 비틀린 욕망이 더욱 그를 뒤덮으려 꿈틀거렸다.

'호야. 아버지의 마음도, 그 아이의 마음도 모두 네가 가지고 있구나.'

라희를 껴안은 호를 보는 현의 눈이 음침히 물들었다.

***

파리한 안색으로 집에 도착한 라희는 대문 안에 들어서자마자 주저앉았다. 월수가 놀라 다가오는 것을 호가 막았다. 호는 부들부들 떠는 라희를 부축해 안채로 데려갔다. 방의 온기에도 불구하고 뼈가 시리도록 등골이 서늘했다.

"…그쪽은 아무렇지도 않아요?"

참았던 눈물이 볼을 타고 뜨겁게 흘러내렸다.

"눈앞에서 사람이 죽었어요. 그 사람, 같이 뱃놀이도 했었잖아요! 저하는 어떻게! 그리고 그쪽도 어떻게 그렇게 아무렇지 않을 수가 있죠?"

"스스로 죽음을 자초한 것이다."

"아니, 그런 게 어디 있어요? 사람이 사람을!"

"만일 내가 나오지 않았더라면, 그자가 널 죽였을 수도 있어."

호의 말에 라희는 순간 얼어붙었다. 호의 목소리는 낮고 차가웠지만 살기 가득한 분노가 섞여 있었다.

"형님의 허물을 만들기 위해 그자는 충분히 널 죽일 수도 있는 상황이었다고."

사실이었다. 라희와 현이 만나는 타이밍이 시차가 있다면 정 내관은 라희를 먼저 죽여 놓는 방법도 생각했었다. 가령 제수를 겁탈하려다 죽여 버린 세자라면 폐세자하기에 얼마나 좋은 핑계인가! 죽은 자는 말도 없고 말이다.

"너는 대체 왜 거기 갔느냐? 왜!"

호가 라희의 어깨를 아프도록 꽉 움켜쥐었다. 현이 호에게 보냈던 가짜 편지에는 라희가 현을 보고 싶어 한다는, 만나고 싶어 한다는 내용이 있었다. 그렇다면 라희도 같은 내용의 가짜 편지를 받은 것일까? 설마 현을 만나기 위해 폐가로 갔던 것일까?

"그쪽이…."

어깨가 잡힌 채 호를 올려다보는데, 눈물이 앞을 가려 그의 얼굴이 잘 보이지 않았다. 바보처럼 울음이 자꾸 새어나왔다.

"그쪽이 죽을까 봐! 내가 안 나가면, 죽을지도 모르니까…!"

라희의 대답에 호의 손이 느슨해졌다. 라희는 주저앉아 아이처럼 울었다. 그곳으로 향하는 순간도, 호를 만나기 전까지도, 그리고 정 내관의 죽음을 본 순간도, 오늘은 모두 하나같이 잊고 싶은 기억들뿐이었다.

"편지에 그렇게 써 있었다고…?"

호는 자신이 질투에 눈이 멀어 터무니없는 상상을 했음을 깨달았다. 엉엉 울던 라희는 서랍장에서 아까 받았던 서신을 찾아 호에게 건넸다. 편지를 읽어내리는 호의 표정이 굳었다. 라희의 말대로였다.

"바보 천치야."

"뭐? 내가 누구 때문에 이 고생을 했는데요?"

"넌 정말…."

"…."

주저앉은 라희를 호가 으스러질 정도로 꽉 껴안았다. 자신 때문에 조마조마하며 작은 몸으로 그곳까지 찾아갔을 그녀에게 미안해서, 그리고 그녀를 잃을 수도 있었다는 생각에 미칠 것 같아서 말이다. 라희의 작은 몸을 제 품에 안고 또 감쌌다.

"이름을 불러도 좋다."

"뭐라구요?"

"그쪽, 이 새끼. 이런 거 말고 차라리 이름을 불러."

"이호?"

"…성 빼고."

축축히 젖은 라희의 볼을 호가 부드러이 감쌌다. 그녀의 눈에 담긴 자신이 보였다. 붉고 먹음직스러운 입술이 달싹인다.

"…호…."

울먹이는 라희의 목소리에 참을 수 없이 갈증이 났다. 호는 그녀의 입을 덮쳤다. 오아시스를 찾은 짐승처럼, 그녀의 입술을 마시고 또 마셨다. 라희가 내는 달뜬 신음에 더욱 목이 말라, 그녀의 입을 탐하고 또 탐했다.

***

폐가에서의 일이 있은 지 사흘 뒤, 왕은 병세가 악화되어 앓아 누웠다. 환각을 보기도 했고, 헛소리를 하기도 했다. 병세는 하루가 다르게 위중해졌다. 왕이 경연에 나오지 못하고 정사를 처리하지 못하자 자연스레 실권은 세자 현에게 실리기 시작했다.

"무슨 짓이냐?"

눈에 살기를 띤 호가 정연대군저를 가로막은 병사들에게 검을 뽑아보였다. 일당백이라 일컬어지는 그의 무예를 익히 알고 있던 병사들은 움찔거리며 한 발짝 물러섰다. 병사장으로 보이는 사내가 헛기침을 한 번 하더니, 소심하게 외쳤다.

"정연대군 마마께서는 오늘부터 한 걸음도 밖으로 나가지 말라는 명이십니다."

"누구의 명? 병석에 누워계시는 전하의 명은 아닐 테고…. 누구의 명이더냐!"

호기롭게 울리는 그의 억센 목소리에 병사장은 식은땀을 흘렸다. 그때, 누군가 문 앞에 나타났다. 그를 알아본 병사들이 허리를 숙였다.

"내 명령이다."

세자 현이었다. 곤룡포와 익선관 차림의 그는, 차고 오만한 눈빛으로 호의 앞으로 다가왔다. 현을 알아본 호의 안색이 싸늘히 굳었다.

"지금 무엇을 하시는 것입니까?"

"아버님께서 위중하시어 나라 분위기가 좋지 않다. 얼마 전 나와 너를 노리려던 자도 있었고, 그래서 너를 보호하려는 것이다."

"보호입니까, 감금입니까?"

현이 호를 보며 비릿하게 웃었다. 청에 함께 볼모로 있을 때부터 서로만을 의지하며 살던 둘이었으나, 언제부터 그들의 관계가 흐트러져 버렸는지는 알 수 없었다. 과연 권력이란 요사한 독과 같아서, 피를 나눈 형제지간도 홀려 갈라놓는구나. 호는 탄식하지 아니할 수 없었다.

"저하!"

호의 뒤에서 옆으로, 라희가 틈을 비집고 나왔다. 뚱한 얼굴의 그녀를 알아본 현의 표정이 일순간 움찔했다.

"무슨 오해가 있으신가요? 아니면 남들 앞에서 말하지 못하는 사정이 있으신 겁니까? 아버지가 위중한데 아들이 가지 못한다니, 이건 아니지 않습니까?"

원망스러운 눈으로 자신에게 대드는 라희를 보던 현의 입가에 조금 비열한 미소가 실렸다. 참고 있던 마음이 다시 용솟음친다.

"말하지 못하는 다른 사정이 있다."

"그런 거지요? 우선 사람을 물리고 안에 들어오셔서, 두 분 이야기 좀 나누세요."

그의 대답에 안도하며, 현을 대문 안으로 잡아끌려는 라희의 손을 호가 막았다. 라희는 의아스러운 눈으로 호를 쳐다보았지만, 호는 여전히 냉기 넘치는 눈으로 현을 보고 있었다.

"네 서방이 거절하니, 너와 이야기 할 수밖에 없겠구나."

"형님을 향해 검을 겨누고 싶지 않습니다."

라희를 나오지 못하게 막은 채 호가 위협적으로 말했다. 현의 표정에 어둠이 서렸다. 한때는 목숨조차 나누라면 나눌 정도로 사랑하는 동생이었으나, 왕위와 사랑의 앞에서는 제거해야 할 경쟁자일 뿐이었다.

"저와 대화해요. 그래요, 두 분 다 지금 제정신이 아니신 것 같으니."

"나서지 마."

"저랑 대화해요, 저하."

자신을 막는 호의 손을 짝 소리가 날 만큼 강하게 쳐낸 라희가 대문 밖으로 나서 현의 앞에 마주섰다. 호의 미간이 꿈틀거렸다. 손이 욱신거릴 만큼 따가웠다. 이번만큼은 말리지 말라는 강한 항의의 표시였다.

"한 번만 더 나 말리면 확 물어버릴 거예요. 기다리고 있어요. 그놈의 사정이 뭔지 듣고 올 테니까."

"너 진짜…!"

열이 머리끝까지 뻗친 호가 라희를 잡으려는데, 병사들이 호를 막아섰다. 검을 휘두르려다가 라희의 소매를 잡는 현의 눈을 본 호는 검을 거두어 신경질적으로 땅에 꽂았다. 그 기세에 놀란 병사들이 뒤로 넘어졌다. 제멋대로인 그녀에게, 그리고 현의 욕심을 알아채지 못하는 그 순진함에 참을 수 없이 화가 났지만 행여나 그녀가 다칠까 쉽사리 움직이지 못했다.

***

라희는 현을 따라, 오솔길을 걸어 다소 으슥한 곳으로 갔다. 기백 년은 묵었을 듯한 소나무 앞에서 현은 멈추어섰다. 아까 호를 대했을 때와는 다른, 사람 좋은 인상으로 라희를 바라보았다.

"저하도, 호… 아니 서방님도, 대체 왜 이러시는 겁니까?"

"무엇을 말이냐?"

"두 분, 사이 엄청 좋았잖아요. 그런데 요즘 갑자기 왜 이러시냐구요?"

라희의 질책 어린 물음에 현은 한숨을 내쉬었다.

"전하가 아프시다는데 저렇게 집 앞을 가로막고 서 있고, 정말 세자저하가 명령하신 일이에요? 무슨 오해라도 있는 건지 속 시원하게 말씀을 해보세요!"

"원래 궐이란 그런 곳이다."

"네?"

순진한 아이를 대하듯 현은 미소 띤 얼굴로 라희를 얼렀다.

"어제의 친구가 오늘의 적이고, 어제의 적이 오늘의 친구이기도 하지."

"그래서 정연대군 마마를 적으로 돌리시기라도 한다는 말씀입니까?"

“호를… 연모하느냐?”

라희의 손목을 낚아채듯 잡은 현이 라희를 나무기둥으로 밀어붙였다. 이런 건 지금까지 알고 있던 현의 모습이 아니었다. 라희는 놀라 눈을 크게 떴다. 그의 눈은 어두운 욕망을 담고 있었다.

“전하는 곧 승하하실 것이고, 나는 왕이 될 거다.”

“그게 무슨…!”

“내 적이 된다는 것은 죽음을 의미하겠지.”

정 내관을 베었을 때와 다름없는 눈이었다. 유순하고 사람 좋아 보이는 눈빛 저 너머에는 쉽사리 알아챌 수 없는 광기가 깃들어 있었다. 현의 입꼬리가 올라갔다.

“나도 호를 죽이고 싶지 않다. 그러니 네가 도와줘야겠구나.”

감히 가져서는 안 되는 마음이라 생각했다. 그러나 작은 질투가 화마처럼 번져 마지막 이성을 태워버렸을 때, 현은 이미 그 마음에 잠식되어 버렸다.

“내 여자가 되어라. 그럼 호를 살려 주겠다.”

라희를 미친 듯 갖고 싶었다. 그가 지금껏 억눌러오던 그것을 드디어 입 밖으로 털어내었을 때, 라희는 번개라도 맞은 듯 초점 잃은 눈으로 그를 바라보았다. 생각해본 적 없는 일이었다.

***

금방이라도 폭발할 것 같은 심기를 간신히 억누르며, 사랑채에 앉은 호는 애꿎은 문만 노려보았다. 어디서부터 모든 것이 꼬이기 시작했을까. 라희를 보는 현의 눈이 범상치 않다는 것을 너무 늦게 알아챘다. 단순히 강아에 대한 그리움을 투영하는 것이라 생각했는데, 현은 이미 선을 넘어섰다.

"들어가도 되겠습니까?"

"들어오너라."

호의 허락에 흑의의 심복 병욱은 문을 열고 조심스레 사랑채에 들어왔다. 집 주변을 병사들이 에워싼지라 출입이 쉽지 않았다.

"어의의 출입을 막고 있다고 합니다."

호의 눈이 분노로 물들었다.

"계속해보거라."

"중전마마께서도 연루된 듯합니다. 전하께서는 의식도 없으시고 상태가 악화되고 계십니다. 세자저하께서 이미 세력을 모아 즉위를 준비하시고 있습니다."

"궁에 들어가야겠다."

"하지만… 틈이 없습니다."

병욱의 정보를 듣고야 호는 상황이 어찌 돌아가는지 확실한 판단이 섰다. 현에 대한 배신감은 뒤로 하고 살아남기 위한, 그리고 소중한 것을 지키기 위한 동물적인 감각이 되살아났다.

"조선에 들어온 청의 상단을 알아보아야겠다."

"청의 상단 말씀이십니까? 다이셰이. 대사[大蛇]라는 상단의 주인이 무리를 이끌고 얼마 전 조선으로 물건을 사러 왔다는 정보가 있습니다. 접촉해볼까요?"

"그래, 되도록 빨라야 한다."

호의 말에 병욱이 굳은 얼굴로 사랑채를 나갔다. 호의 머릿속은 복잡했으나, 꽤나 체계적으로 돌아가고 있었다. 현이 승기를 잡고 있다고 하더라도 아직 판이 끝난 것은 아니었다. 하늘이 누구의 손을 들어줄 것인가, 그것이 문제였다.

'저하는 손대지 말아야 할 것을 손대셨습니다.'

호는 현의 온화하고 융통성 있는 성품을 존경했다. 그가 성군이 되리라 믿었고 동생으로서 충심을 가지고 지지할 생각이었다. 아버지의 왕위 권유도 한사코 거절했던 이유 역시 현 때문이었다. 사실 이번의 일도 단 한 가지만 그가 선을 넘지 않았더라면 순리로 받아들이고 순응하였을지도 모른다. 아버지에 대한 그의 서운함을 이해하기 때문이었다.

"아이고, 마님 오셨습니까!"

마당에서 월수의 외침이 들리자, 호는 사랑채를 뛰쳐나가 마루를 넘어섰다. 울 듯 말 듯한 표정의 라희가 흔들리는 눈으로 자신을 보고 있었다.

'나 어떡해야 해요? 정말 어떡해야 해요…?'

자신이 그의 여자가 되지 않으면 호를 죽이겠다는 현의 말에, 라희는 그런 말도 안 되는 농담 따위는 하지 말라고 했지만 그는 소름끼칠 정도로 차게 웃을 뿐이었다. 현의 검이 정 내관을 꿰뚫었을 때의 끔찍한 장면이 아직도 생생했다.

'이제야 그쪽을… 호를, 좋아한다고 말할 수 있게 되었는데….'

호가 서서 물끄러미 자신을 마주보고 있었는데, 라희는 한 발짝도 나아갈 수 없었다. 그와의 거리가, 그를 향해 밟고 나아가야 할 땅이 모두 무너져버린 느낌이었다. 라희가 눈물 고인 눈으로 끝내 시선을 떨구었을 때, 호가 다가왔다. 일말의 망설임도 없이, 성큼성큼 다가온 그는 라희를 껴안았다.

"다시는 가지 마라. 내 허락 없이."

그의 목소리를 듣자 안도감과 함께 눈물이 흘렀다.

"절대 널 보내지 않을 것이다."

호는 라희를 꼭 껴안았다. 작게 들썩이는 그녀의 어깨에 턱을 묻고, 그녀의 목덜미에서 나는 향을 맡았다. 왕위와 그녀 둘 중 하나만을 가져야 한다면, 망설임 없이 그녀를 선택했을 것이다. 그러나 운명의 신은 고약한 취향인지, 둘 다 선택할 것인지 혹은 버릴 것인지를 묻고 있다.

"넌 내 것이다."

호의 서늘한 눈이 날카롭게 빛났다.

4

욕심과 사랑은 피보다 진하다

창덕궁 대조전, 많은 군사들이 횃불과 함께 그 주위를 철통처럼 지켰고, 왕의 침방 문 앞에 정렬한 상궁들의 얼굴은 긴장한 듯 굳어 있었다. 핏기 없는 얼굴로 누워 있는 왕의 이마를, 중전이 부지런히 닦아주고 있었다.

"세자저하 드십니다."

이내 문이 열리고, 자신의 지아비를 빼닮은 장자를 향해 중전은 눈을 돌렸다. 익선관을 쓴 세자가 무표정한 얼굴로 들어와 중전의 앞에 섰다.

"아버님은 어떠십니까?"

"사흘, 길어야 나흘입니다."

"더 기다릴 필요가 있겠습니까?"

현의 입에서 나오는 말의 냉혹함에, 중전은 다소 놀랐지만 내색하지 않았다.

"급할수록 돌아가라는 말이 있습니다. 이미 전하는 조선천지 어떤 명의가 오더라도 되돌릴 수 없는 길을 가셨어요. 손발이 이미 죽은 자처럼 차십니다."

중전의 말에 수긍하듯 현은 더 말하지 않았다.

"호는 지금 무엇을 하고 있습니까?"

"괜히 이곳에 찾아왔다가 일을 망칠 것 같아서 사저에 연금을 시켰습니다."

현의 말에 중전의 표정이 좋지 않았다. 어쩔 수 없는 일이라는 것은 알았지만 마음이 편치 않았던 것이다. 현은 그늘진 표정으로 어색히 미소 지었다.

"걱정 마십시오. 약조는 지킬 것입니다."

반은 거짓이었고 반은 진실이었다. 현은 호의 목숨을 살려 줄 생각은 있었지만, 라희에게 내건 조건 안에서의 일이었다. 사정을 모르는 중전은 현을 믿고 다시 자신의 지아비에게로 시선을 돌렸다. 정성스레 땀을 닦는 어머니의 가식적인 모습을 보며 현은 속으로 비웃었다. 어머니를, 이 상황을, 그리고 자기 자신을.

***

구름이 달을 가린 밤, 병욱의 연통을 받은 호는 눈에 띄지 않는 암행복을 입고 조용히 담을 넘었다. 많은 병사들이 정연대군저를 둘러싸고 있긴 하였으나 그의 움직임이 능숙하고 빨랐기에 누구도 눈치 채지 못했다. 언제나 현을 위해 밤길을 걸었으나 이제는 현을 저지시키기 위해 그 길을 걷고 있었다. 전에도 와보았던 익숙한 길이 나오고 왁자지껄한 소리가 불빛과 함께 향처럼 은은히 퍼져가기 시작했다.

'춘월관 해일루에서 기다리신다고 하셨습니다.'

청의 상단 '대사'와 접촉한 병욱의 연통이었다. 급히 접선을 요청하였지만 이리도 빨리 답신이 올지는 몰랐다. 호의 상황을 고려하여 잡았는지는 몰라도, 춘월관에서도 한적하여 접근하기 좋은 곳에 있는 해일루는 최적의 장소였다.

"방금 뭔가 지나간 것 같지 않아?"

"지나가긴 개뿔이. 너 돈 갚으라고 하니까 뻴소리 하는 거 봐라?"

"에이, 딱 이레만 기다리라니까!"

춘월관의 호위무사들을 피해 담을 넘은 호는 덤불에 몸을 가렸다가 그들이 다시 한눈을 파는 사이 잽싸게 움직였다. 조선에 온 뒤로 직접 움직이는 일은 드물었는데 청에서의 감각이 되살아나는 듯했다.

딩 댕 딩.

창호지 가득 새어나오는 불빛과 함께 가야금 소리가 들렸다. 주변을 둘러본 호는 기척 없이 문을 열었다. 호의 눈썹이 꿈틀거렸다. 기생들을 모두 물린 채 홀로 감미로운 선율을 연주하던 대사의 상단주가 호를 보더니 눈을 찡긋하며 말했다.

"오셨습니까?"

청의 상단주 하면 보편적으로 떠올리는 이미지와는 달리, 젊었다. 호와 또래로 보일 정도였다. 조선말의 억양도 능숙해 보였다. 백사처럼 흰 피부와 감색 눈동자를 가진 그는 서방계의 피가 섞인 듯 이국적인 외모의 사내였다.

"그대가 대사의 상단주인가?"

"리셴입니다. 앉으십시오."

대사, 큰 뱀을 뜻한다. 그가 뱀처럼 미소 지으며 말했다.

"미래의 전하."

***

그날 밤, 리셴과의 대화를 마치고 대군저로 돌아온 호는 안채로 향했다. 새벽이 지나 동이 틀 무렵인데도 라희는 자지 못하고 웅크려 있다가 들어온 호를 보고 벌떡 일어섰다. 그를 기다렸음에도 막상 그를 보자 아무 말도 생각나지 않았다.

"라희야."

호는 그녀를 품에 안았다. 그의 온기가 느껴지자 라희는 안도감을 느끼며 그에게 머리를 기댔다. 떠올리고 싶지 않을 정도로 모든 것이 복잡하여 숨을 쉬는 것조차 괴로웠는데 그에게 안기니 모든 잡념들이 사라지는 듯했다.

"어디 갔다 왔어요?"

"계획이 조금 변경될 것 같다. 널 빼돌릴 테니 한동안 피해 있거라."

"말… 해 주세요. 피하더라도 그 계획이 뭔지 듣고 피하겠어요."

"라희야."

라희는 호의 품에서 떨어진 뒤, 물러서지 않겠다는 듯 호를 올려다보았다.

"멍청하게 아무것도 모르고 숨어 있고 싶지 않습니다."

"아는 것이 독이 될 수도 있다."

"그런 태도 정말 싫어요. 나 좋아한다면서요, 못 믿는 사람처럼 다 비밀로만 하고. 상황이 어떻게 돌아가는지 쯤은 나도 알아야 하지 않아요? 난 그쪽에 딸린 장식품 따위가 아니라 스스로 판단하고 결정할 줄 아는 사람이라구요!"

지금껏 참고 있었던 것을 터뜨린 라희는 씩씩 숨을 고르며 호를 노려보았다. 머리가 아픈지 이마를 만지며 미간을 찌푸린 호는 한숨을 푹 쉬더니 입을 열었다.

"그래, 네 성정을 잠시 잊고 있었군."

그가 사랑하는 그녀는 조선 여인 같지 않은 여인이다. 청에도 이런 여인은 없었다.

"궁에 잠입해서 전하를 빼돌리려 한다."

"빼돌려요? 임금님 말입니까?"

예상치 못한 말에 라희의 눈이 커졌다.

"중독되어 의식을 잃으셨는데, 더 악화되기 전에 모셔와야 한다."

"그게 무슨 말이에요? 독에 당하셨다구요? 거기에는 의사 없어요? 어의?"

"세자… 형님과 어머님이 궁을 장악해 어의를 가두고, 아버님의 병석에 대한 모든 정보를 차단하고 왜곡하고 있다. 아버님이 돌아가시기만 기다리고 있어."

아내와 아들이 합심하여 아버지를 죽이려고 하다니! 현대라면 보험금 관련 살인사건으로 신문 기사에 대문짝만 하게 날 만한 엄청난 악행이었다. 그런 파렴치한 짓이 왕실에서 벌어지고 있다니 라희는 잘못 들은 것인지 귀를 의심했다.

"세자저하가요? 말도 안 돼요! 어차피 세자저하는 왕위에 오르실 건데… 왜!"

"한치 앞도 보이지 않을 만큼 비가 내리는 날이 있다."

"…."

"그것이 궁궐의 풍경이다. 눈을 뜨고도 앞을 보지 못해 한 걸음 앞이 낭떠러지인지 짐작하지 못해 실족한다. 평온 속에서도 사방에서 칼날이 날아온다."

호의 목소리는 전과 다름없이 태연히 나직했지만 라희는 그 무게에 숨이 턱 막혀왔다. 그의 인생이 느껴지는 듯했다. 더해 현이 낮에 제안했던 것이 생각나 가슴 한구석이 더 아려왔다. 현은 정말 호를 죽일지도 몰랐다.

"그래서 널 궁으로 데려가기 싫었다. 하지만 이제 선택의 여지가 없구나."

이 일이 성공한다면 현은 제자리를 유지하지 못할 것이다. 그리고 호가 현의 자리에 대신 앉게 될 것이다. 라희 역시 궁으로 들어가야만 한다.

호는 리센의 속내 모를 미소를 떠올렸다. 뱀 같은 자이기에 가까이하기는 싫었지만 거래할 가치는 있는 자였다. 그의 말을 듣자 왕좌가 운명처럼 가슴에 다가왔다. 호의 접선을 기다렸다는 듯 수락한 이유가 있었다.

'몇 달 전 중궁전의 궁녀에게 귀한 약을 판 일이 있습니다. 명의 왕실에서도 종종 쓰였던 독이지요. 쥐도 새도 모르게 스며들어 사람의 목숨을 앗아갑니다.'

그가 거래와 조력의 값으로 요청한 것을 듣고 호는 호탕한 웃음을 터뜨렸었다. 충분히 수락할 수 있던, 거래가 없더라도 호 스스로 열망해왔던 것을 값으로 제시한 것이다.

"전하를 모셔와도 치료할 방법이 있어요? 듣기로는 위중하시다던데…."

"해독약이 있다. 하지만 상태가 악화되시기 전에 드시게 해야 해. 해가 떴다가 다시 지면, 그때밖에 기회가 없다."

일반적인 의술로는 치료할 수 없는 독이라 했다. 현과 어머니는 혹여나 하는 생각에 어의들을 가두어 두었지만, 실은 어의를 불렀어도 호전될 수 없는 독이었다. 명의 왕실과도 거래했다는 리셴은 독만큼이나 구하기 어려운 해독약을 제공하기로 했다.

"그래서 궁에는 어떻게 잠입하려구요? 여기도 이렇게 경비가 삼엄한데, 그쪽은 더 장난 아닐 것 같은데요?"

"경계가 허술한 시간을 틈타 샛길로 잠입하려 한다."

"그 시간이 언제입니까?"

라희가 떨리는 목소리로 물었다.

***

"무슨 생각을 그리 골똘히 하세요?"

다음날, 간만의 밤 외출에 발걸음이 가벼운 라희가 다소 철없게 물었다. 호는 한숨을 푹 내쉬며 화가 난 듯 말했다.

"네 고집을 어찌 꺾어야 할지 고심 중이다."

그렇게 위험하다고 일렀거늘 바짓가랑이를 붙잡고 하루 종일 매달리더니 끝내 여기까지 따라왔다. 안전한 피신처를 마련해 놓은 터라 월수와 함께 바로 그곳으로 가면 되는 것을 기어코 마중을 나가겠다고 고집을 부렸던 것이다.

"원래 영화나 드라마에서도 오히려 먼저 도망간 사람이 자객한테 암살되고 그래요. 안전하라고 날 빼돌려 두는 거, 그게 오히려 내 사망 플래그라니까요?"

"영화는 또 누구냐?"

"청나라 사람은 아니에요."

심각한 상황에서도 놀리듯 헤실거리는 라희의 모습에 호는 심란한 표정으로 걸었다. 라희의 표정은 앞뒤 분간 못하는 어린애처럼 해맑았지만 마음은 참담할 정도로 심란했다.

'조금이라도 더 같이 있고 싶어서요.'

라희는 호의 손을 잡았다. 그의 찬 손에 자신의 온기를 전달하기라도 하려는 듯, 꽉 잡았다. 호의 손도 라희의 섬섬옥수를 감싸왔다. 놓지 않겠다는 듯.

"대군마마!"

정연대군저와 멀지 않은 장소에 도착하자 병욱을 포함하여 흑의와 복면 차림을 한 십수 명의 사내들이 나타났다. 호의 사람들이었다. 날선 기세에 긴장한 라희는 호의 옷깃을 붙잡았다.

"마님은 왜…?"

"곧 들어갈 것이다. 대조전 상황은?"

"곧 교대 시간이 다가옵니다. 경비병의 수는 파악했고, 직접 부딪히는 일 없이 잠입하도록 하여야겠습니다. 그런데 문제는 중전마마와 세자저하입니다."

병욱이 낭패스러운 얼굴로 말했다. 라희가 입술을 살짝 깨물었다.

"중전마마는 전하의 옆에서 기거하다시피 하시고, 세자께서도 촉각을 곤두세우고 계십니다. 물론 합리적 의심을 피하기 위해 병력이나 궁인들을 총동원하지는 않고 계시나 두 분이 가장 큰 변수입니다."

"쉽지 않은 도전이겠군."

무덤덤한 말투의 호가 거추장스러운 갓을 벗어던지고 코까지 가리는 검은 복면을 썼다. 난관이 예상됨에도 불구하고 호의 눈은 자신감에 차 있었다. 라희는 그것에 묘한 안도감이 들었다.

"우리는 이미 쉽지 않은 도전들을 무수히 성공해 왔다."

호의 말에 복면인들의 눈이 빛났다. 그들은 세자를 위해 만들어진 조직의 일원이었으나 그들의 주군은 명백히 호였다. 감정 없는 온화한 얼굴로 그들을 도구로만 쓰는 현과 달리, 호는 그들과 함께하며 제 손을 더럽히는 일도 마다하지 않았다. 선봉에 선 장수가 병사들의 신뢰를 얻는 법이다.

"오늘도 다를 것 없다. 가자."

달빛 사이로 무심한 듯 검을 뽑으며 당차게 걸어나가는 그를 보며 라희는 미친 듯 심장이 뛰었다. 라희는 그의 뒤로 나직이 외쳤다.

"기다릴게요! 잘 다녀오세요!"

라희의 말에 멈추어선 그가 고개를 반쯤 돌려 라희를 바라보며 미소 지었다.

"오밤중에 돌아다닐 생각 말고 어서 들어가. 있다가 보자."

사내들과 함께 어둠 속으로 사라지는 그의 뒷모습을 보는데, 울컥 눈물이 나올 뻔한 것을 참은 라희는 마음을 가다듬었다.

"네, 있다가… 있다가 꼭 봐요…."

법보다 칼이 더 우위에 있는 듯한 이 세상이 아직도 두렵기는 하다. 아닌 척하는 약육강식의 세계가 현대라면, 이곳은 대놓고 약육강식이다. 라희는 천천히 정연대군저를 향해 발을 옮겼다. 월수가 애타게 기다리는 골목과는 반대 방향이었다. 이쯤 되면 약속한 시간이 되어 간다.

"난 왜 이렇게 아직도 바보 같은지…, 사랑하면 다 퍼준다니까. 세상 무서운 게 없나 봐. 그만큼 당했으면서도 너무 대책 없는 것 같아…. 바보! 멍청이! 떨떨이!"

떨리는 목소리로 혼잣말을 하던 라희는 넘어갔을 적과 마찬가지로 대군저의 낮은 담을 뛰어넘어 마당으로 들어갔다. 경비를 서던 병사들은 예상처럼 아무도 보이지 않았다. 깊은 밤 풀벌레 소리만 어둠을 메우고 있었다. 라희는 안채로 들어가는 대신 대문으로 향했다. 그리고 방금 집에서 나온 것처럼 대문을 밀고 밖으로 나갔다.

"…."

갓에 청색 도포를 입은 사내가 홀로 대문을 등지고 있었다. 라희는 긴장한 마음을 호흡으로 애써 녹여내며 한 걸음 한 걸음 다가갔다. 사내가 뒤돌아섰다. 오늘 낮, 비밀리에 받은 라희의 연통에 그는 하루 종일 이 시간만을 기다려왔다.

"서방님께서는… 주무십니다."

라희의 결연한 눈이, 현을 담았다. 호에게 결코 칭찬받지 못할 일이라는 것은 알지만, 라희는 이 순간 자신이 할 수 있는 것을 하기로 했다.

'저하는 제가 잡고 있을게요.'

이 밤, 적어도 궁에서 두 형제를 마주치지 못하게 하는 일 말이다.

***

호와 복면인들은 흐르는 물처럼 자연스럽게 궁의 밤에 섞여들었다. 방비의 규모라면 조선과 비교조차 되지 않는 청에서도 높은 담을 넘나들던 뛰어난 자객들이자 정보원들이었다.

"적이다!"

"적이 있다!"

대조전의 서편에서 계획했던 대로 소란이 일었다. 어찌저찌 근처까지는 왔지만 안까지 들어가려면 군사들과의 충돌은 불가피했다. 장졸들이 횃불과 창을 들고 서편으로 뛰어가는 새, 호는 병욱과 함께 동편에 접근해 병사들을 조용히 기절시켰다.

"사, 살려 주십시오!"

문을 박차고 복도로 들어서는데 어린 내관 하나가 부들부들 떨며 엎드렸다. 서슬 퍼퍼런 검날을 보고 힘이 풀려 주저앉은 것이다. 궁녀들은 흑의와 복면 차림의 호를 보며 비명을 지르며 물러섰다.

"네놈은 누구냐! 여기가 어디라고 감히!"

왕의 침방을 호위하던 무사가 쩌렁쩌렁 소리치며 검을 뽑고 호에게 달려들었다. 그의 큰 덩치에서 비롯된 검의 무게는 상당했지만, 호는 그것을 그대로 막아 대치하는 대신 검을 비스듬히 흘려보냈다. 탁월한 기술이었다. 무게중심을 잃고 비틀거리는 그의 목에 호의 날선 검이 들어왔다.

"이… 이것은 역모이다! 네 이놈! 하늘이 두렵지 않느냐?"

"하늘이 두려운 것은 네놈이겠지."

호가 귀에 걸친 자신의 복면을 벗어던졌다. 그의 서늘한 눈과 마주친 무사는, 눈앞의 사람이 누구인지 깨닫고 얼굴이 파랗게 질렸다.

"위중하신 전하의 곁에, 왜 어의들이 아닌 병사들만 드글거리는 것일까?"

"대, 대군마마…!"

호의 물음에 담긴 질책을 알아챈 무사는 덜덜 떨며 검을 놓았다.

"역모를 꾸민 자가 과연 누구인지는 오늘이 지나면 밝혀지게 될 것이다."

두려움에 벙어리가 되어 주저앉은 무사에게 병욱이 검을 겨누고, 호는 가장 안쪽에 있는 방의 문으로 다가가 망설임 없이 문을 열어젖혔다. 알싸한 향내와 함께 그윽한 연기가 찬 방에서 왕의 상태를 살피던 중전이 굳은 얼굴로 일어섰다. 아까 소란이 일 때부터 호가 온 것이라 짐작하고 있던 터였다.

"전하를… 모셔가야겠습니다."

얼음처럼 찬 아들의 눈빛을 마주한 중전은 두 팔을 벌리며 호가 왕에게 접근하지 못하도록 막았다. 호가 든 날카로운 검에도 그녀의 안색은 변함 없었다.

"차라리 나를 죽여라."

"마마. 아니, 어머니."

참으로 오래간만에 듣는 말이었다. 현의 입에서는 종종 나오는 '어머니'라는 말을 호에게는 허하지 않았다. 이 또한 형제의 위계질서를 위한 일이라 생각했었다. 세자와 대군은 한 배에서 나왔으나 향후 그들이 있어야 할 자리는 하늘과 땅의 차이였다.

"내 아들들이 서로 죽고 죽이고, 빼앗고 뺏기는 것을 보느니 죽는 것이 낫다."

중전의 입술이 파르르 떨렸다. 한숨을 내쉰 호가 검을 떨어뜨렸다.

"어머니께서 비키지 않으시면, 제가 죽습니다."

"모든 것이 순리대로 되고 있었는데, 너는 왜 이런 일을 벌이는 것이냐? 왕위가 그렇게도 탐나는 것이냐?"

호의 말에 악에 받친 중전이 원망하듯 울음을 쏟아냈다. 호가 사병들을 이끌고 이곳까지 습격한 이상 이미 형제의 관계는 끝이 났다는 것을 알았기에 이 상황이 미친 듯 원망스러웠다.

"아버님이 돌아가시는 것이 순리입니까? 어머니를 보아하니, 형님이 왕위에 오르면 저를 살려둔다고 하셨나 봅니다."

"약조하였다. 지금이라도 늦지 않으니 돌아가거라."

"아버님이 왜 형님을 미워하시는지는 어머니도 알고 계시지요?"

중전의 말문이 막혔다. 현은 임금을 닮았다. 인자하고 온화한 듯한 행실과 겉모습 속에는 뼛속 깊이 타고난 열등감과 비뚤어진 자의식이 폭풍처럼 휘몰아치고 있다.

"왕위가 탐나 온 것이 아닙니다. 형님이 제 것을 빼앗으려 하였기에…."

운명의 신은 모든 관계를 비틀어버렸다. 악마와의 거래에 먼저 응한 것은 현이었다. 호는 단호한 목소리로 말을 이었다.

"지키러 온 것일 뿐입니다."

중전은 여전히 그 어떤 것도 받아들일 수 없었다. 자식은 모두 귀중한 존재라지만 그녀에게 조금 더 아픈 손가락이 있다면 현이었다. 울어서 눈 화장이 추하게 번진, 악에 받친 표정으로 품 안에서 단도를 꺼낸 그녀는 이 모든 상황을 끝내겠다는 일념으로 침상에 누운 왕에게 달려들었다.

"어머니!"

호가 간발의 차이로 중전을 덮치며 그 단도를 대신 맞았다. 날카로운 검날에 베인 호의 옆구리가 피로 물들었다. 묵직한 고통이 내장으로 전해져 왔다.

"으아악! 호야, 호야!"

자신이 한 짓을 깨달은 중전은 뒤늦게 아들의 이름을 외치며 손을 부들부들 떨었다. 예상치 못한 부상과 고통에 인상을 찌푸린 호는 힘겹게 왕이 누워 있는 침상으로 다가갔다. 중전은 손에 묻은 피를 보며 오열하며 주저앉았다.

"아아악! 내가…! 내가 다 죽였어!"

정신이 나가기 직전인 어머니를 두고 호는 왕을 들쳐메고 침방을 나섰다. 병욱이 황급히 다가와 호를 부축했다.

"병사들이 오고 있습니다. 퇴로는 확보했으니 어서 피하셔야 합니다."

병욱의 말에 호는 고개를 끄덕였다. 시체처럼 딱딱하고 차가운 아버지의 몸이 등에서 느껴졌다. 넋 나간 듯 중얼거리는 어머니의 울음소리에 마음이 불에 덴 듯 따끔거렸다. 무거웠다. 모든 것이 미치도록 무거웠으나 그는 나아가야 했다.

***

"마음의 결정은 내렸느냐?"

욕심 담긴 눈으로 현은 라희를 보고 있었다. 왕이 죽고 조선이 자신의 것이 된다면, 적어도 이 아이 하나쯤은 눈치 보지 않고 욕심내어도 되리라. 현은 벌써 그녀를 가진 것 같은 승리감에 취해 있었다.

"저하의 것이 되라는 그 제안은 거절하겠어요."

그의 부푼 감정에, 라희가 별안간 찬물을 끼얹었다.

"그렇다면 호를 죽여도 좋겠느냐?"

정 내관의 목숨을 앗아갈 때와 다름없는 무덤덤한 말투와 표정에 라희는 목 뒤로부터 소름이 돋는 것을 느꼈다. 긴 세월을 함께 했던 형제이다. 아무리 권력 앞에서는 혈육도 필요 없다고 하지만 이건 너무 심하다.

"저하께서는 틀리셨어요. 사람의 마음은 그런 협박 따위로 가질 수 있는 것이 아닙니다."

본능적인 두려움을 억누르고, 라희는 현을 똑바로 쳐다보며 자신의 의견을 말했다. 현의 입술이 비웃듯 비틀렸다.

"그럼 무엇을 내걸어야 너를 가질 수 있겠느냐? 값진 보물을 원하느냐? 높은 자리를 원하느냐?"

라희는 확신했다. 현은 이성적이며 냉철하고 차분한 자로 보였지만, 마음 속 무언가가 결여되어 있었다. 안개처럼 짙은 두려움이 조금 걷히는 듯했다.

"저하께서 그 무엇을 내걸더라도, 제 마음은 저하에게 있지 않아요."

"하! 하하… 하하하핫!"

라희의 말에 입가를 씰룩이던 현은 무엇이 그리 우스운지 박장대소를 하였다. 광기에 젖은 그의 눈은 무서울 지경이었다.

"그래, 이래야 내가 마음에 둔 여인이지."

갑자기 허리춤에서 검을 뽑아든 현은 대문을 박차고 정연대군저 안으로 들어갔다. 그의 눈에 핏발이 서 있었다. 하인들은 모두 잡혀간 터라, 여종들만 어쩔 줄 모르고 동동 발을 굴렀다.

"어쨌든 선택은 너의 몫이었다."

곧장 사랑채로 올라선 현은 발로 차 요란하게 문을 부수었다. 온실 속 서생 같던 그의 첫 얼굴은 가면이었을까. 라희는 아수라처럼 변해버린 현의 광기에 치를 떨며 그의 행동을 묵묵히 지켜보았다.

곤히 잠을 자고 있어야 할, 혹은 밖에서 벌어진 이 소란에 일어나 자신을 노려보아야 했을 호의 모습이 보이지 않았다. 현이 검을 들고 눈을 부릅뜨고 있을 때, 병사들이 황급히 대군저로 달려들어 왔다.

"저하! 큰일이 났습니다! 대군마마께서 궁을 습격하여 전하를…!"

현의 얼굴에서 웃음기가 사라졌다. 라희는 등골이 서늘해지는 것을 느꼈다. 현이 무표정한 얼굴로 사랑채에서 나와 라희에게 다가왔다. 그의 손에는 검이 들려 있었다. 정 내관을 일말의 망설임 없이 꿰뚫었으며, 자신의 동생인 호를 해하려던 그 검이 시퍼런 날을 빛내며 달빛을 반사하고 있었다.

"네가 이 시간에 나를 불러낸 이유가 있었구나."

"…."

현의 음성에 소름끼치리만큼 서늘한 분노가 젖어들어 있었다.

"자고 있다던 네 서방이, 왜 궁에 간 것이냐?"

치솟는 배신감에 이미 자신을 자제할 수 없게 되어버린 그가 검을 들어, 방금까지도 마음에 두었다 한 여인을 베려 하였을 때 라희는 눈을 꼭 감았다.

'아프겠지?'

라희에게 한 가지 소원이 있다면 현대에서 트럭에 치였을 때처럼 단발의 고통으로 이 죽음이 끝나길 바란다는 것, 아니, 소원을 꼭 한 가지만 빌어야 한다면 이 순간이 조금 더 고통스러워도 좋으니 호가 자책하지 않았으면 하는 것이었다.

챙.

눈을 질끈 감았으나 고통은 느껴지지 않았다. 대신 귀가 아플 정도로 강한 쇳소리가 바로 앞에서 울려 왔다. 그리고 일순간 어떤 강한 손이 자신의 허리를 낚아채는 것이 느껴졌다.

"휴, 조금만 늦었어도 곤란할 뻔했군."

낯선 남자의 다소 허스키한 목소리에 정신이 번쩍 든 라희는 놀라 그를 올려다보았다. 호만큼이나 훤칠한 키, 혼혈인인 듯 이국적으로 잘생긴 이목구비, 한 번 보면 다시는 잊지 못할 독특한 빛깔의 감색 눈동자와 달빛에 은은히 빛나는 갈색의 짧은 머리칼. 이 시대에서 보기 힘든 분위기와 외모를 가진 젊은 남자였다.

"누구냐? 비켜라!"

"보아하니 조선의 첫째 왕자이신가 보군. 마음에 들지 않으니 경어는 생략하겠어. 아무리 화가 나도 무기도 들지 않은 여자를 죽이려 하다니."

"호의 사병이냐? 감히 내 검을 막다니, 너부터 먼저 죽여주마."

조롱하는 듯한 남자의 말에 현의 눈은 살기로 가득 찼다. 그의 검이 라희에게서 진로를 바꾸었다. 무예에 큰 소질이 없다 하더라도 전문적인 교육을 받은 바 있는 현이었다.

챙! 챙!

검날이 부딪히는 살벌한 소리에 라희는 심장이 얼어붙는 듯했다. 라희로 향하던 검을 막아준 남자는 꽤나 여유로운 표정으로 현의 공격을 막아냈다. 달려온 병사들이 현을 조력하기 위해 그에게 달려들자 담 위에서 나타난 흑의의 사내들이 병사들과 대등하게 맞서 싸웠다. 한순간 벌어진 전쟁 같은 상황에 라희는 새하얗게 질렸지만 문 쪽으로 발을 슬금슬금 옮겼다. 이 자리를 벗어나야 했다.

"…!"

"내가 이겼네?"

화난 소와 같은 기세로 공격하던 현의 검이 일순간 강한 충격에 날아가 땅에 박혔다. 모두의 시선이 두 남자에게로 집중되었다. 현의 목을 겨눈 낯선 남자는 여유로운 미소를 띠고 즐거운 듯 말했다.

"왕자의 목을 가져오는 것은 거래 외의 것이니, 안녕히."

"네놈…! 다시 만나면 지금 나를 살려둔 것을 후회하게 해주겠다."

"미안하지만 당신처럼 기분 나쁜 사람은 다시 안 만나."

현에게서 검을 거둔 남자는 라희의 손목을 붙잡았다. 무장이 해제된 세자의 신변을 보호하기 위해 병사들은 남자의 무리가 사라질 때까지 아무것도 하지 못했다. 현은 죽일 듯한 기세로 멀어져

가는 그의 뒤통수를 노려보았다.

"아군 맞죠?"

"내 손 잡고 같이 도망치는 상황에서, 설명이 꼭 필요해?"

자신의 손목을 잡고 달려나가는 남자의 장난스러운 미소에 라희는 그의 손을 탁 쳐냈다.

"말은 똑바로 하세요. 난 그쪽 손 같이 잡은 적 없어요."

방금 전 죽을 뻔했으면서도 묘한 부분에서 선을 긋는 라희의 행동에 남자는 쿡쿡 웃었다. 외국 배우라 해도 믿을 만큼 잘생겼지만 어쩐지 다소 위험한 느낌이 들어 라희는 그를 온전히 믿을 수 없었다.

"부창부수. 대군마마만큼이나 재미있어."

"아군은 맞다는 거네요."

"뭐, 지금은 그런 셈이지. 네가 갔어야 할 은신처의 제공자이니. 기다려도 안 오길래 집까지 갔더니 세자까지 붙들고 있고, 놀라운데?"

그의 동선을 따라 굽이진 길을 돌자 낯선 기와집의 뒤편에 딸린, 어울리지 않은 통로가 나왔다. 멀리서 병사들의 쫓는 발소리가 들려왔다. 라희는 그의 안내를 따라 비밀스러운 통로로 들어갔다. 축축한 지하통로를 따라 걷자 사다리가 놓인 문 하나를 제외하고는 사방이 막힌 방으로 연결되었다.

"생각보다 미녀인데? 좀 더 나이 들면 내 취향이 되겠어. 하필 왕기가 흐르는 대군의 부인이니 아쉬워. 그렇지 않다면 뺏어왔을 텐데."

흑빛이 도는 루비, 혹은 레드 와인처럼 색이 강한 그의 눈은 뱀파이어처럼 빛나고 있었다. 제 남편의 거사를 돕기 위해, 궁에 있어야 할 세자를 집까지 유인하는 담대함이라니. 정연대군저에서 둘을 발견하고 자초지종을 알아챈 리센은 라희에 대한 호기심에 불이 붙었다.

"내 이름은 리센."

"그쪽 이름 같은 건 궁금하지 않구요. 취향도 궁금하지 않아요. 안물안궁! 안 물어봤고 안 궁금하다구요!"

폐쇄된 공간에 들어와 긴장이 풀린 라희는 속에서 천불이 일었다. 생과 사를 오고갔던 이 밤에 취향이니 어쩌니 따위의 말을 듣자 가슴 속 마그마가 들끓는 듯했다.

"조선시대 남자들은 대체 왜 그래요? 사람이 물건이에요? 그건 그렇고, 나 방금 또 죽을 뻔한 것 맞죠? 좋아한다고 했다가 죽이려고 하고, 종잡을 수가 없어! 여기 남자들은 나쁜 남자의 범위를 벗어났어!"

"워, 워. 진정해. 그리고 미안한데 난 조선 남자 아니야."

"지금 진정하게 생겼어요? 그리고 조선말 쓰면 조선 남자지 그럼 청나라 사람이에요?"

"응, 맞…."

"웃기지도 않아! 툭하면 가진다는 둥, 뺏겠다는 둥, 가지가지 하고. 아주 여자가 축구공이야?"

종로에서 뺨 맞고 한강에서 눈 흘기듯 뒤늦게 열이 올라 한탄하듯 쏘아붙이는 라희의 기세에 리센은 벙찐 표정을 짓더니 풋 웃었다. 혼자 방방 뛰는 그녀의 모습이 다소 귀여워서 더 놀려주고 싶었다.

"조선 여인들은 다 너처럼 드세? 대군도 꽤 힘들겠군."

"나 조선 여자 아니에요!"

라희의 말에 놀란 리센이 미간을 찌푸렸다. 정연대군이 명이나 청, 왜의 여인과 혼인했다는 정보는 없었는데 상단의 정보가 잘못된 것일까. 씩씩거리던 라희가 뾰루퉁한 얼굴로 외쳤다.

"대한민국 여자라구요! 사우스 코리아!"

"처음 들어본 나라인데?"

"그러겠죠. 생기려면 한참 멀었는데요."

"뭐?"

"몰라요! 토 달지 마요! 우씨!"

비록 댕기머리와 한복 차림이긴 하지만, 라희의 정체성은 여전히 현대인이었다. 엉뚱한 소리를 하며 입을 삐죽이는 라희의 모습이 재미있는지 리센은 쿡쿡 웃었다. 그때, 위편 문을 사이에 둔 방에 사람들이 들이닥치는 요란한 소리가 들렸다. 다른 비밀 통로와 연결되어 있는 곳이었다.

"아, 대군이 일 끝내고 오셨나 본데? 드디어 가족 상봉의 시간이네."

여전히 리센의 말투에서는 장난기가 넘쳤지만, 라희의 낯빛은 긴장으로 물들었다.

***

낮은 사다리를 타고 윗방으로 올라간 라희는 호를 발견하자마자 온몸의 핏기가 가시는 듯했다. 탈의하여 드러난 맨가슴의 아래편, 지혈을 위해 급히 감은 흰 천이 붉게 물들어 있었다. 놀라 다가온 라희가 호의 앞에 주저앉자, 흑의인들이 라희를 위해 자리를 비켜 주었다.

"무, 무슨 일이에요? 다쳤어요? 어떡해…, 어떡해…!"

"조금 베였다."

"이게 조금이에요? 피가 너무 많이 나잖아요!"

힘겹게 벽에 몸을 기대고 있는 호의 모습에 라희는 속상함과 걱정에 눈물이 났다. 잔근육으로 둘러싸인 탄탄한 몸에는 수도 없이 많은 흉터들이 보였다.

"울지 마."

"안 울게 생겼어요? 의사! 어서 의사한테 가야 해요!"

"괜찮아. 쉬이, 쉬이."

자신의 상처를 바라보며 놀라 우는 라희의 볼을, 호가 손을 내밀어 부드럽게 닦아주었다. 그 손길이 더 속상해 라희는 더욱 펑펑 울었다.

"시끄러운 울보. 네가 시끄러워 따지러 갔던 첫 밤에도 혼자 울고 있더니."

"그건 또 언제 봤어요? 몰라요! 다 그쪽 때문이에요."

"그쪽이라고 하지 말랬지."

젖은 라희의 볼에 달라붙는 머리칼들을 호가 귀 뒤로 넘겨주었다. 그녀의 턱선을 어루만지는 호를 보며 라희는 울먹거렸다.

"호…."

호가 못 참겠다는 듯 라희를 끌어당겨 안았다. 벌어진 상처에서 강한 고통이 느껴져 일순간 인상을 썼지만, 그녀의 여리한 체구가 품에 안기자 마치 진통제처럼 통증이 감해지는 듯했다. 호가 미간을 찌푸리며 인상을 쓰자 부하들이 헛기침을 하며 일제히 몸을 뒤로 돌렸다.

"보고 싶었다."

호가 라희의 귓가에 낮은 목소리로 은밀히 속삭였다. 그리고 그녀의 어깨를 잠잠해질 때까지 쓰다듬어 주었다. 몇 분가량이 지났을 때, 아래쪽의 문이 열리더니 그다지 반갑지 않은 얼굴의 사내가 풀쩍 올라왔다. 눈이 빨개진 라희가 호의 품에서 떨어져 그를 바라보았다.

"분위기 좋은 건 알겠는데, 자리는 옮기는 게 좋을 거 같아. 대군마마."

리센이었다. 경계하는 흑의인들의 사이를 태연히 뚫고 지나간 그는 한쪽 구석에 시체처럼 누워 있는 왕의 안색을 살폈다. 생각보다 상태가 좋지 않았다.

"우선 우리 상단으로 나가자. 의원도 있으니까."

"얼른 가요!"

리센의 입에서 나온, 의원이라는 말을 들은 라희가 호의 팔을 무작정 잡아끌자, 상처가 벌어진 호의 표정이 일그러졌다. 라희는 그의 신음을 듣고서야 놀라 팔을 놓았다.

"미안해요! 많이 아팠죠?"

"괜찮다. 전하의 상태는 어때?"

호의 질문에 리센은 작은 한숨을 내쉬었다. 확답할 수는 없는 문제였다.

"호전될 수 있을지는 가봐야 알겠지만, 대군마마가 좋은 판단을 했다는 건 확실해."

"그게 무슨 말이죠?"

"조선 왕실과 거래가 있는 청의 상단주인 날 찾아온 이유가, 날 이용해 중전마마와 접촉하기 위해서였거든. 처음에는 전하의 상태를 몰라 시간을 두고 전략적으로 문제를 풀기 위해 날 찾았지만, 내가 대군마마에게 조언을 해줬지."

라희의 질문에 리센은 재미있는 일을 이야기하듯 꽤나 상세히 설명했다. 호 역시 더 이상 숨길 문제가 아니라 판단했기에 그의 입놀림을 막지 않았다.

"우리가 중궁전의 궁녀에게 팔았던 독의 종류와, 전하가 쓰러졌던 일시를 보았을 때 더 기다릴 시간이 없다고 말야. 내 입으로 말하긴 부끄럽지만 전하가 하필 우리 상단을 선택한 것은 천운이야. 전하의 상태를 보니 조금만 늦었어도 가망이 없었겠어."

"장사치 치고는 너무 혀가 길군."

"미안. 너무 재밌어서 말야. 아무리 그래도 이렇게 쉽게 궁에 쳐들어가 전하까지 탈환해 올 줄은 몰랐는데. 역시 소문 그 이상이야."

호의 퉁에도 리센은 진심으로 재밌다는 듯 웃음 지었다. 흑의인들은 왕을 업고 조심스레 리셴의 뒤를 따랐다. 병욱에게 부축을 받고 있는 호 역시 라희와 함께 리셴의 상단으로 향했다. 걷기 시작했을 때, 어느새 동이 트고 있었다.

"그런데 궁을 습격했을 때 이상한 점이 있었어."

호의 말에 라희는 괜히 딴 곳을 보았다. 그의 서늘하고 예리한 눈에 의심이 서려 있었다.

"형님이 없었다. 자리를 비웠다 하더라도 소란이 일 무렵에는 달려오고도 남았을 터인데, 머리카락 한 올도 보이지 않더군."

사실대로 말해야 할까? 만약 자신이 몰래 현에게 연통을 보내 그를 궁 밖으로 붙잡고 있었고, 때문에 죽을 뻔했다는 사실을 알게 되면 호가 어떤 반응을 보일지 너무도 뻔했다. 혼 나는 것은 둘째이고, 무엇보다 현에 대한 분노가 얼마나 타오를지 가늠하기 두려웠다. 이미 척을 진 형제지간이었으나 라희는 폭발의 도화선에 불을 당기고 싶지 않았다.

"어디에… 갔던 것일까."

"그게…."

"대군마마는 정말 운이 좋아."

앞서 걸으며 둘의 대화를 듣던 리셴이 뒤를 돌아보며 라희의 말을 뚝 끊었다. 좋은 타이밍이었으나, 라희는 그가 먼저 일러바칠까 봐 놀라 숨을 들이켰다.

"기분 나쁜 사람이 알아서 피해가고, 부러울 정도라니까."

리셴이 라희를 향해 한쪽 눈을 찡긋거리는 것을 호는 보지 못했다. 리셴이 아까의 일을 비밀로 해줄 모양임을 눈치로 알게 된 라희는 안도의 한숨을 몰래 내쉬었다.

***

뒤늦게 대조전으로 달려온 현은 박살이 난 문과 망연자실한 표정의 내관들, 궁녀들을 보며 터벅터벅 왕의 침방으로 걸어갔다. 문이 활짝 열어젖혀져 있는 그곳의 바닥에는 많지 않은 양의 피가 흩뿌려져 있었고, 중전의 단도가 피를 머금은 채 떨어져 있었다.

"호가… 다녀갔습니까?"

비워져 있는 왕의 침상, 그리고 바닥에 주저앉아 흐느끼는 중전을 보며 현은 치솟는 분노를 애써 다스리며 담담하게 물었다.

"흑, 흑…! 내가 호를 찔렀습니다! 내가…."

"전하께서 회복되실 가망은 없습니까?"

"…."

차갑게 묻는 현의 말투에, 중전은 눈물범벅이 된 얼굴로 고개를 끄덕였다.

"어제 저녁께 유첨정이 전하의 상태를 보더니 이미 승하하신 것과 같다 하였어요."

유 어의는 중전의 사람이었다. 그는 왕의 상태를 보더니 고개를 저었다. 그 이후 얼마 되지 않아 호가 쳐들어와 왕을 데려갔다. 조선 최고의 명의들도 치료할 방법이 없다고 하는데 호도 별다른 수단이 없을 것이다.

"차라리 잘 되었습니다."

"그게 무슨 말입니까? 세자."

현이 어두운 미소를 지을 때마다 중전은 자신이 낳은 자식이지만 그가 조금 두려웠다. 그 속내에 담긴 잔혹함을 도무지 알 수 없었기 때문이다.

"전하는 어젯밤 돌아가신 것입니다. 호의 얼굴이 그려진 방을 붙여야겠습니다."

중전의 안색이 굳었다. 한참 잘못 돌아가고 있다는 것을 중전은 그제야 깨달았다.

"전하께서 어젯밤 승하하시면서 왕위를 저에게 양위하셨고, 역심을 품은 정연대군이 궁을 습격해서 전하의 시신을 도둑질해갔다. 어떻습니까?"

"이 어미와 약조하지 않으셨습니까? 호를 살려주겠다고."

현의 손짓에 그를 따르는 수하들이 왕의 침방으로 들어왔다. 밤새 울어 눈이 벌게진 중전이 벼락을 맞은 듯한 표정으로 아들을 올려다보았다.

"그리고 어머니는 왕실의 비극에 충격을 받으셔서, 실성하신 것입니다."

방금 생각해낸 것 치고는 개연성이 촘촘한 이야기였다. 현은 만족스레 미소 지었다.

"세자! 어찌 감히…! 이건 말이 다르지 않습니까? 호를 진정 죽이실 생각이십니까!"

"가여우신 어머님. 저는 며칠 전부터 그런 생각이 들었습니다."

분노 때문에 부들부들 몸을 떠는 중전을 보며 현은 태연히 말을 이었다.

"호가 태어났을 때부터, 우리 두 형제는 어느 한 명이 죽어야 다른 한 명이 사는 그런 운명을 가지게 된 것이 아닐까…. 그래요, 어머니. 어머니 자신을 위해서, 이것이 운명이고 순리이다 여기십시오."

"세자! 호를 살려주세요!"

"어머니께서는 반대의 상황이더라도 호에게 제 목숨을 살리라 애원하셨겠지요. 하지만 어머니, 제가 호였어도 둘 중 하나가 죽는 상황은 달라지지 않을 것입니다."

"세자!"

현은 망설임 없이 뒤돌아섰다. 중전의 찢어지는 듯한 노성이 들려왔지만 호는 차가운 목소리로 수하에게 명령했다.

"중전마마를 연금하라. 실성을 하여 헛소리를 하신다고 소문을 내고."

"명 받들겠습니다."

***

대사의 본거지에 도착한 호와 라희 일행은 화려한 가택의 규모에 놀라지 않을 수 없었다. 조선으로 영역을 넓힌 지 오래되지 않았다고 들었는데, 한양에서도 노른자위의 위치에 객잔 두어 채를 합친 듯한 거대한 규모였다.

"우와, 어마어마한데요?"

"이곳을 매입하기까지 상당한 규모의 자금이 들어갔겠군."

"조선의 상권은 작아서 당장은 손실이겠지만. 좀 더 멀리 보는 거지. 대군마마를 통해 그 미래를 더 앞당길 거고."

대사의 상단주 리셴에 대해서는 많은 소문이 있었다. 명의 황제였던 태창제가 서방의 여인과 동침하여 태어난 자식이라는 말도 있었고, 공주가 서역인과 간통하여 몰래 낳아 버린 자식이라는 말도 있었다. 공통적인 이야기는 리셴에게 명 황실의 피가 흐르고 있으며, 그러한 사연 때문에 후사가 없던 전대 대사의 상단주에게서 상단을 넘겨받았다는 것이었다.

"화인아, 대군마마와 대군부인의 처소를 안내해줘."

"예, 나으리."

다가온 여종이 리셴의 말에 다소곳이 허리를 숙였다.

"전하의 방에는 의원이 대기하고 있어. 대사와 오랜 인연을 가진 의원인데 성질은 괴팍하지만 솜씨는 기가 막히게 탁월해. 그런데 그 성정 때문에 자기가 환자를 볼 때 방해를 허용하지 않아."

"의원과 해약을 믿는 수밖에 없겠군."

"진찰이 끝나면 바로 사람을 보낼게. 대군마마께는 다른 의원을 들일 테니 우선 방에 들어가 치료받고 있어."

수하들에게 업혀 방으로 들어가는 아버지의 뒷모습을 보며 호는 담담히 상황을 받아들였다. 라희는 긴장한 표정으로 호의 소매를 붙잡았다. 리셴이 찡긋 미소 짓자 호는 심드렁한 표정으로 라희의 어깨를 감쌌다. 그리고 뒤로 돌아 여종의 안내를 따랐다. 지혈이 되어 통증이 경감되었는지 호는 병욱의 부축을 거절하고 그에게 들어가 쉴 것을 명했다.

“그런데 저 사람, 진짜 중국인이에요? 청나라 상인?”

“그렇다.”

“왜 저희를 도와주는 거죠? 위험을 감수하면서까지?”

“장사꾼들이란 이익에 따라 움직이는 이들이다. 서로의 목적은 달라도 지향점이 같기에 이쪽 편에 선 것일 뿐.”

그 지향점이라는 것이 리셴의 사적인 사연 때문인지, 혹은 그가 이루고자 하는 사업 때문이지는 알 수 없었다. 그러나 그는 분명 춘월관에서 기다렸다는 듯 호를 맞았었다. 이미 호에 대해 파악한 채.

‘조선의 병력을 강화하여 청을 북벌하는 것, 계란으로 바위 치기가 내가 원하는 거래내용입니다. 대군마마가 꿈꾸는 것과 일치한다는 이야기이다. 아, 역시 존대는 어려워. 난 조선인이 아니니까 조금 이해해줘.’

그의 감색 눈동자는 뱀의 속가죽만큼이나 교묘하여, 생각을 읽어내기 힘들었다. 그러나 호는 이 거래를 기꺼이 받아들였다. 엄밀히 따지자면, 거래가 아니다. 지향점이 같은 자의 조력 제안을 굳이 거절할 이유가 없었다.

“쉬고 계시면 곧 의원이 들 것입니다. 부인께는 목욕물을 준비해 드릴까요?”

“괜찮아요. 나중에 필요할 때 부를게요.”

“알겠습니다.”

왕명으로 지어진 호의 사랑채만큼이나 넓고 안락한 객실로 그들을 안내한 여종은 미닫이문을 닫고 나갔다. 여종이 나가자마자 라희를 제 품 쪽으로 끌어당긴 호는 그녀를 와락 껴안았다. 작은 체구가 주는 안도감은 태산처럼 큰 것이었다.

"기껏 지혈되었는데, 또 상처가 터지는 거 아니에요?"

"가만히 있어라. 잠시면 된다."

두 뼘은 키가 큰 그가 자신의 어깨에 얼굴을 묻다시피 하고 있었다. 때로는 야생에서 자란 범처럼, 때로는 만인의 머리꼭대기에 앉은 군주처럼 마냥 강하고 거칠던 그가 이 순간만은 다른 느낌을 주었다. 라희는 가슴이 아렸다.

"힘내요. 다 잘될 거예요."

해줄 수 있는 말이 그것밖에 없었다. 아무리 강한 그라도, 사람의 마음이 있다면 감당하기 힘든 일을 겪고 있다는 것을 라희는 잘 알았다. 살아남기 위해 혈육에게 검을 겨누어야 하는 호에 대한 안쓰러움이 컸지만, 그가 원하는 위로가 말뿐인 동정은 아니었기에 라희는 묵묵히 그의 허리춤을 잡고 그에게 안겨 있었다. 의원이 올 때까지 꽤 오랜 시간동안.

***

임금의 승하를 천명한 지 나흘이 지났다. 한양 방방곳곳에 방을 붙였으나 호의 행방에 대한 제보는 들어오지 않았다. 정연대군저는 주인을 잃은 채 텅 비어 있었다. 조정에서는 왕위를 더 비워두지 말고 바로 현이 즉위하여야 한다는 여론과, 임금의 시신을 찾지 못하였으니 국상을 제대로 치를 수 있을 때까지 더 기다려야 한다는 여론이 팽팽히 맞섰다.

"이미 전하의 시신이 부패하고 있을 텐데. 의미 없는 논쟁이 언제까지 계속될지 모르겠구나."

"좌의정도 곧 뜻을 굽힐 것입니다. 너무 심려 마시옵소서."

현은 한숨을 내쉬며 선정전으로 향했다. 편전이 비어 있는 시간이지만, 요즘은 저녁에 홀로 옥좌에 앉아 머리를 식히고는 했다. 움츠러든 채 아버지를 올려다봤던 그 자리에서 몇 걸음만 옮기면, 아버지가 차가운 눈으로 자신을 응시했던 옥좌가 있었다. 그곳에 앉으면 가슴에 진 멍울이 풀리는 듯한 기분이었다.

"아 참, 혹시 사람의 설명을 토대로 인물을 그려줄 환쟁이 하나를 데려오거라."

"환쟁이 말씀입니까?"

"방을 하나 더 붙여야겠다. 역모를 꾸민 아우 말고도 벌을 줘야 할 아이가 하나 더 있거든."

현은 그날 밤에도 당차게 빛나던 라희의 눈빛을 떠올리며 미소 지었다. 아마도 호의 수하로 추정되는, 괘씸한 자는 사지를 찢어 죽여야겠지만 기특한 짓을 한 것도 있었다. 하마터면 분노에 휩싸여 라희를 죽여 버릴 뻔했다. 한때 세자빈이었던 강아에게 했던 것처럼 말이다. 물론 형수가 병이 아니라, 사실 현의 손에 숨이 끊어졌다는 사실은 호는 모르는 일이었다.

"애초에 물을 필요가 없었는데 내가 어리석었구나. 갖고 싶으면 그냥 가지면 되는 것을."

현은 자조하듯 웃었다. 지금껏 라희를 담아왔던 그 마음이 어디서부터 진득한 집착으로 변했는지는 모를 일이지만, 그것이 사랑이든 아니든 상관없었다. 호의 것을 빼어왔다는 전리품으로라도 좋을 일이었다. 장터에서 자신의 손 안에 들어왔던 그녀의 손목을 낚아채던 호의 표정을 생각하자 더욱 몸이 달았다.

"저하! 지금 편전에…!"

백색 상복을 입은 채, 어두운 미소를 피우며 느린 걸음으로 걷고 있는 현에게 몇몇 병사들이 다급한 얼굴로 달려와 허리를 숙였다. 현의 눈썹이 꿈틀거렸다.

"정연대군께서 납시었습니다!"

예상치 못한 병사의 외침에 현의 얼굴이 싸늘히 굳었다.

***

상복 차림의 현이 급히 선정전으로 들어서자 옥좌를 둘러싼 병사들이 길을 내주었다. 무방비로 온 호의 모습을 본 현은 실소하지 않을 수 없었다.

"왔느냐, 아우야."

"긴히 드릴 말씀이 있어 찾아왔습니다."

단정히 갓과 도포를 쓰고 찾아온 호를 옥좌에 제자리인 마냥 다리를 꼬고 앉아 있던 현이 다소 여유로운 표정으로 바라보았다. 현의 온화한 낯빛 속 비웃음을 읽었으나 호의 심경은 그다지 동요되지 않았다.

"죽어 귀신이 되지 않는 한, 너는 조선 땅에서 발붙이고 살아갈 수 없다."

"듣는 귀를 모두 물려주십시오. 저하를 위해서입니다."

현은 호를 노려보듯 바라보았다. 아우이나 호는 감정을 숨기는 법에 능숙해 그 머릿속을 짐작하기 힘들었다.

"전하께서 살아계십니다."

호의 말에 현의 얼굴이 싸늘히 굳었다. 현은 손짓하여 자신의 수하들을 비롯한 모든 병사를 물리었다.

"그럴 리가 없다. 가망이 없다 했어."

"목숨을 보존하시려면 지금뿐입니다. 강화포구에 배를 대기시켰습니다. 청으로 가십시오."

"살아계시다면 아버님은 지금 어디 있으시냐?"

"제발 더 죄를 짓지 마십시오."

이제껏 참던 것이 폭발한 듯, 호의 분노 어린 호통에 현은 검을 뽑아 현의 목 가까이 겨누었다. 현의 눈에 핏발이 서 있었다.

"네 속임수에 놀아날 것 같으냐? 웃기지 마라."

"무엇에 그리 홀리셔서, 혈육까지 버리고 살육하려 하십니까?"

"아버님의 시신은 어디에 있느냐?"

아버지는 죽었어야만 한다. 아니 만약 살아있다면 지금이라도 죽여야 한다. 아버지의 죽음을 보지 못한 현에게 뒤늦은 불안감이 덮쳐 왔다. 호가 애써 감정을 억제하며 현에게 말했다.

"제 발로 이곳으로 찾아온 이유는 형님을 향한 충정 때문입니다. 형님을 통해 조선의 미래를 그렸던, 형님과 같은 곳을 바라보고 같은 꿈을 꾸었던 저의…, 저의 마지막 충심입니다."

"너와 같은 미래를 꿈꾸었던 적 없다."

"형님!"

"조선은 약한 나라야. 오랑캐들에게 볼모로 잡혀 살면서 너도 뼈저리게 느끼지 않았느냐? 우리는 그들의 적수가 못 돼. 이왕 그럴 바에야 그들의 좋은 점을 본받으며 상부상조하면 될 것을, 너는 끈덕지게 적개심을 드러냈고, 아버지는 그런 너를 마음에 들어 하셨지…. 어리석은 일이다."

현과 호는 생각이 달랐다. 같은 환경에서도 그들은 다른 마음을 품었다. 서로를 의지하고 아꼈으나 생각의 간극은 좁힐 수 없었다. 호는 현의 검을 잡아 밀어내며 자리에서 일어났다. 손바닥이 베여 피로 물들었으나 신경 쓰지 않았다.

"둘뿐이 아닙니다."

"뭐?"

"저와 형님 둘만 겪었던 치욕이 아닙니다. 십만! 이십만! 아니, 그 배가 넘는 백성들이 나라가 약하다는 죄로 생면부지의 땅으로 끌려갔습니다. 저희는 돌아왔으나, 그들은 아직도 돌아오지 못했습니다. 아버님의, 그리고 형님의 백성들입니다. 다시는 그런 치욕이 되풀이되지 않도록 양병하고 복수하고 싶었을 뿐입니다."

분노에 찬 호의 눈을 보며 현은 아버지가 했던 말이 문득 떠올랐다.

'너의 의지에는 백성이 보이지 않구나.'

임금은 청에 병적인 적개심을 가지고 있었으나 왕재를 보는 눈은 정확했다. 친청이니 반청이니 옳고 그름이 없는 답이 아닌, 그 의도에 내재한 애민의 정신을 보았다. 그리고 현은 호에 비해 그것이 턱없이 부족했다.

"…너와 더 이야기하고 싶지 않다."

"전하께서는 쾌차하셨고, 동이 트면 궁으로 드실 것입니다."

"아니. 아버님은 돌아가셨고, 너는 궁에서 살아나가지 못할 것이다."

조선 최고의 명의도 고개를 돌렸다는데, 다시 살아날 리가 없다. 호가 자신을 도망치게 하고 궁을 장악하려 모든 것을 걸었다고 판단한 현은 마음을 굳혔다.

"여봐라!"

호의 부름에 대기하고 있던 병사들이 우르르 들어왔다. 현의 입가에 작은 호선이 걸렸다. 그의 눈가가 미세하게 떨리고 있었다.

"대역죄인을 잡아 가두어라. 동이 트면 목을 벨 것이다."

호는 라희의 만류에도 불구하고 마지막 승부를 위해 궁으로 향했다. 유년시절과 소년시절, 청년이 될 때까지 언제나 함께였던 가장 깊은 벗인 현을 한 번만 더 믿어보고 싶었다. 그러나 그 믿음은 무너졌다. 헛웃음이 나왔다.

"어찌 대역죄인을 문초도 하지 않고 그냥 죽인다는 말씀입니까?"

"목이 떨어진 뒤에도 그리 빈정댈 수 있는지 보자."

"후회하게 되실 것입니다."

순순히 병사들의 손에 몸을 맡기며 호는 싸늘히 웃었다. 호가 끌려나간 뒤, 현은 엄습하는 불안감에 휩싸여 유 어의를 불렀다. 소식을 듣고 달려온 유 어의가 현의 앞에 바싹 엎드렸다.

"전하께서 돌아가셨음이 틀림없느냐?"

"이미 골수까지 나쁜 기운이 침투하여 돌이킬 길이 없어 보였습니다."

"없어 보이는 것이 아니라, 확실히 없어야 한다."

"예, 예이…."

살기가 피어오르는 현의 모습에 유 어의는 침을 삼켰다. 세자에 의해 중전이 연금되었다는 소문이 파다한데 말 한마디 잘못하면 자신도 끈 떨어진 연이 될 판이었다.

"전하께서 일어나실 가망은… 없습니다."

유 어의의 확답에 현은 굳은 얼굴로 선정전을 나섰다. 바람도, 입맛도 미치도록 썼다.

***

상단 대사의 본거지, 군데군데 놓인 호롱불만이 어두운 방을 밝히고 있었다. 원탁을 사이에 두고 리센과 라희가 마주앉아 있었다. 호와 또래 같으면서도, 백배는 더 능글맞은 리센은 한숨을 푹 내쉬며 과장된 제스처를 했다.

"낮부터 병사들이 오만 곳에 들이닥쳐 한양 곳곳을 구석구석 뒤진대. 대군마마는 제 발로 들어갔으니, 이제 임금님을 찾으려 하겠지."

"…."

"임금님은 아직도 정신이 왔다갔다 하시고, 포위망은 좁아져 오고…. 어려워."

"전하와 아까 이야기를 해 봤는데… 기억을 잃으신 듯해요."

라희는 참고 있던 한숨을 내쉬었다. 리센이 미간을 찌푸렸다.

"뭐? 그게 무슨 소리야?"

"현이 열두 살인 줄 알고 계세요. 정신이 멍하신 것은 둘째 치고, 기억이 통째로 사라졌어요. 아침드라마 주인공도 아니고, 내가 미쳐!"

"송 의원은 뭐래?"

"죽음 언저리까지 다녀오신 터라 그 정도도 다행이래요. 약을 쓰고 있긴 한데, 기억이 돌아올지는 장담 못 하고, 돌아온다 하더라도 시간이 걸릴 거래요. 근데 우리에겐 시간이 없어요."

라희는 주먹을 꽉 움켜쥐었다. 오늘 아침 임금이 눈을 뜨고 말을 하기 시작했고, 궁에 돌아가겠다고 하였다. 사람을 잘 알아보지 못하고, 말이 어눌하긴 했지만 깨어난 것에 감사하며, 다음날 샛길을 통해 입궁할 것을 계획하였다. 그리고, 그리도 만류하였으나 호는 끝내 마지막으로 현을 설득해보겠다고 궁으로 떠났다.

궁의 병들이 현의 명령대로 움직였던 것은, 궁의 주인이 죽었다 생각했기 때문이다. 여우가 호랑이굴을 차지할 수 있을 때는 호랑이가 자리를 비웠을 때뿐이다. 그러기에 임금만 환궁하면 모든 것이 해결될 것이라 믿었으나….

"이래서는 환궁해도 문제잖아. 자기가 세자에게 죽을 뻔했다는 것도 모르는 전하라니! 세자에게 거의 실권이 넘어갔고 대외적으로 대군마마는 역적이니 오히려 이용당할 거야. 전하가 이런 상태라는 걸 알게 되자마자 세자는 흐리멍텅해진 전하를 확실히 죽이고 왕이 될 거야."

"호가 세자께 말씀드렸겠죠? 전하께서 깨어나셨다고."

"별다른 소식이 없는 것을 보면 세자가 대군마마의 말을 믿지 않은 것 같아. 대군마마는 지금쯤 목이 떨어지지 않았으면 옥에 잡혀 있겠지."

라희가 리센을 강하게 노려보자 리센은 헤헤 웃으며 시선을 돌렸다. 한참의 정적이 흐르고 라희는 입을 열었다. 바보 같은 생각일지도 모르지만 시도해볼 만한 가치는 있다 여겼다.

"정말 구하기 힘든 것을, 지금 당장 구해 주실 수 있나요?"

"내가 못 구하는 것은 세상에 없는 것 빼고는 없어. 대사의 자객들은 용의 알이라도 훔쳐 올 만큼 실력이 뛰어나지. 대신 그 값은 내게 톡톡히 치러야 할 거야. 대군마마의 거래와는 별개로."

"값은 얼마든지 치르겠어요."

"그런데 대체 뭐야? 이런 상황에서 뜬금없이 갖고 싶은 게 생겼어?"

라희도 이번 판에 제 모든 것을 걸기로 했다. 그녀의 검은 눈이 절실히 빛났다.

"곤룡포. 임금의 용포가 필요해요."

적의 눈을 가리기에는, 최적의 물건이다.

***

옥사에서 밤을 지새운 호는 해가 뜨기도 전에 비밀리에 형장으로 불려갔다. 현은 호를 어떤 방식으로건 신료들과 접촉하게 할 생각이 없었다. 어제 죽일 것을 괜히 오늘까지 두었다 밤새 후회했다. 잠을 청하려 했으나 계속해서 악몽을 꾸었다. 아버지가 되살아나서 현의 목을 조르고, 또 졸랐다. 숨이 턱턱 막혔다.

"너를 죽이면 나도 자유로워지겠지."

벌건 쇠로 가슴을 지지듯 현의 마음은 타는 듯 고통스러웠으나 이것만이 모든 위협과 자신을 괴롭히던 열등감에서 벗어날 길이라 믿었다. 수의처럼 흰옷을 입고 병사들에 의해 꿇어앉혀진 호의 눈이 현을 노려보고 있었지만 그의 입은 오히려 호선을 그리고 있었다.

"제 죽을 자리에서도 웃다니 대단한 배포이구나."

"이깟 죽음이 두려웠다면 긴 세월 동안 저하의 그림자로 위협을 무릅쓰진 않았을 것입니다."

"나를 원망하는 것이냐?"

"제가 저하를 행했던 모든 것이, 심지어 이 순간조차, 부끄럼 없이 살고자 하는 저의 선택이었는데 왜 저하를 원망하겠습니까?"

호의 눈은 거짓도, 두려움도 없이 잘 길들여진 검처럼 강하고 자신감 넘쳤다.

"동정할 뿐입니다. 이제부터 저하께 닥쳐올 그 모든 순간을."

호의 말에 현의 미간이 비틀렸다. 그 두 글자가 현의 뒤틀린 심기를 매우 불편하게 건들었다.

"동정? 네가? 나를? 그래, 죽어서도 그리 동정해보거라."

더 이상 참지 못하고 현이 망나니의 칼을 빼어들었을 때, 헐레

벌떡 달려온 수하의 다급한 외침이 그 움직임을 멈추게 했다. 과연 운명의 신은 호의 편이었다.

"급보입니다. 전하께서 궁으로 오고 계십니다!"

호와 현의 표정이 동시에 굳었다. 현은 믿을 수 없다는 듯, 그대로 얼어붙었다. 수하가 숨을 헐떡대며 말을 이었다.

"민가에서 돈화문으로 향하고 계십니다!"

"말도 안 된다! 분명 돌아가셨을 것인데?"

현의 심장박동이 빨라졌다. 손에 들고 있던 검이 땅에 떨어져 큰 소리를 내며 뒹굴었다. 핏기가 가신 채 현은 노성을 내질렀다.

"보자마자 전하를 막지 않고 왜 왔느냐? 아무도 모르면 될 일이다. 어차피 백의로 병상에 누우신 차림 그대로일 터이니 백성들은 전하를 알아보지 못할 것이다. 미천한 백성 중 누가 왕의 용안을 알아보겠느냐? 눈치 채는 자가 있으면 조용히 죽여라."

"그, 그것이!"

"혹시 신료들이 이미 전하를 보았느냐? 누가? 몇이나?"

현의 말이 빨라졌다. 눈을 굴리던 수하는 다 틀렸다는 듯 고개를 푹 숙이며 다급히 말했다.

"막을 수가 없습니다. 전하께서 궁에 드시기 전에 피하셔야 합니다."

현의 수하들이 임금을 발견했을 때는 이미 늦었고, 비밀리에 납치하거나 빼돌린다는 것은 가망이 없어 보였다. 손쓸 수 없다는 보고에 현의 안색이 굳어갔다. 아버지가 회복되었다는 호의 말이 사실이었다니! 호의 입가에 작은 미소가 서렸다.

"저는 거짓을 말한 적 없습니다."

현은 눈을 부릅뜨고 호를 노려보았다. 그렇잖아도 자신을 눈엣가시처럼 여기던 아버지인데, 이 기회로 자신의 목을 벨 것임이 분명했다. 자신이 아버지를 죽이려 했다는 것도, 이미 호에게 들어 알고 있을 것이다. 다 된 밥에 재를 뿌리다니, 호에 대한 분노가 들끓었다.

"대단하구나. 내가 너에게 졌다."

"이번 생에서 형님을 다시 만나는 일은 없기를 바랍니다."

"그래, 우리가 다시 만난다면 그때는 분명 우리 둘 중 하나는 죽을 터이니."

형장에 홀로 남겨진 호를 두고 돌아선 현은 걷다가 잠시 멈추어 서서 호를 돌아보았다.

"그 아이에게 미안하다고 전해주거라."

"싫습니다."

호가 서늘한 눈빛으로 현을 바라보았다.

"라희의 마음에, 다시는 형님을 떠올리게 하지 않을 것입니다. 이제 형님은 저의 형님으로도 사실 수 없으니, 그 아이와의 연도 완전히 끊긴 것입니다."

호의 눈에 서린 지독한 소유욕에 실소를 내뱉으며 현은 다시 뒤돌아서 걸었다. 제 스스로 그녀와의 관계를 망친 것이었지만 입맛이 너무도 씁쓸했다.

"그래, 네 마음대로 하거라."

***

불과 오십 보 앞에 돈화문이 있었다. 조선의 포장되지 않은 흙길을 임금과 함께 걸으며 라희는 무수한 시선에 무관심하려 애썼다. 그들이 가는 길에 눈 닿는 곳에 있는 모든 사람들이 엎드려 있었고, 관복을 입은 이들도 그들을 발견하자마자 깜짝 놀라며 황급히 몸을 엎드렸다.

"허허, 어쩐지 민가의 풍경이 변한 것 같구나. 그런데 왜 가마가 아직도 오지 않는 것이냐?"

"전하, 아까도 말씀드렸듯이 우리 전하 심신이 많이 상하셔서, 걷는 것이 회복에 좋은 길이라 어의가 당부했잖아요. 걷지 않으면 다리를 못 쓰게 될 수도 있다 했어요."

"맞다, 그랬지. 짐이 술에라도 취한 듯 방금 들었던 말도 잊어버리는구나. 그런데 네가 참의 장윤의 딸이라 했지? 갓 상투를 틀었을 법한데, 너처럼 장성한 딸이 있었다니 놀랄 노자이구나."

첫 인사를 가서 보았던 인자한 모습은 온데간데없이 파리한 얼굴에 횡설수설하는 임금의 말상대를 하며 라희는 그를 궁의 정문으로 이끌었다. 왕을 따르던 수십의 궁인들과 내관들도 없이 평범한 아녀자의 차림을 한 라희 홀로 왕의 곁에 있었으나 모든 이들이 임금의 신분을 알아보고 몸을 숙였다. 그것은 다름 아닌 곤룡포 때문이었다.

"전하, 이제 다 왔어요. 궁입니다."

"그래, 며칠간이나 내가 치료를 한답시고 궁을 비웠으니 중전이 얼마나 걱정이 많았을까. 현이랑 호도 보고 싶구나. 뭐 하느냐? 어서 문을 열지 않고, 이놈!"

넋이 빠진 표정으로 임금의 용안을 확인한 수문장은 호통에 깜짝 놀라 병사들에게 궁문을 열라 명령했다. 궁의 정문이 활짝 열렸다. 회복이 되지 않아 반쯤 얼이 나간 얼굴로 헤실대며 궁으로 들어간 임금의 앞에 수많은 궁인들과 내관들, 무장들이 도열하여 엎드리고 있었다. 라희가 떨리는 목소리로 말했다.

"세자 전하가… 없네요."

임금이 환궁했는데 세자가 나오지 않는다는 것은 필시 도망쳤다는 것을 의미했다. 라희는 다리가 풀려 주저앉을 것만 같았다. 드디어 모든 것이 끝났다. 어젯밤의 일이 떠오르며 진이 풀렸다. 라희의 계획을 들은 리센은 무릎을 치며 즐거워하더니 흘리는 듯 말을 뱉었다.

'멀찍이 엄호하며 네가 꾸민 재미있는 풍경을 지켜볼게. 대군마마가 부러워. 내게도 너 같은 행운의 여신이 있으면 좋을 텐데.'

리센의 자객들이 대담무쌍하게 궁에 잠입해 탈취해온 곤룡포를 왕에게 입힌 라희는 왕과 함께 가장 넓은 길로 걷기 시작했다. 금실로 오조룡이 수놓아진 적색의 용포는 무미건조한 백성들의 사이에서 눈에 튀지 않을 수 없는 의상이다. 행여나 왕이 아닌 자가 입어서는 역모로 멸문지화를 당하게 된다.

"주상전하가 가십니다. 길을 비키세요!"

라희의 외침에 아침부터 일을 나온 백성들이 그들이 가는 길마다 넙죽 엎드렸고, 쉽게 볼 수 없는 왕의 모습을 보고자 집에 있던 자들조차 숨어 힐끔거렸다. 백성들의 수군거리는 소리가 들려 왔다.

"뭐여? 전하는 승하하셨다고 들었는디? 가짜 왕 아녀?"

"이 사람아 입 조심해! 저 옷 안 보여? 저건 임금님밖에 못 입는 옷이여! 게다가 궁으로 가고 계신다는데 가짜 왕이면 미쳤다고 궁에를 가?"

"근데 왜 걸어가시는 것이여? 말도 안 타고, 가마도 안 타고. 참말로 요상하네."

왕의 용포를 입고 최대한 요란하게 수많은 사람들의 눈에 보이는 것이 안전하다. 아무리 현의 자객들일지라도 이리도 많은 시선이 집중된 왕을 감히 손댈 수는 없다. 곤룡포는 갑주보다 더 강한 힘이 있었다. 행여 화살이 날아오는 일이 없도록, 보이지 않는 곳에서 리센의 자객들이 움직이고 있다는 것도 라희의 마음을 든든하게 해주었다.

"여기 주상 전하가 계십니다! 전하가! 살아서! 궁에 돌아가고 계십니다!"

"귀 아프다. 왜 이리 소리를 지르느냐."

"기뻐서요. 전하가 회복되신 것이 기쁘니 만백성에게 알려야 하지 않겠어요?"

그리고 시간! 시간이 필요했다. 리센의 도움을 받으면 가마를 태울 수도 있었지만, 느릿느릿 걷게 해야 했다. 궁에 도착해 현과 왕이 마주치면, 그리고 현이 왕의 정신 나간 상태를 알아채게 되면 오히려 그에게 먹이를 떠 먹여준 셈이 된다. 호에 의해 왕의 재기에 대한 조바심을 가지고 있을 현에게, 오히려 보이지 않는 왕의 환궁 소식이 더 효과적으로 두려움을 줄 수 있었다. 현의 귀에 왕의 환궁 소식이 들리고, 왕이 도착하기 전에 그가 궁을 버리고 도망칠 수 있도록 필요한 시간을 그렇게 벌었다.

"전하! …라희야."

엎드린 궁인들의 저편에서 문으로 거침없이 걸어오는 훤칠한 남자의 모습이 보였다. 호였다. 라희의 가슴에서 뜨거운 안도가 울컥 치밀어 올랐다.

5
날뛰는 빈궁 마마

선명한 적색의 용포와는 어울리지 않는 피폐한 얼굴의 임금은 자신에게 다가오는 호를 보며 알 듯 말 듯한 느낌에 미간을 찌푸리더니, 엄습해 오는 두통에 휘청거렸다. 호가 급히 왕을 부축하며 외쳤다.

"전하!"

"너는…."

"소자입니다! 아버님!"

"…호, 대군이냐?"

왕의 말에 라희가 놀라 우뚝 멈추어섰다. 호의 얼굴을 보자 잠시 잃었던 기억이 다시 돌아온 것일까.

"그럴 리가 없는데… 우리 호가 이리 컸을 리 없는데…. 그런데 나는 왜 너를 호로 알고 있는 것이냐. 아아, 너무 어지럽구나."

"전하! 괜찮으세요?"

"전하!"

왕이 스르르 눈을 감으며 다리의 힘을 풀었다. 호가 왕을 부축했고 놀란 내관들이 다급히 다가와 어쩔 줄 몰라 했다. 그들의 파란만장한 내관 인생 수십 년 중 가장 박진감 넘치는 날이었다. 분명 승하하셨다고 알고 있는 임금이 살아있었고, 임금의 시체를 훔쳐 도망쳤다던 대군이 왕의 곁에 있다니!

"아니 세상에… 이것이 대체 어찌 된 일? 저… 전하?"

"어서 전하를 뫼시어라. 어의를 부르고."

"예, 마마!"

"명 받들겠사옵니다. 전하께서! 전하께서 살아 계시다! 어서 뫼시어라!"

호의 명령에 따라 대령한 가마에 응급침상처럼 왕을 눕히고 라희는 내관과 궁인들과 함께 왕의 침전으로 향했다. 온 궁이 들썩이고 있음이 피부로 느껴졌다. 감격의 재회를 할 새도 없이 상황은 급박하게 흘러갔다. 어의가 왕을 진찰하고 나서, 기력이 쇠해 잠시 정신을 잃으신 것이라 설명하고서야 호와 라희는 한숨 놓았다.

"네가 큰일을 했다. 당초의 계획대로 몰래 잠입하려 했다면 오히려 당했을지도 모르는데, 전하께 용포를 입히고 궁의 정문으로 들어올 생각을 하다니."

"머리 좀 굴렸어요. 허를 찌르는 것이 나을 것 같아서요."

"임기응변이라 하기에 대단한 전술이다. 꼬리에 비를 매달아 허장성세로 적을 속인 장비가 떠오를 정도였으니."

"부끄럽게 왜 그래요! 리센이 용포를 구해준 덕분이에요."

리센이 없었더라면 시작조차 할 수 없었던 작전이었다. 호는 그에게 큰 고마움을 느꼈지만 다른 남자를 입에 올리며 칭찬하는 라희의 모습에 살짝 심기가 뒤틀리려다 말았다.

"전하께서 용태가 좋지 않아 보이신다."

"말만 어눌하신 줄 알았는데 기억을 잃으신 것 같아요. 송 의원님을 불러서 치료해야 해요."

"이런…. 리센에게 다시 연통을 넣겠다."

"세자저하는… 떠나셨습니까?"

라희의 질문 이후, 둘 사이에 무거운 정적이 흘렀다. 한번 이 궁을 떠난 이상 다시는 되돌아올 수 없을 것이고 되돌아오게 두지도 않을 것이다.

"형님은 이제 죽은 사람이다. 궁에서도, 나에게도."

"표정을 보니 시간을 벌기 잘했다는 생각이 다시 한 번 드네요."

"우습더구나. 형님이 나를 외면했을 때, 차라리 시원한 마음이 드는 것이."

"…."

호가 씁쓸히 웃었다. 오히려 마지막까지 현에게 최선을 다했다는 것이 그의 마음을 조금 덜 쓰라리게 했다. 라희는 무거운 눈으로 호를 바라보았다.

"내 말 안 들어서 위험할 뻔했으니 잔소리 좀 하려 했는데, 반칙이에요."

"많이 걱정했느냐?"

"그걸 말이라고 해요!"

호가 라희를 가슴에 안았다. 아버지가 깨어났다는 것만 믿고 무작정 혼자 선정전에 들이닥친 것은 분명 만용이었다. 그러나 마지막으로 확인하고 싶었다. 오랜 세월 함께했던 형제가, 호가 제 목숨까지 걸어가며 지켜왔던 그가 진실로 인자했던 그 모습으로 돌아올 수는 없는 것인지 말이다.

"하늘이 돕는 것인지, 혹은 하늘이 내게 널 내린 것인지 모르겠다."

"어쩌면 둘 다일지도 몰라요."

한숨 놓은 라희가 그의 따스한 가슴에 파묻혀 있었다. 상태를 회복한 줄 알았던 왕이 기억을 잃었다는 것을 알았을 때는 하늘이 노래졌었다. 마지막으로 현을 설득해보겠다고 떠난 호에게 연락할 방도도 없었다.

"그래, 너는 하늘이 내게 내린 여인이다."

호는 라희의 이마에 입을 맞추었다. 죽을 위기에 처하면 초인적인 힘을 발휘한다는 말이 있듯, 어쩌면 호를 잃을지도 모른다는 위기감에 라희가 쥐어짠 아이디어였다. 라희는 운에 감사했고 하늘에 감사했다. 그리고 제 앞에 서 있는 그에게 감사했다.

"대군마마! 영상 대감과 우의정 대감, 그리고 호판 대감…"

기이하고도 충격적인 소식을 들은 중신들이 몰려왔는지 내관의 외침이 들려 오며 그들의 분위기를 깼다. 호는 라희를 안고 있던 팔을 풀었다.

"이게 무슨 일이란 말이오? 어찌 승하하신 전하께서…!"

"믿을 수가 없소!"

하얀 상복을 입고 흥분해 있던 영상과 신료들의 눈이 호와 라희에게 집중되었다. 게중에 있는 병판 장윤과 눈이 마주친 라희는 놀라 아버지를 바라보았다.

"대체 어떻게 된 것입니까? 승하하셨다던 전하가 돌아오셨다니!"

"아들놈이 오늘 입궁하며 전하가 용포를 입고 걸어오시는 걸 봤다길래, 허튼 소리 하지 말라고 경을 쳤는데 대체 이 무슨 일입니까?"

"세자 저하는 어디에 계신 것입니까?"

현을 위해 살아가는 것은 오늘로 끝이 났다. 이제 진실의 문을 열고 그의 자리를 빼앗아야 할 시간이었다. 더 이상 아프지도 슬프지도 않았으나 가슴이 무거웠다. 다시 현을 떠올리는 그가 마음 아파 라희가 주먹을 꼭 쥐었다.

"이 나라의 왕권이 다시 위협받는 일이 없도록 그대들이 나를 도와주어야겠소. 전하께서 환궁하셨으나 다시 병상에 누우신 이때, 역모의 진상을 밝히기 위해서는 그대들의 조력이 필요하오."

"여… 역모라니! 무슨 말씀이십니까?"

호의 입이 썼다. 호의 심경을 알고 있는 라희의 눈빛 또한 무거워졌다. 그것이 아무리 가혹한 것일지라도 진실이 밝혀져야 하는 순간이었다.

***

중국풍이 섞인 한옥의 넓고 선이 굵은 방, 명의 복식을 입은 리셴이 수염이 하얗게 센 노인과 차를 마시며 독대하고 있었다. 노인은 눈 한쪽이 애꾸인 듯, 검은 안대로 왼쪽 눈을 가리고 있었다. 녹차향을 기분 좋게 음미한 리셴은 얼굴에 미소를 띤 채 운을 띄웠다.

"듣자하니 세자는 배를 탔다던데?"

"욕심이 과하면 화를 부르는 법이지."

"그자가 욕심쟁이었는지 포부 있는 야심가였는지는 후세가 판단할 일이지만, 궁을 떠났으니 진 것이지. 곧 정연대군이 세자 책봉을 받을 거야. 그 집, 터가 좋던데. 대군이 입궁하면 매입할 방법을 알아봐야겠어. 그런데…."

잿빛의 흐뜨러진 머리칼 아래 붉게 빛나는 리셴의 눈은 호기심 많은 소년의 것 같기도, 능숙한 장사꾼의 것 같기도 했다.

"영감님, 왕은 정말 괜찮아진 거야?"

노인은 혀를 차며 고개를 내저었다.

"저승 문턱까지 갔다 왔는데 제 명을 되찾긴 힘들지. 그래도 몇 년은 더 버틸 수 있을 거야. 기억은 다 되찾기는 힘들고."

"대군마마가 전하가 될 일이 얼마 안 남았단 말이군."

"네놈은 왜 그렇게 그 대군에게 관심이 많은 거야?"

괴의라 불리는 송 영감은 리셴에게 의심스러운 눈초리를 던졌다. 리셴은 즐거운 표정으로 답했다.

"그자가 해 줘야 할 것이 있거든."

"복수심 때문이라면 집어치워. 남는 건 허무함뿐이니까."

"난 상단을 위한 미래를 넓게 보는 것뿐이야. 전쟁은 또 다른 기회이니까."

"조선인들은 무력한 국력 때문에 지금도 충분히 힘들어."

회의적인 송 영감의 표정에 리센은 고개를 끄덕이며 동의했지만, 뜻을 철회하지는 않았다.

"북진한다면 조선도 충분히 강해질 수 있어. 우리 상단의 텃밭도 넓어지는 거고 서로 좋은 일이지. 아, 참. 아까 임금님이 보낸 사람이 왔었다며?"

"벼슬을 내린다고 하길래 사양하고 돌려보냈지, 껄껄."

"왕이 아쉬워하겠는걸? 그래도 생명의 은인인데."

"다 늙어서 그런 것에 다시 얽매이고 싶지는 않아. 종종 들러 치료하는 것으로 말을 끝냈어."

리센은 이해한다는 듯 미소 지었다. 젊을 적 명의 황실 의원으로 일하던 송 영감은 환관의 미움을 사 죽을 뻔한 것을, 대사의 전 상단주가 구명해준 것을 인연으로 수십 년간 대사와 함께하고 있었다.

"여자를 그렇게 밝히면서 다 늙긴 무슨."

"예끼, 어린놈이 못 하는 말도 없다."

송 노인이 혀를 끌끌 차더니, 차를 한입에 들이켰다.

***

단풍이 울긋불긋 물들고 서리가 내리기 시작했을 무렵에야 임금은 자리에서 일어났다. 송 의원의 말대로 완전히 회복되지는 않은 몸과 정신이었으나, 제법 기억도 돌아오고 정사도 돌보기 시작했다. 오히려 왕보다 상태가 심각한 것은 중전이었는데, 실어증에 걸려 말 한마디 못 하고 꼼짝 않고 중궁전에만 머물 뿐이었다.

"정연대군 마마 납시었습니다."

"들이거라."

집무실에서 정사를 돌보고 있는 왕은 내관의 말에 즉각 답했다. 문이 열리고, 흑색 관복을 입은 호가 늠름한 모습으로 들어왔다.

"부르셨습니까, 전하."

"곧 있을 책봉례를 준비하거라."

"전하."

"봄에 하는 것이 관례이나, 예외의 상황이니 어쩔 수 없지."

호는 임금의 독살 미수 사건의 혐의를 모두 현에게만 덮어씌웠다. 생모인 중전을 보호하기 위한 조치였다. 아들에 의해 죽을 뻔했음에도, 임금은 그로 인해 크게 놀라지 않았다. 현과 호가 청에 볼모로 갔을 때의 기억이 떠오른 이후, '현아, 미안하다!'고 울부짖었다는 보고를 받은 호는 아버지의 심경에도 조금의 변화가 있음을 알게 되었다.

"너는 이제 이 나라의 세자로서, 백성의 마음을 살피는 어진 군주가 되기 위해 심신을 갈고 닦아야 할 것이다."

"명심하겠습니다."

임금의 말에 호가 굳은 표정으로 답했다. 만백성이 현의 천인공노할 패륜에 대해 알게 되었으나, 그 들끓음은 얼마 지나지 않아 사라졌다. 달라진 것은 모두가 호를 적합한 세자로 받아들였다는 것뿐이다.

"욕심은… 모든 것을 망치는 지름길이다. 주저하지 말되, 네 자신의 마음을 살피고 또 살피어라."

왕의 말이 어눌하여 아직도 신하들의 걱정이 컸지만, 호는 알 수 있었다. 아버지는 삶의 끝에 두려움과 원망 같은 제 스스로를 괴롭히던 번민들을 버려두고 왔다는 것을. 여전히 모든 상황이 복잡하였지만 왕의 심경은 오히려 편해 보였다.

"명심… 또 명심하겠습니다."

호의 대답에 왕은 인자하게 미소 지었다. 자신을 닮은 아들 현에 대한 미움에 제 스스로를 잃어갔던, 며느리인 라희를 이용해서까지 제 혈육을 내치려 했던 그 모습과는 딴판이었다. 조금 잊는 것이, 조금 모자란 것이, 복잡한 세상을 살아가기에 조금 더 편해 보였다.

"네 청대로 현이의 용모파기 방은 거두기로 했다."

역모죄로 수배가 걸린 현의 방을 거둔다는 왕의 말에 호는 놀라 아버지를 쳐다보았다. 아버지가 복잡한 눈을 하고 있었다.

"솔직히 이야기하자면, 기억이 거의 돌아왔음에도 현이가 잘 생각나지 않는다. 어떤 얼굴인지, 어떤 목소리인지. 대역죄를 지었으니 마땅히 찾아 벌을 주어야 하나… 그럴 생각을 하면 마음 한구석이 쓰리구나."

"송구합니다, 전하."

"이상하게도 미움보다는 미안함이 크다. 내가 그 아이에게 평생 못 할 짓을 해온 마냥, 그래서 그냥 애초에 없던 아들처럼 덮고 싶다."

"소자의 청을 받아주셔서 감읍할 따름이옵니다."

"아니다. 오히려 내 마음이 편해졌다."

왕의 말에 호는 고개를 숙여 깊은 감사를 표했다. 용모파기를 거두어도 역모의 혐의가 확실한 이상 현은 조선 땅에 다시는 발을 들이지 못할 것이지만 최소한 저잣거리에서 형의 얼굴이 나붙은 것을 더 보지 않는다는 것만 해도 호는 만족했다. 그와의 모든 연을 끊어냈으나 혈육으로서의 마지막 인정이었다.

"네 빈에게도 준비를 단단히 하라고 일러라. 궁은 만만치 않은 곳이다."

"물론입니다."

"내가 아는 그 아이의 재기라면 충분하고도 남겠지만, 그래서 더 걱정이 된다."

자신의 환궁에 며느리인 라희의 역할이 컸다는 것을 알게 된 왕은 라희에게도 상을 내린 바 있었다. 아무리 옥석이라도 조금만 모가 났으면 풍파에 정이 찍히는 궁궐의 생리를 알기에, 왕은 나직히 말했다. 호는 미소를 띠며 답했다.

"저는 그 아이와 제 자신을 믿습니다."

***

푸른 하늘에 구름 한 점 드리우지 않은 그날, 대궐의 정전에서 세자책봉례가 진행되었다. 임금은 구장복을 입었고, 세자가 된 호는 칠장복을 입었으며, 라희는 호의 옆에서 혼례복과 비슷한 종류의 적의를 입고 있었다.

문무백관과 종친들은 동과 서로 도열하여 엄숙히 책봉례를 지켜보았다. 임금은 호에게 대나무로 만든 임명장인 죽책문과 훈계를 주로 한 교명문, 그리고 세자의 도장을 이르는 세자인을 차례로 건네었다. 신성한 의식 속, 호는 굳은 얼굴로 그것들을 건네받았다.

"도망치려면 지금뿐이다."

책봉례가 모두 끝나고 인사를 끝마친 뒤, 호와 라희는 동궁으로 향하는 대신 궁 밖의 대군저로 향하였다. 내일이면 궁 밖의 사가를 떠나 이사해야 한다.

"도망쳐도 돼요?"

"불가하다."

"답정너. 아니 완전체 같아요."

"그런 알 수 없는 말은 어디서 배워오는 거냐?"

"비밀."

밝은 달이 뜬 돌담길을 호위도 없이 벗 삼아 걸으며 그들은 의미 없는 담소를 나누었다. 찰나의 시간들이었는데, 상황이 너무도 급변하였다. 외나무다리에서 만난 원수와도 같았던 호와 라희가 나란히 입궁을 앞두고 있었다. 그는 조선의 세자가 되고, 라희는 세자빈이 될 것이다.

"궁은 들어가기도 어렵지만…"

"나가기는 더 어려운 곳이라구요?"

"하?"

"어디서 많이 들은 대사라서요. 잘 알고 있어요. 그래도 뭐 어쩌겠어요, 내 팔자가 전생에서도 현생에서도 남자한테 코 꿰어 불구덩이에 들어갈 팔자인가 보죠."

라희는 한숨을 푹 내쉬었다. 왕자와 결혼하는 것도 모자라서 세자빈이라니. 소녀 적 한두 번은 꿈꾸어볼 만한 내용이지만, 라희에게는 그리 달가운 것이 아니었다. 치가 떨리는 남자 따위와 다시는 사랑하지 않으며 홀로 자유롭게 살 생각에 부푼 적도 있었는데, 사랑하지 않고 못 견디겠는 이 남자를 만나고 모든 것이 달라졌다.

"풋, 긴장이 바짝 들었구나."

"놀리는 거예요?"

"날 봐라."

현이 긴 손가락으로 라희의 턱선을 훑어올렸다. 그의 찬 눈매에 유광의 달이 깃들어 있었다. 높이 솟은 콧대도 유려한 턱선도 다 그대로이나, 겪은 일이 많아서인지 피부가 조금 거칠어진 것 같긴 하다.

"정신을 바짝 차리되 너무 두려워하지 말아라. 내가 널 지킬 테니."

"…."

"너의 궁에서의 생활이 불구덩이가 되지 않도록 성심성의껏 노력하겠다. 그러니 내 곁에 있어라."

진심이 느껴지는 그의 말에 라희는 입을 닫고 있다가 고개를 끄덕였다. 시선을 내리려고 하는데 그의 입술이 덮쳐왔다. 세상 그 무엇보다 부드럽게, 그리고 달콤하게 라희의 입술을 쓰다듬고 붙잡고 맛보았다. 충만한 달 아래서.

***

금실이 수놓아진 붉은 용포를 입고 세자의 신분으로 중궁전에 나아간 호는 초점을 잃은 듯 멍하게 엉뚱한 곳을 보는 중전과 마주앉아 있었다. 중궁전 노상궁들은 불안한 듯 문 앞을 안절부절못하며 서성였다.

"저잣거리에서 형님의 용모파기를 거두라는 전하의 명이 있었습니다."

"…."

호의 말에도 중전은 들리지 않는 듯 넋 나간 사람처럼 외면하고 있을 뿐이었다. 호가 나직한 한숨을 내쉬었다. 호의 선 고운 얼굴과 서늘한 눈매는 중전과 꼭 닮아 있었다.

"형님의 소재에 대해 아는 것이 있으면 말씀해주십시오."

"…."

"형님을 해하려는 것이 아닙니다. 형님이 저에게 하려 했듯."

거듭된 호의 말에도 중전은 답하지 않았다. 어의는 중전을 진맥한 뒤 말을 잃는 병에 걸렸다고 했으나 그것이 제 선택인지는 모를 일이다.

"그 무엇도 말씀하시기 싫으시면…"

"…."

"단 하나만 답해 주십시오."

푸른 불꽃처럼 찬 듯 불타는 분노가 호의 눈동자에 서려 있었다.

"중전마마, 아니 어마마마께서는 저를 원망하시는 겁니까?"

중전의 눈이 잠시 호를 향했던 것은 착각이었을까. 자신을 잠시나마 담았다고 느꼈던 어머니의 검은 눈이 다시 흐리멍텅하게 엉뚱한 곳을 향하자 호는 굳은 얼굴로 자리에서 일어났다. 답답했다. 비 온 뒤 땅이 굳어지는 것도, 비의 양이 적을 때였다. 태풍과 홍수가 휘몰아치고 간 궁은 수마가 할퀸 상처만이 가득했다.

"세자는… 갔느냐?"

호가 방을 나간 지 한참이 되어서야 중전은 상궁에게 나직이 물었다. 상궁이 조심히 들어와 고개를 끄덕이자 중전은 한숨을 내쉬었다. 복잡한 눈이었다.

'내가 그 무엇에 대해서도 입을 열지 않는 이유는 너를 원망해서가 아니다.'

중전의 얼굴이 이루 말 할 수 없는 슬픔으로 그늘졌다.

'나는 내 아들 그 누구도 죽는 것을 용납할 수 없다.'

어쩌면 이 비극의 첫 단추가 그녀로부터 시작된 셈이었다. 왕이 현을 함정에 빠트려 밀어내고 호를 세자로 세우려 할 때, 혈육상잔을 막기 위해 벌였던 일이 또 다른 비극의 원초가 되었다.

"수락에서 연통은 왔느냐?"

"아직입니다. 하오나 마마, 이 일은 너무 위험하니…."

"주제넘게 굴지 말거라."

"송구합니다."

넋 나간 듯했던 아까의 눈빛과는 달리, 한파가 휘몰아칠 만큼 매서운 중전의 눈빛에 상궁은 재빨리 사죄했다. 모정이란 무엇일까. 자신을 배신하고 연금하고자 하는 아들을 끝까지 지키려고 역모죄의 위협을 함께 무릅쓰려 하다니. 자식을 가져 본 적 없는 상궁들은 당연히 이해하지 못할 일이었다.

***

궁은 정말이지 재미없고 딱딱한 일투성이였다. 무거운 가채를 매일 아침부터 머리에 얹어야 했고, 의복도 항시 갖춰 입어야 했으며, 늦잠도 자지 못하고 일어나 호와 함께 임금에게 문안 인사를 다녀야 했다. 예를 배운다는 미명하에 무서운 노상궁들로부터 주어지는 각종 과제를 억지로 수행해야 하는 것도 고역이었다.

"그래, 뭐든 겪어봐야 알지."

인생이란 원래 그렇다. 거쳐 가는 모든 단계들이 기대처럼 즐겁고 화려하지는 않다. 대학생이 되면 놀고먹을 줄 알았는데 각종 과제와 시험, 스펙 쌓기에 시달리는 현실이 있었다. 취업을 하면 뭐든 풀릴 줄 알았는데 업무 스트레스와 사람 스트레스는 버티기 힘들 정도였다.

"하여간 드라마가 문제야. 드라마가 사람을 버려놓는단 말야."

결혼 또한 그랬다. 결혼하기만 하면 안정될 줄 알았는데, 시댁 스트레스에 최악의 남편 덕분에 바람 잘 날이 없었다. 이 세자빈인지 뭔지 하는 것도 마찬가지였다. 사극 드라마에서는 여자들이 세자빈이 되려고 그렇게 난리이던데, 막상 되어 보니 도무지 적응

할 수 없는 자리였다.

"대체 드라마가 뭐야? 저번에도 임금님이 기억 사라졌다고 하니 아침드라마라 했잖아."

낯선 듯 익숙한 목소리에 화들짝 놀란 라희는 황급히 뒤를 돌아보았다. 예법서를 읽으라는 상궁들로부터 땡땡이를 치고 간신히 후원으로 도망쳐 나온 터였다. 뒤를 돌자 그곳에는 보라색의 청식 복식을 한 리셴이 한가로이 부채를 부치며 서 있었다.

"뭐… 뭐예요! 리셴이 여긴 어떻게?"

"오랜만이네? 입궁하니 통 만날 수가 있어야지."

"오랜만이긴 하네요."

"송 의원 따라 궁 구경 좀 왔지. 그런데 이렇게 운명적으로 단둘이 마주칠 줄을 몰랐는데? 어제 꿈자리가 좋더니."

잿빛이 도는 갈색의 머리칼과 홍옥을 박아놓은 듯 붉은 눈동자. 만화 속에서라도 튀어나온 듯 이국적인 외모. 입꼬리를 올려 반가운 듯 미소 짓던 리셴이 라희의 곁으로 몇 발짝 더 다가왔다. 가까이 서니 그렇잖아도 훤칠한 그와의 키 차이가 더 확연했다.

"대충 입어도 미인이던데, 꾸며 놓으니 더 예쁘네?"

"그땐 고마웠어요. 리셴이 용포를 구해주지 않으면 일을 망쳤을 거예요."

"이렇게 말 돌리는 재주까지 있고. 영리해. 대군… 아니 세자빈 마마는 아주 값어치 큰 보물이야."

"나 승진했다고 아부하는 거예요?"

지지 않는 라희의 기세에 리셴은 박장대소를 터뜨리더니 더욱 흥미로운 눈으로 라희를 바라보았다.

"그리고 우리 사이에 정산할 것이 남은 것 같은데?"

"남은 거라니요?"

"말은 똑바로 해야지. 공짜로 구해준 게 아니라, 빈궁마마가 내게 산 거야. 그 용포는 말이야. 그것도 아주 비싼 값으로."

"…."

리셴의 말에 라희는 지난 일을 떠올렸다.

'그 값은 일이 성공하면 받을게. 위험한 만큼 비싸니까 긴장하고 있어.'

그날의 달빛보다 위험하게 빛나던 리셴의 눈을 기억했다. 라희는 헛기침을 몇 번 하더니 담담히 대답했다.

"그래요. 약속한 거니 지키는 게 맞죠. 말해 보세요. 호… 아니, 세자저하께 말씀드려 볼게요."

"그럼 재미없지."

"네?"

"내가 말했을 텐데. 세자의 거래와는 별개라고. 용포는 빈궁마마와 한 거래이니, 빈궁마마만이 치를 수 있는 값을 받아야 재미있겠지?"

리셴의 교묘한 말투는, 장난인지 진심인지 그의 속내를 짐작키 어렵게 했다. 라희는 미간을 찌푸리며 따지듯 말했다.

"나만이 치를 수 있는 값이라니요. 그런 게 어디 있어요?"

"그런 게 있어. 난 아주 유능한 상인이라, 그런 게 아주 잘 보이거든."

"장난치지 말고 얼른 말해요."

"값을 받고 싶은데 지금은 힘들 것 같고. 혹여 떼먹고 싶으면…."

리셴은 자신의 손을 라희의 오른쪽 어깨에 얹었다. 갑작스러운 그의 접촉에 라희는 놀랐지만 내색하지 않았다. 두어 번 토닥이듯 두드리더니 눈을 찡긋거리며 리셴은 즐겁게 말했다.

"이 자리 잘 지키고 있어."

"…."

"궁에서 부는 바람에는 항상 피 냄새가 나. 쓸려가지 않도록 조심하는 게 좋을 거야. 행여 낭떠러지에 몰려 떨어지는 순간…"

위험하다. 그는 위험한 남자이다. 본능적으로 느낄 수 있었다. 그의 목소리가 나직해질수록, 라희의 온몸의 솜털이 곤두서는 듯했다.

"뱀이 채 갈지도 몰라. 그리고 욕심껏 그 값을 받을 거야."

리셴이 뒤돌아서 제 갈 길을 간 지 한참이 지났음에도, 라희의 귓가에 그의 허스키한 저음이 악마의 속삭임처럼 맴돌았다.

***

영상 이호근 대감의 집에 우의정과 이조판서를 비롯한 예닐곱의 노신들이 모여 좌담을 나누고 있었다. 어둑한 밤, 다소 비밀스럽게 모인 그들은 오래전부터 친명배금을 주장해 온 자들이라는 공통점이 있었다. 호조의 장윤 영감은 성향이 맞지 않았기에 그들의 무리에 속해 있지 않았다.

"우리가 손을 쓰기 전에 현이 축출된 것은 다행인 일이외다. 그러나 영 시원하지가 않소. 용모파기의 방을 거두라 하시다니! 대역죄인이 아니오!"

"세자께서 아직도 혈육의 정을 잊지 못해서요. 그렇게 물렁해서야…. 쯧쯧."

왕의 환궁 이후 호에게 자초지종을 듣기 전부터 많은 신료들은 현에게 뒤가 구린 구석이 있다는 것을 짐작하고 있었다. 단지 왕의 승하가 확실해 보이기에 누구도 나서지 않았던 것일 뿐이다.

"지금에 와서 하는 말이지만, 현은 오랑캐들의 습성에 물들어 나라도 팔아넘길 기세였소. 왜란 때 명의 도움을 생각지 못하는 배은망덕한 자가 용상에 오를 자격은 없었던 것이오."

영상 이호근의 말에 이판이 고개를 끄덕이며 동의했다.

"맞습니다. 지금의 세자저하 역시 의심스러운 구석은 있사오나, 확실히 외세에 우호적인 성향은 아니시지요."

"그런데 현이 청으로 피신하지 못했다는 소식이 있습니다."

좌찬성의 말에 모두가 귀를 기울였다. 좌찬성이 말을 이었다.

"강화로 가려다 늦어져 방비를 뚫고 나가지 못하고 제 무리들과 함께 수락에 숨어 있다는 말이 들리던데, 사실인지는 모르겠습니다."

"그것이 사실이라면 어서 사로잡아야 하오. 대역죄인이 아니오? 모름지기 이런 일은 후환이 없어야 하오."

"영상 대감의 말씀이 지당하오나 전하께서 허락지 않으실 것입니다."

세자의 청 때문인지, 혹은 자신의 돌아오지 않은 기억 때문인지는 몰라도 임금은 자신을 독살하려 했던 현을 잡는 것에 총력을 기울이지 않았다. 사건이 있기 전의 임금이라면 있을 수 없는 일이었다.

"제게 방도가 있을 것 같습니다."

노신들의 침묵을 깨고 게중 젊은 편인 이판 김장호가 말을 꺼냈다. 모든 시선이 그에게 집중되었다.

"당초 세자저하의 배필로 제 딸자식이 전하의 마음에 들었으나 당시 대군이시던 세자께서 지나친 힘을 업을까 두려워하시던 중전마마의 방해로 장윤 대감의 여식이 삼간택에 올랐지요."

모두가 아는 뒷이야기였다. 김장호가 말을 이었다.

"지금의 세자께서는 기반이 필요하십니다. 전하께서도 부정하시지는 못할 것입니다."

김장호는 영상과도 외사촌지간으로 품계는 둘째 치고 혈연으로 연결된 수많은 다리로 인해 조정에 상당한 영향을 끼치는 권력가였다.

"제가 알기로 빈궁마마께서는 흠이 있으십니다. 알기로는 대역죄인인 현과 두터운 사이였다지요."

"빈궁께서는 전하의 환궁에 큰 조력을 했다 들었소. 아마 전하의 신뢰를 얻고 있기에 빈궁마마를 끌어내리기는 힘든 일일 것이오."

"자식과 며느리는 다르지요. 자식을 위해서면 무엇이든 할 수 있는 것이 부모 아니겠습니까? 중전마마를 보십시오."

그들 사이에 긴 침묵이 흘렀다. 임금의 명 때문에 누구도 중전에게 탐문할 수 없었으나, 중전은 현의 가장 큰 조력자이자 독살미수 사건의 용의자이기도 했다.

"소인의 여식이 세자빈이 되도록 대감들께서 조력하시겠다고 한다면 제가 발을 벗고 나서겠습니다. 사실 이것은 모두가 이기는 길이기도 합니다. 전하께서는 세자저하를 보필할 든든한 외척을 얻게 되고, 지금의 세자빈을 핑계로 수락에 피신해 있는 대역죄인 현을 잡을 수도 있겠지요."

영상은 흠, 하고 숨을 내뱉으며 고민에 빠졌다. 장차 부원군이 되고자 하는 이판의 과한 욕심이 뻔히 보였으나, 흥미로운 수는 맞았다. 빈궁의 아비인 장윤의 노선은 불분명하고, 빈궁이 세자에게 끼칠 영향 또한 무시할 수 없다. 그는 자신이 원하는 '바른 길'을 세자가 가게 되길 원했다.

***

리셴을 만난 뒤 생각에 잠겨 후원을 떠돌다 궁인들에게 발각된 라희는 결국 동궁으로 다시 돌아와야만 했다. 귀인 조씨가 인사를 왔던 것은 그 이후의 일이다. 군과 옹주를 생산하여 임금의 총애를 받던 그녀는 중전보다는 떨어지는 미모였지만, 전형적인 여우상으로 속을 알 수 없는 여인이었다.

"또 정신을 놓고 돌아다니다가 누구에게 꾸지람이라도 들었어?"

"말할 기분 아니에요. 저리가요."

어쩐지 찬바람이 쌩쌩 몰아치는 듯한 라희의 분위기에, 한숨을 푹 쉰 호는 그녀의 뒤로 다가가 두 팔로 그녀를 감싸 안았다.

"그러지 마."

"뭘요."

"화 내지 말라고는 안 할 테니, 내게 다 말해라."

"…."

"힘든 일, 속상했던 일, 화나는 일. 들을 준비 다 되어 있으니."

등 뒤로 그의 넓은 가슴이 느껴졌다. 세상 살 만큼 살았다고 생각했는데 아직도 한참 모자른가 보다. 그에게 화낼 일은 아닌데 화가 났다. 그에게 마음을 열었던 일이 살짝 후회되었을 만큼.

"호는 왕이 되는 거죠? 세자이니까요."

"그렇다."

"나도 중전마마가 되겠죠? 언젠가는."

"어울리지 않지만, 그렇지."

"우씨!"

발끈한 라희는 그의 팔에서 벗어나 뒤돌아 발을 밟으려 했으나 호의 움직임이 더 빨랐다. 애꿎은 바닥만 때린 발바닥에 알싸한 통증이 느껴졌다.

"진짜 알미워!"

"연모한다."

"…."

"네가 나만의 여인이듯, 나도 너만의 사내일 것이다."

호를 노려보던 라희의 눈이, 갑작스레 튀어나온 그의 진중한 말에 놀라 시선을 돌렸다. 라희의 두 볼에 손을 올린 호가 그녀를 똑바로 쳐다보았다. 칠흑처럼 검은 눈동자에 진심이 담겨 있었다.

"너 말고 후궁 따위를 들일 생각은 없다, 결코."

"어떻게…."

"조 귀인이 찾아왔다 들었다. 분란을 일으키기 좋아하는 여자지. 네 속을 헤집어놓으려고 웃는 낯짝으로 이런저런 쓸데없는 이야기를 했을 텐데."

모든 것을 꿰뚫고 있는 듯한 호의 말에 라희는 말을 잃었다. 실제로 조귀인이 한 말은 별 것 없었다. 궁 안의 임금의 여인들에 대한 잡다한 이야기들, 그리고 언젠가 호가 왕이 되면 라희가 내명부의 수장이 되어 그의 처첩들을 돌보게 된다는 뻔한 이야기. 단지 현대에서 온 여인인 라희에게는 도저히 받아들이기 힘든 일일 뿐이다. 남편을 다른 여자들과 공유한다니.

"흔들리지 마라. 나를 믿어."

그의 단호한 목소리에 마음이 울컥했다. 언제부터였을까. 그를 이렇게 사랑하게 된 것은.

"…응."

호가 라희를 품에 안았다. 용포에 가리어 뒤에서는 그녀가 보이지 않을 만큼 꽉, 품 안에 넣었다. 누구에게도 빼앗기지 않겠다는 듯이.

***

아침 일정을 끝낸 뒤 동궁의 누각 보춘정을 거닐던 라희는 문득 잊고 있던 사내아이의 생각이 나서 뒤따르던 상궁에게 그 소재를 물었다. 상궁의 답에 라희의 얼굴이 굳었다. 라희는 곧장 궁을 가로질러 그곳으로 향했다. 폐궁이라는 말이 어울릴 만큼 스산히 버려진 기와궁에는 군데군데 거미줄이 보였다.

"궁에도 이런 곳이 있다니…."

"십수 년 전에 궁녀들의 거처로 쓰이다가… 허물고 다시 짓기 위해 오랫동안 비워 둔 곳입니다."

상궁이 안절부절못하며 라희의 말에 답했다.

"마마, 송구하오나 마마께서 오실 만한 곳이 못 됩니다."

"내가 올 곳이 못 되는데, 어떻게 어린아이를 이런 곳에…! 당장 다시 데려와야겠어요."

밖에서 이는 소란에 놀랐는지, 빼꼼 문이 열리고 앳된 얼굴의 아이가 겁먹은 얼굴을 내밀었다. 세상이 어찌 돌아가는지 알기에는 너무 어린 대여섯 살의 사내아이였다.

"어? 저번에 그 누나!"

지난번 아버지인 현의 뱃놀이를 구경나왔을 적, 물에 빠져 죽을 뻔한 것을 구해준 라희의 얼굴을 린이는 잘 기억하고 있었다. 린이와 함께 허물어진 궁으로 쫓겨온 보모상궁은 라희를 발견하고 화들짝 놀라 문 앞으로 달려가 허리를 숙였다.

"빈궁마마를 뵙습니다!"

"언제 이쪽으로 이사 온 거예요?"

"그것이… 책봉례가 있을 적부터…."

보모상궁의 답에 라희는 말을 잃었다. 왜 린이에 대해 전혀 생각하지 않고 있었을까. 세자가 쫓겨나고, 세손이 아닌 대군이 새로운 세자가 되었는데, 세손이 그대로 동궁을 지키고 있을 수 없었다.

"누나야, 나 보러 온 거야?"

금방이라도 허물어질 것처럼 낡은 가옥이었으나 린이의 표정은 밝았다. 어린아이의 눈에는 화려한 궁이든 헌 집이든 다를 것 없었다. 어릴 적 죽은 어미를 대신해 자신을 돌보아준 보모상궁만 함께 있으면 세상 든든하기 그지없는 것이다.

"린이라고 했지? 그동안 잘 지냈어? 우리 린이 보러 온 것 맞아."

"정말? 아무도 린이 보러 안 왔는데. 아바마마도 안 오고."

"응, 이제 누나가 왔으니 걱정 마. 누나가 린이 다시 데려가려고 왔어."

천진난만한 세손의 말에 보모상궁은 입술을 깨물었다. 세손은 아버지가 역모죄로 수배되었다는 말을 이해할 수 없는 어린 나이였다.

"날이 추워지는데 애를 여기 둘 수 없어요. 우선 지금 바로 동궁으로 가요. 세자 저하께서 오면 말씀은 드릴게요."

린이를 안아들려 하는 라희의 앞에 보모상궁은 무릎을 꿇었다.

"마마, 저와 세손마마는 이곳을 떠날 수 없습니다."

"그게 무슨 말이에요?"

"이곳으로 거처를 옮기신 것도 전하의 명이십니다."

라희를 뒤따르던 상궁들도 참담한 표정으로 고개를 숙였다. 방금 세손이 나온 문에도 창호지가 뚫리고 나무가 삭은 것이 보이는데, 기껏 대여섯 살의 아이를 어찌 이런 곳에 두고 간단 말인가. 난방도 잘 안 될 것이 분명했다.

"그래요, 어명이라 그거죠? 그러니까, 어명으로 이 아이를 이런 곳에 가둬놓았다 이거군요."

"나 갇혀 있는 거 아니야. 여기 풀벌레들도 많고 마음대로 뛰어도 괜찮아. 누나야도 여기서 나랑 놀래?"

씨익 웃는 린이의 얼굴에 라희는 더 가슴이 아팠다. 현의 어리석은 선택 때문에, 이 아이는 고립무원과도 같은 궁에서 살 붙일 사람 없게 된 것이다. 아이의 죄가 아닌데, 어째서 아이가 쫓겨나야 하는 것일까.

"그래요. 회사에서도 사장 결재 안 받고 내멋대로 하면 다 함께 깨지는 거 이해해요. 그럼 결재 받고 얼른 달려올 테니까 기다려요. 린아, 추우니까 방 안에서 기다리고 있어. 누나 금방 갔다올게."

"마마!"

"응, 누나. 꼭 와야 해."

보모상궁은 할 말을 감춘 슬픈 눈으로 고개를 숙였다. 라희를 따르는 동궁의 상궁들은 혹여 라희가 세손을 감싸다가 불이익을 당하지 않을까 영 불안한 눈치였으나, 린이에게 다시 오겠다고 약속한 라희는 빠른 걸음으로 뒤돌아 동궁으로 다시 향했다.

"마마, 주제 넘는 말이오나 이번 일은 눈감고 넘어가시는 것이….”

“가만있으면 중간은 간다고 하던데, 난 중간까지 못 가도 좋으니 이런 일에 도저히 가만있을 수가 없네요.”

“마마!”

“저 애가 무슨 죄가 있어요! 아버지가 죄를 지었다고, 저 어린애까지 다 쓰러질 것 같은 궁으로 쫓아내다니. 아마 세자께서도 알게 되면 가만 계시지 않을 거예요.”

실은 세자가 얼마 전에도 린이를 몰래 보고 가셨다는 말을 김상궁은 삼켰다. 금세 도착한 동궁의 교각에서 내관들을 이끌고 돌아오고 있는 세자를 정면으로 마주친 것이다. 한기가 풀풀 날릴 만큼 차가운 인상을 풍기는 호의 눈이 라희를 발견하자마자 봄날의 아지랑이처럼 부드럽게 풀렸다.

“산보를 다녀왔느냐?”

“호! 아니, 저하!”

“너에게 듣는 저하라는 말이 나쁘지 않다.”

“저하의 조카에 대한 일이에요. 저를 도와주셔야겠어요.”

라희의 말에 호는 미묘하게 안색을 굳혔다.

“린이 말이에요. 글쎄 지금 어디에 있는지 알아요?”

“우선 들어가자.”

자신에게 다가와 옷소매를 잡아끄는 호의 행동에 놀란 라희는 눈을 동그랗게 떴다.

“설마 알고 계셨어요?”

그는 침묵으로 답하며, 라희의 팔을 붙잡고 궁 안으로 들어갔다. 그들의 뒤를 많은 내관과 상궁들이 뒤따랐다. 자기 혼자 눈치 없는 사람이 된 것 같은 분위기였다. 라희는 기가 막혔다.

"빈궁과 긴히 할 이야기가 있으니, 모두 밖으로 나가 있거라."

호의 명에 동궁의 내관과 상궁은 두 부부를 안채에 남겨놓은 채, 황급히 자리를 피했다. 라희는 흔들리는 눈으로 호에게 물었다.

"전하께서… 거절하셨어요? 전하께 말씀은 드렸을 거 아니에요. 린이를 저런 곳에 둘 수는 없다구요."

"아니, 청하지 않았다."

"지금 무슨 말을!"

라희는 귀를 의심하지 않을 수 없었다. 호는 머리가 아픈 듯 미간을 찌푸렸다.

"아무 일도 없었던 것처럼 행동해라. 내가 전에 그랬지. 네 판단으로 이곳에서 일어나는 일에 마음대로 끼어들면 안 된다고."

"저한테 믿어달라고 했었죠?"

"…."

"제 자리를 지키기 위해 어린 조카를 외면하는 사람을 어떻게 믿나요?"

라희의 공격적인 물음에 호의 얼굴이 싸늘히 굳었다.

"그런 식으로 말하지 마."

"나중에 내가 그렇게 쫓겨나고 갇혀도 숨죽여 있을 거잖아요."

"…"

이 시대와 자신의 가치관이 많이 다르다는 것은 알지만, 사랑하는 사람의 정의롭지 못한 모습을 보는 것은 마음 아픈 일이었다.

원망스러운 눈으로 호를 쏘아보던 라희는 싸늘히 뒤돌아섰다.

"오늘부터 나도 린이가 있는 곳에서 잘 거예요."

"괜한 고집 부리지 마."

"고집인지 아닌지는 두고 보시구요."

"날 믿는다면 끝까지 믿어. 네게 상처주고 싶지 않다."

호의 말에 아랑곳하지 않고 라희가 방을 나서려 하자 호가 우렁찬 목소리로 내관과 상궁들을 불렀다.

"여봐라!"

"예!"

"이 시각부터 빈궁의 외출을 불허한다."

"…!"

내관과 상궁들이 차마 대답하지 못하고 고개를 숙였고, 라희는 뒤통수라도 맞은 듯한 표정으로 호를 뒤돌아보았다. 호가 냉랭한 얼굴로 라희의 옆을 지나 홀로 동궁의 밖으로 나섰다. 문이 닫혔다. 뒤늦게 날아든 가슴 아픈 분노와 배신감이 라희의 가슴속에 뜨겁게 휘몰아쳤다.

'그래, 결국 이런 거였지. 뭘 기대한 거야.'

사랑이란 항시 아픔이 뒤따르는 것이었거늘, 달콤함에 젖어 잠시 잊고 있었나 보다. 그 아픔에 그리도 질렸었는데, 왜 또 이 길을 택하고 상처받는 것일까. 라희는 미치도록 쓴 가슴을 억누르며 그가 나가버린 문을 바라보았다.

***

이판 김장호의 가옥 사랑채, 자주색 두루마기를 입은 김장호의 앞에 댕기머리를 한 숙녀 한 명이 다소곳이 앉아 있었다. 갓 스물이 되었을 듯 앳되어 보이는 얼굴이었으나 눈꼬리가 긴 눈매와 다소 인위적인 미소, 꽤나 짙은 화장은 수수함과는 거리가 있었다.

"세자빈의 자리가 곧 빌 것이다."

"아버님께서 해내셨군요."

"이제부터 네 역할이 크다, 난영아."

김장호의 말에 난영은 입꼬리를 올리며 눈을 빛내었다.

"모든 것이 가문과, 이 나라 조선의 부흥을 위해서 아닙니까."

"내 입장도 잘 대변해 다오."

"제 입궁 소식을 들게 되시면, 친왕께서도 대감께 아주 흡족해 하실 것입니다."

김장호의 여식 김난영은 그의 친딸은 아니었다. 불과 사 년 전 양녀로 들인 아이로서, 세간에는 외가에서 자라다 다시 집으로 돌아간 것으로 되어 있으나 그것은 사실이 아니었다.

"세자빈과 폐세자 현을 엮어낼 계획이십니까?"

"네가 알려준 현의 거취가 매우 유용하게 쓰였다."

"좋은 패인데 청으로 순순히 보내줄 수는 없지 않습니까?"

난영의 말에 김장호는 음흉히 미소 지었다. 표면적으로 반청파에 속하는 그는 청의 친왕을 우두머리로 한 조직에서 파견된 난영을 제 가족으로 받아들였다. 난영은 조선인의 피가 섞였으며 조선말도 능숙했으나 청에서 자라 온지라, 그 사상이 청나라 여자나 다름없었다. 김장호가 유능하나 충심이나 절개보다는 야심이 우선하는 자라는 것을 잘 이용하고 있었다.

"간택을 잘 준비하고 있거라."

"대감께서는 보면 볼수록 이런 소국에서 만족하실 그릇이 아니십니다."

"하하하! 네가 사람 하나는 잘 보는구나."

"미천한 재주지요. 저하께서는 어떤 분이실지…."

여우처럼 얄쌍히 휘어진 눈매가 초승달을 그리고 있었다. 붉은 입술이 움직였다.

"…정말 궁금하군요."

예비 서방에 대한 기대 가득한 소녀처럼 난영은 천진난만하게 말을 내뱉었으나 그 음성에서 느껴지는 감정은 천박한 호기심으로 가득 차 있었다.

***

그가 없는 궁에서 라희는 밤새 한 잠도 자지 못했다. 가슴이 뻥 뚫린 듯 쓰라렸으나 눈물조차 나지 않았다. 그에 대한 원망과 그의 마음을 영영 잃게 될지도 모른다는 두려움이 치열하게 다투었다.

"마마! 조반을 대령하였습니다!"

"먹고 싶지 않아요."

"하오나 마마!"

아침 식사를 거절한 라희는 평소대로 옷을 챙겨 입고 제 방에 앉았다. 외출금지령이 떨어진 터라 밖으로는 나가지 못했다. 그와 처음 혼인했을 때도 도망치지 못하는 부자유스러운 신세였으나 그때는 적어도 지금처럼 마음이 아프지는 않았다.

"저하께서는 어젯밤… 아니에요."

라희는 상궁에게 지난밤 호의 거취를 물으려다 그만두었다. 알아 보았자 무엇 하겠는가. 그저 그늘이 드리워진 얼굴로 입술을 깨물 뿐이었다. 그때였다.

"마마! 세자저하께서 드십니다!"

"들어오지 말아요!"

상궁의 외침에 라희는 반사적으로 날선 목소리로 외쳤다.

"…보고 싶지 않아요. 그러니까 들어오지 말아요."

라희의 말을 들은 듯, 잠시 머뭇하던 호가 낮은 한숨을 내쉬더니 비단이문을 거침없이 밀어젖혔다. 라희는 눈물이 고인 채 그를 노려보았다.

"…."

호는 굳은 얼굴로 말없이 라희의 팔목을 잡아 일으켰다. 지켜보던 상궁들이 놀라 어쩔 줄 몰라 했지만 차마 말리지 못했다. 거의 강제적으로 라희를 일으킨 호는 그녀를 붙잡고 성큼성큼 걸어 동궁의 밖으로 향했다.

"왜 이렇게 모든 것이 제멋대로예요? 난 물건이 아니라고 했잖아요! 상처받을 수 있는 사람이라구요! 여자라구요! 내 생각이 있고 감정이 있다구요!"

"그래서, 그래서 나도 어쩔 줄 모르겠다."

"…."

"처음이라서! 이토록 연모해 본 사람이! 여인이! 처음이라서!"

억눌러 왔던 것을 터뜨리듯 라희의 눈을 보고 강하게 말하는 호의 굳은 표정에 그녀는 멍하니 멈추었다.

"상처주지 않고 너를 지키고 싶은데 그게 잘 안 돼서 싫다."

그는 진심으로 고뇌하고 있었다.

"네 마음을 다치게 하지 않고 싶은데 그게 참 어렵다."

호의 말에 라희는 울 것 같은 얼굴로 그를 바라보았다. 사람과 사람이 사랑하는 일에 능숙함이 있을 수 있을까. 얼음 같은 표정으로 자조하듯 내뱉는 말 한마디 한마디에 그의 마음이 전해져 오는 듯했다.

"누나!"

그때 갑자기 익숙한 아이의 목소리가 들려 돌아보니 사복을 입은 린이와 보모상궁이 나란히 동궁에 와서 서 있었다.

"어떻게…."

"오늘 세손마마와 출궁하기 전 인사를 드리러 들렀습니다. 마마."

"결국 궁 밖으로 쫓겨나는 건가요?"

"쫓겨난다는 것은 당치 않은 말씀이시고, 세손마마의 생명을 부지하여 주셔서 감읍할 따름이옵니다. 세자저하, 그리고 빈궁마마."

참담한 표정의 라희와는 달리 보모상궁의 표정은 전보다 훨씬 밝아 보였다.

"생명이라니… 그게 무슨…?"

"마마께서 대역죄인의 자식이 됨에 더불어, 저하께서 새로 세자로 책봉되신 이때 어느 누가 세손마마의 생존을 보장하실 수 있겠습니까? 이리 생명을 보존하실 수 있는 것이 천만다행으로 모두 저하의 덕분입니다."

"감사합니다, 숙부님! 누나!"

"이제 세자저하와 빈궁마마로 부르셔야 합니다, 마마."

"응, 알았어. 유모."

라희는 어리둥절한 표정으로 호를 바라보았다. 호가, 남들의 시선을 받던 이전과는 달리 꽤나 따스한 눈으로 자신의 조카인 린이를 바라보고 있었다. 간밤에 몇몇의 나인들이 속삭이던 대화의 내용을 라희는 이제야 이해할 수 있었다. 린이는 애초에 동궁으로 돌아올 수 있는 가망이 없었던 것이다. 두 개의 태양이 뜰 수 없듯 동궁의 주인도 마찬가지이다. 그 아이에게는 죽느냐 사느냐의 선택지만 남아 있었을 뿐.

"아늑한 거처를 마련해 두었으니 머물도록 하거라. 종종 보러 가겠다."

"응, 아니 네! 세자저하!"

"린아…."

"누나, 아니 빈궁마마! 그리고 정말 고마워요! 저번에 누나가 아니면 물에 빠져 죽었을 텐데. 누나는 정말 최고예요!"

천진난만한 표정으로 씩 웃는 린이를 보자 어쩐지 울컥하여 목구멍이 메어 왔다. 따스한 가을 볕 아래 린이를 한번 꼭 껴안은 라희는 무거운 마음으로 그 아이를 보내주었다. 아버지와 어머니 없이도 밝은, 작지만 강한 아이의 미래에 축복만이 가득할 것을 진심으로 빌며 말이다.

"미안하다. 너를 그대로 두었다가, 네가 더 크게 상처받고 자책하고 되는 것이 두려웠다."

"제가 고집을 피웠던 게 맞나 봐요. 아무것도 모르면서."

린이와 보모상궁이 떠난 뒤 라희는 서글프게 미소 지으며 고개를 숙였다. 라희에게 다가간 호는 듬직한 손으로 그녀의 어깨를 감싸 안았다.

"린이에게 아비의 죄를 함께 지게 하려는 중신들이 많았다. 잠잠해질 때까지 기다려 린이를 궁 밖으로 내보내 달라는 청을 드리는 것이 최선이라 생각했다."

"내가 어설픈 동정심에 나서서 괜히 사그라들던 불에 부채질을 하던 꼴이었겠네요."

"너에게 제대로 설명해야 했던 것이 맞으나, 네가 듣지 않으려 하며 또 고삐 풀린 망아지처럼…."

호의 말에 라희는 풋 하고 웃음을 터뜨렸다. 어쩐지 눈물이 함께 흐르는 것 같았다. 그래, 그는 이런 사람이었지. 텅 비었던 마음이 다시 오븐에 넣은 반죽처럼 부푸는 듯 차올랐다.

"미안해요, 정말. 정말로."

울먹이는 라희를 호는 자신의 품에 기대게 했다. 붉은 용포가 방울진 눈물에 젖어들어가고 있었다.

"내 마음은 온전히 너의 것이니, 너도 온전한 네 마음을 주거라."

"믿고 싶었는데, 믿으려 했는데, 난 또 바보같이…."

한번 생긴 흉터는 계속해서 뒤를 돌아보게 만든다. 믿고 건너야 할 다리인데도 자꾸 두드려 보게 한다. 다리가 푹 파일 때까지 찌르고 찌르는 와중에 손에 생채기가 가득 생긴다.

"네가 나를 믿지 않았음에도 너를 좋아하고, 갈구하고, 연모한다."

"…."

"그럼에도 바란다. 네 온전한 마음을."

이 세상 어떤 생명체보다 강하고 차갑던 그도, 라희의 말과 행동에 상처받지 않았을 리 없다. 사랑이란 상호간의 노력이 필요한 것이다. 자신을 감싸는 그의 품에 꼭 안기며 라희는 함께 타오르는 불이 되겠다 다짐했다. 충만히 차오르는 벅찬 감동, 그리고 그에 대한 미안함과 함께.

6

조선클럽녀

오후의 하늘은 푸르고 미세먼지 없이 먼 산도 또렷이 보이니 멍하니 궁 안에서만 시간을 보내기는 아까운 날씨였다. 정무에 바쁜 호를 배려심 깊게도 내버려둔 라희는 늦은 시각에도 궁을 나설 채비에 한창이었다. 역모의 전말이 드러난 지 얼마 되지 않아 분위기가 싱숭생숭했지만 관이 아닌 민에서 주도하는 행사는 별 영향을 받지 않았다.

"날이 어두워지면 풍등을 띄운다 합니다."

"청나라 상인들이 귀하고 예쁜 노리개들을 팔고 있다고 합니다."

"서역인들도 구경을 오는데, 글쎄 서역인 어깨가 이만하고, 몸이…."

한껏 들뜬 것은 라희뿐만이 아니었다. 동궁전 상궁들이라 해봐야 대부분이 서른 초중반이다. 조선시대로 오기 전 라희의 나잇대와 얼추 비슷한 것이다. 나인들은 십대 여자아이들이 수두룩했다.

"예끼! 마마 앞에서 어찌 그리 망측한!"

"송구하옵니다."

보다 못한 김 상궁이 나인 하나에게 버럭 혼을 내는 찰나, 분을 바른 라희가 눈을 반짝이며 돌아보았다.

"몸이 좋다. 이 말이지?"

김 상궁이 벙찐 표정으로 라희를 바라보았다. 그러든 말든 라희는 즐거운 속내를 숨기지 못했다. 사실 라희는 현대에서도 잘 노는 타입은 아니었다. 아니, 잘 놀 기회가 없었다는 것이 맞다. 나이트나 클럽, 헌팅 따위는 이십대에 두어 번씩 경험해 보았으나 이른 나이에 망할 전남편을 만나고 나서는 모든 것을 포기한 채 살아온 그녀였다.

"워너원 오빠들 같은 남자들도 있으려나?"

"그, 그것이 누구…? 마마! 설마! 외간 사내…."

"조선의 젊은 물결에 휩싸여서 오늘 밤새 놀아보는 거야. 오늘 나 말리지 마요! 파리 투나잇!"

제 아무리 유부녀라고 눈요기까지 거부할 필요는 없지 않은가. 바람을 피는 것도 아니고 말이다. 현대와 조선을 살며 겪어본 남자들 중 제 아무리 매력적이라도 호를 범접할 남자는 없었기에, 눈은 돌리고 싶어도 돌아가지 않을 것이다. 그저 밤바람을 쐴 생각에 빠져 노래를 흥얼거릴 때 김 상궁이 갑자기 비통한 얼굴로 넙죽 엎드리며 호소했다.

"마마! 체통을 지키시옵소서. 빈궁마마께서 저잣거리의 사내들과 어울려 술을 마시고 춤을 추신다면 백성들이 이를 어찌 생각…."

"응? 누가 술 마신대요?"

"이 나라의 종묘사직이 마마께서 생산하실 원손마마에…."

"아니, 김 상궁. 나 술 마신단 소리 안 했는데요? 남자들이랑 춤 춘다는 말도 안 했는데. 그냥 눈요기 좀 한다는 걸…."

목청 높여 마마를 부르짖던 김 상궁이 얼음처럼 동작을 멈추었다. 라희의 눈이 가늘어지며, 장난기 가득한 표정으로 웃으며 말했다.

"원래 부처님 눈에는 부처님만 보인댔는데, 혹시 김 상궁이 남자들이랑 술도 마시고 춤도 추고 싶어서?"

"그… 그게 무슨! 가당치도 않는 말씀이십니까!"

"에이, 맞네! 정답이죠?"

"억울하옵니다, 마마! 감히 소인이 어찌 그런 망측한 생각을 하겠습니까!"

김 상궁이 거센 도리도리를 하며 일어서 횡설수설했다. 삼십대 초중반의 그녀는 어린아이일 적 생각시로 궁에 들어와 사내 한 번 사귀어본 적 없을 것이다. 적어도 왕의 승은을 입어본 적은 없으니 말이다. 그녀가 기껏 대화를 하는 사내들은 사내구실을 못하는 내관들뿐이다.

"그래, 내가 오늘 정말 조용히 놀려고 했는데, 김 상궁 때문에 안 되겠어요."

눈두덩이에 어두운 빛깔의 분을 바르며 얼굴에 힘을 주는 라희를 보며 그녀를 따라나가기로 한 나인들은 마냥 들떠 눈빛을 주고받았다.

"맞아, 요즘 역모 사건으로 분위기도 흉흉한데, 내가 세자빈이라는 사실을 드러낼 필요는 없잖아요? 아무리 저하께서 허락해주셨다고 하더라도요."

어제 린이의 사건으로 투닥거리며 호는 라희에게 출궁 금지령을 내린 바 있다. 물론 오해가 풀리며 화해했으나 라희는 그 일을 핑계 삼아 오늘 하루의 외출권을 따 냈다.

"다들 갈아입어요. 김 상궁도, 정 나인이랑 민 나인도요."

"예? 그것이 무슨 말씀이십니까?"

"놀러 나가는데 무슨 유니폼이에요. 촌스럽게!"

라희가 눈을 찡긋거리며 미소 지었다.

***

올해의 수확을 축하하며 내년의 풍년을 기원하는 민초들의 축제인 풍년제는 작은 규모에서 시작되었으나, 어느새 연례 대행사가 되어 그 기간이 되면 저잣거리가 다른 때보다 열 배 스무 배는 북적거렸다. 어느새 거리에 어둠이 깔리고, 홍등이 깔린 지우편의 거리만큼이나 운치 있는 각색의 등들이 점포마다 흔들리고 있었다.

"우와, 저기 저 처자들 좀 봐."

"조선에도 저런 처자들이 있었단 말이야?"

삼삼오오 모인 한양 도령들과 사내들이, 네 여인의 등장에 일제히 그녀들에게 시선을 빼앗겼다. 원래는 여인들은 외출 시 입모를 쓰는 것이 법도였으나, 풍년제가 열리는 이 기간만은 관리들도 크게 단속하지 않았다.

무거운 가채 따위는 벗어던지고 궁을 나섰다. 화려한 장신구로 반묶음을 한 흑갈색 머리가 찰랑였고 연보라빛의 색조합이 잘된 한복은 선녀 옷처럼 나풀거렸다. 안면 가득 미소를 띠운 라희의 뒤에는 마치 쌍둥이처럼 연홍빛 복식을 한 나인 둘이 남들의 시선에 홍조를 그린 채 걸어오고 있었다.

그리고!

"대… 대단해! 어찌 저런 여인이 있을 수 있단 말인가!"

"도련님! 코피가!"

홍시처럼 새빨간 치마와, 쥐라도 잡아먹은 듯 새빨간 입술. 저고리는 입은 듯 입지 않은 듯 흰 모시로 된 시스루 스타일이다. 두르고 있던 묵직한 가채는 역시 사라진 지 오래, 뒷목이 훤히 드러나는 독특한 올림머리를 했다. 라희는 감탄했다. 조선 시대에도 스모키 메이크업이 있다니, 감탄하지 않을 수 없다.

"모두 김 상궁님을 보고 있어요."

"김 상궁님이 이러실 줄은…."

나인 둘은 여전히 벙찐 표정으로 자신들의 무서운 상사를 힐끔거렸다. 김 상궁의 차림새를 보고 잠시 말을 잊었던 것은 라희도 마찬가지였다. 항상 종묘사직과 체통을 운운하던 도덕 선생님 같은 그녀가 변신해 온 것이다.

"마마, 저기 푸른 등 객잔이 물이 좋사옵니다."

"상궁님, 물이 무엇이옵니까?"

"너희들 모두 윗물이 맑아야 아랫물이 맑다는 말 들어보지 않았더냐? 저곳은 수원지와도 같은 곳이니라. 맑은 분들이 많다는 뜻이지."

"아… 수양에 힘쓰시는 선비님들이 많으신가 봅니다."

김 상궁의 말에 두 나인은 순진한 얼굴로 납득하고 있었다.

"그 물이 그 물이 아닐 텐데…."

"마마, 서두르시옵소서. 해시가 되기 전에 입장해야 탁주 값이 공짜이옵니다."

"탁주를 공짜로 마실 수 있다고요?"

"예, 여인들만 가능하지요. 호호호."

김 상궁은 들뜬 얼굴로 라희를 재촉했다. 해시라면 밤 아홉시를 말하는 것인데, 아홉시 이전에 입장시 여성우대라, 현대에서 보던 몇몇의 클럽 문화와 다를 바 없지 않은가.

"아이고, 마님! 아니 아씨! 또 오셨습니까. 자리는 또 그 명당으로…."

"예끼, 이 사람아. 무슨 말을 하는 것인가? 난 오늘이 처음일세. 그리고 꽃다운 처녀에게 마님이라니! 혀를 놀릴 때는 조심하는 것이 좋을 게야!"

"아아, 예이…. 춘삼아 여기 어여쁜 아씨들 명당자리로 안내해 드리거라!"

동자들이나 입는 색동저고리를 입은 사내는 마치 명찰처럼 '박춘삼'이라는 명패를 옷에 차고 있었다. 겉으로 보기에는 큰 규모의 대가집 같은 청등집에 라희는 김 상궁의 손에 이끌려 들어갔다. 두 나인들은 설레는 눈으로 주변을 두리번거렸다.

지잉 지잉.

대문은 대가집이되, 내부는 전혀 딴판이었다. 너른 마당에 수십 개는 되는 작은 와상들이 열 맞추어 놓여 있었고, 와상에는 네 명 정도 둘러앉을 목재로 된 상과 등이 놓여 있었다. 이미 자리들은 반 정도 차 있었는데 젊은 남녀들이 대부분이었다. 그리고 마당의 가운데에는 꽃장식과 다양한 색으로 둘러싸인 등들이 무대처럼 장식되어 있었다.

"나 김 상궁 다시 봤어요. 완전 조선 클럽 죽순…."

"죽순은 무쳐 먹으면 맛있지요. 청등집에 죽순도 있다는 것을 어찌 아셨습니까?"

김 상궁이 의아하다는 눈으로 라희를 쳐다보았다. 그때 춘삼이가 탁주와 죽순무침을 가지고 상에 올려놓았다. 아마도 기본안주인 듯싶었다.

"설마 빈궁마마께서도… 놀 만큼 노신…."

"에이, 무슨 소리에요. 김 상궁은 고지식한 쑥맥인 줄 알았는데 내 착각이었네요! 이런 데도 알고, 차림새도 완전 클럽 패션에 클럽 화장이야! 노는 언니였다니, 완전 대박!"

그때 고수가 장구를 두둥 치더니, 신명나는 사물놀이가 무대를 돌며 시작되었다. 여기저기서 젊은이들이 춤을 추고 어울리러 무대로 나오기 시작했다.

"오늘도 신명나게 한 판 벌여 봅시다!"

아마도 디제이 역할을 맡고 있는 듯한, 상모를 쓴 사내가 신호를 하자 흥겨운 풍악의 판이 펼쳐졌다. 라희는 눈을 크게 뜨고 믿을 수 없다는 듯 펼쳐지는 풍경을 감상했다. 국악놀이 한마당에서나 들을 법한 음악에 젊은 사내와 여인네들이 한데 모여 어깨를 들썩이는 풍경이라니! 북 소리가 빨라질수록 비트가 빨라지듯 그들의 춤이 격해졌다.

"근데 김 상궁님 어디 가셨지?"

"그러게, 분명 방금까지만 해도 여기 있으셨는데."

"앗! 저기! 저기 계셔!"

나인의 손끝에는 춤판의 무대에서 고고한 자태로 학춤을 추며 사내들의 사이를 이리 가르고 저리 가르는 김 상궁이 보였다. 물 만난 물고기라는 말이 떠올랐다. 한편으로 라희는 황당함을 감출 수 없었다.

"뭐? 외간 사내는 안 돼? 망측스러워? 웃기고 있네! 자기가 외간 사내랑 제일 잘 노는 거 봐!"

"김 상궁님께 이런 면이 있을 줄은 꿈에도 몰랐습니다."

"정말 대단하십니다!"

급기야 디제이의 상모를 쓰고 한 바탕 상모돌리기를 시전하는 김 상궁은 점점 무아지경에 빠져가고 있었다.

"저 끼를 궁에서 어떻게 참았을까. 그것이 알고 싶다."

"목놀림이 장난이 아니십니다."

"술이나 한 잔씩 합시다. 나인 씨들. 잔 채워 줄게요."

"화… 황공합니다! 하지만 저희는 마마를 지켜야 할 의무가…."

"괜찮아, 괜찮아. 일 년 내내 어떻게 빡빡하게 살아. 가끔은 일탈도 하는 거지."

나인들에게 탁주를 한 국자씩 따라 준 라희는 테이블, 아니 상에 놓인 조잡스러운 등을 들고 이리저리 살펴보았다. 불에 잘 타지 않는 종이로 만든 듯 종이로 화로를 감싼 등은 은은한 빛을 내뿜고 있었다.

"뭐가 더 필요하십니까요?"

그때 서빙을 하던 춘삼이가 라희의 등을 확인하고 황급히 달려왔다. 아마 이 등을 드는 것이 웨이터를 부르는 방법인가 보다. 라희는 규칙을 몰랐다고 그에게 사과하고 등을 얌전히 내려놓았다. 그때 춘삼이가 옆 와상에 들리더니 탁주 한 사발을 더 들고 라희에게 다시 다가왔다.

"응? 안 시켰는데요?"

나인들 둘은 탁주 몇 잔에 벌써 얼굴이 벌겋게 달아올라 있었다. 라희는 입가심으로만 마시는 중이었고, 김 상궁은 춤판에 영혼을 빼앗겨 사라진 지 오래였다. 상에 올려놓은 새 탁주를 보며 의아해하던 라희에게 춘삼이가 눈을 찡긋했다.

"옆쪽 잘생긴 도련님들이 한 사발 사시겠답니다."

춘삼이의 말에 오른쪽으로 고개를 돌리자, 산적처럼 생긴 사내 둘과 돌쇠처럼 생긴 사내 하나가 느끼한 미소를 띤 채 라희 일행을 힐끗거리고 있었다. 특히 코 밑에 왕점이 찍힌 돌쇠는 노골적으로 라희를 보며 멋있는 척 유혹하려고 애쓰는 표정이었다.

'하, 갈수록 태산이군. 이쁜 건 알아가지고.'

조선 클럽의 존재가 진구경이기는 했으나 돌쇠와 놀고 싶지는 않았다. 이왕 대시 받을 거면 좀 더 곱상하고 잘생긴 도령이 좋지 않겠는가. 물론 아무리 잘생긴 사내더라도 라희는 지조를 지킬 준비가 되어 있었으나, 좀 더 기분은 좋아질 것이다.

"죄송한데, 탁주는 사양할게요. 되돌려주세요."

"에이, 왜 그러세요. 아씨. 잠깐 귀 좀 대보세요. 꼭 드릴 말씀이 있구만유!"

"왜요?"

"저기 점돌이 도련님이 이래봬도 도승지 나으리댁 아드님이십니다요."

라희에게 소곤거린 춘삼은 그가 엄청난 신분이라도 되는 마냥, 라희가 놀라기를 기다렸다. 그러나 라희는 무덤덤한 얼굴로 춘삼에게 반문했다.

"그래서요?"

"그래서라니요! 도승지댁 아드님이시라니까요. 양반님네들 중에서도 전하의 용안을 직접 뵐 수 있는 도승지 대감. 아하! 우리 아씨가 궁궐이나 관직 이런 건 전혀 모르시는구나! 어쨌든 아씨, 저분 마음만 얻으시면 신분상승이에요! 절호의 기회 아닙니까!"

따발총처럼 다다다 말을 쏘아대며 점돌이와의 소개팅을 성사시키려는 춘삼이의 노력에도 라희는 끄떡하지 않았다. 전하의 용안을 뵙는 수준을 넘어서 전하의 아들, 그것도 얼굴 잘나고 능력 빵빵한 세자와 살고 있는 라희에게 도승지인지 뭔지가 어필될 리가 없었다.

"춘삼이 자네, 그만하게. 에헴!"

허락도 없이 라희의 와상으로 다가온 점돌이가 쑥스럽다는 듯 춘삼을 살살 밀어냈다. 나인 둘은 제대로 취한 것인지 상에 이마를 박다시피 하고 있었다.

"아까부터 보았는데 네 자태가 고와서 눈을 뗄 수 없더구나."

드라마 속 남주인공처럼 한껏 폼을 잡는 춘삼이었으나 라희는 콧방귀를 뀌었다.

"죄송하지만 전 임자가 있어서요."

"다들 처음엔 그러더구나. 쉽게 보일까 염려는 말거라. 내 그렇게 속 좁은 사내는 아니니."

"그런데 왜 초면에 반말이세요?"

"뭐? 반말?"

점돌 도령은 라희의 물음에 놀라 기가 찬 듯한 표정을 지었다. 춘삼이도 톡톡 쏘는 듯한 라희의 말투에 당황해 얼어붙었다. 그렇게도 도승지댁 아드님이라 말했건만! 시골에서 올라온 평민 처자가 제 얼굴만 믿고 방자하다 생각했다.

"네 기껏해야 평민이 아니더냐? 이런 곳에 양반 처자들이 올 일은 없고."

"평민이면 묻지도 따지지도 않고 말부터 놓아도 됩니까? 그리고 제 어깨에 손 치우세요. 아까 발바닥 긁는 거 다 봤거든요?"

"반상의 구분이 엄격한 이 나라에서 아랫것을 부르는 데 존칭이라도 쓸까? 제법 앙칼진 면이 있구나. 오늘 밤 귀여워해줄 맛이 나겠어."

처음에는 제 나름대로 신사적으로 다가왔던 돌쇠는 라희가 시큰둥하자 더 노골적으로 제 흑심을 드러냈다. 그와 함께 온 산적들은 호위인 듯했는데 제 집 도련님이 이러는 것이 한두 번이 아닌 듯 그저 상황을 지켜보고 있었다. 춘삼이는 어쩔 줄 모르며 안절부절못하고 있었다.

"오늘 밤 그쪽한테 귀여움 받을 생각 추호도 없으니 얌전히 집에나 가세요. 도승지인지 도화지인지 내가 알 게 뭐야?"

"제법 생긴 것이 반반하여 웃는 낯으로 대해 주었더니 제 주제를 모르는 년이었군."

"년? 야! 너 지금 말 다 했어?"

제 아비의 직책을 말하며 툴툴거리는 라희에게 화가 나는지 점돌이는 막말을 내뱉었고, 그에 화가 난 라희가 벌떡 일어나 점돌이를 노려봤다. 점돌이는 제 속을 박박 긁은 라희에게 치미는 화를 참지 못하고 손을 올렸다.

탁!

"으아아악!"

그때 점돌이의 손을 잡아 비트는 자가 있었으니! 흑의를 입은 자의 난데없는 난입에 그는 비명을 지르며 바닥에 내동댕이쳐졌다. 점돌이의 호위인 산적같이 생긴 사내들이 험상궂은 얼굴로 벌떡 일어섰다.

"아씨? 저쪽 도령도 할 이야기가 있으시답니다."

'망했다.'

타이밍 참 거지같다. 라희의 얼굴에 외마디의 감정이 떠올랐다.

"…설마."

호의 심복 병욱이 고개를 끄덕였다. 그리고 옆으로 펀치, 180도 돌아서 이단 옆차기로 점돌이의 호위들을 제대로 쳐다보지도 않고 멋지게 쓰러뜨렸다. 점돌이와 점돌이의 호위가 또 달려들었지만 병욱의 날래고 군더더기 없는 무위와는 상대가 되지 않았다. 청등집을 채운 청춘남녀들의 관심이 죄다 이리로 쏠렸다. 병욱이 검지손가락을 들어 한 방향을 가리켰다.

'저쪽 도령'이 평복 차림을 한 채 한 구석 와상에 앉아 정색한 채 라희를 바라보고 있었다. 그의 등에 검은 아우라가 피어나는 듯한 것은 라희의 착각일까. 아마도 사람들이 스멀스멀 피하는 것을 보면 착각은 아닌 것 같다.

큰북과 작은북, 장구가 어우러지는 요란한 민속비트를 배경으로, 드라마에서 튀어나온 저승사자처럼 검은 아우라를 풀풀 풍기며 살벌하게 라희를 바라보는 '저쪽 도령'과 눈이 마주쳤다. 생각해보니 어제 꿈자리가 사나웠던 것 같기도 하다. 라희의 눈앞이 캄캄해졌다. 젠장할! 이미 들킨 이상 삼십육계 줄행랑은 불가하다.

"하하, 바쁘다더니 무슨 일로 여기까지 오셨어요?"

"말 돌리지 말고, 어제부터 들떠 있던 이유가 이거였어?"

당황하면 더 찔리는 것이 있는 것처럼 보인다. 라희는 최대한 자연스럽고 태연하게 호에게 물었으나, 호는 턱 끝으로, 나동그라져 신음하고 있는 점돌이를 가리켰다. 그의 어투가 상당히 비릿하다. 라희는 등에서 식은땀이 흘렀다.

“아니 여긴, 그러니까… 풍년제를 구경하다 잠깐, 아주 잠깐 들린 거예요.”

“아주 잠깐 들렀을 뿐인데 저 지경이 되다니, 신기하군.”

이번에는 호의 시선이 상에 이마를 박은 채 취해 있는 두 나인을 가리켰다.

“안 마시겠단 걸 제가 억지로 마시라 한 거니, 질책은 하지 마세요.”

“이렇게 마음이 따뜻할 데가 있나. 저자에게도 그리 따뜻하게 대해 줬으니 감히 낯짝을 들이댄 것이겠지. 혹시, 내가 방해라도 한 건가?”

비꼼 반 비뚤어짐 반으로 찬 호의 말투에 라희는 반박하지도 못하고 죄인과도 같은 심정으로 그의 눈치만 살폈다.

“미안해요.”

“뭐가 미안한데?”

“그냥 다. 이 상황 전부가요.”

“어물쩍 넘어가지 말고, 뭐가 미안한 짓인지 똑바로 말해. 뭘 잘못했는지 소상하게 말이다. 변명이나 들어보자꾸나.”

“그게… 난 이런 데인지 모르고….”

커플의 흔한 대화였으나, 남녀가 뒤바뀌어 있었다. ‘네가 이런 곳에서 놀고 있어서 나 매우 삐지고 화났음’을 안면이라는 전광판 위에 띄운 호와, 그저 이 상황을 벗어나고 싶은 라희였다. 한편 정신을 차린 점돌이는 자신은 신경 쓰지도 않고 자기들끼리 대화를 나누고 있는 호와 라희의 모습에 화가 치솟았다.

"이 천한 것들이! 정녕 죽고 싶은 게로구나!"

기어코 다리를 절뚝이면서라도 그들에게 다가가는 점돌이의 모습에 병욱은 씩 웃으며 고개를 돌렸다. 호에게 보내는 '자기의 일은 스스로 하자'라는 신호였다. 점돌이를 호위하던 자들 중 하나는 도망을 치는 건지 지원을 요청하는지는 몰라도 황급히 담을 넘어 사라졌다. 병욱은 이후에 벌어질 더 재미있는 상황을 예상했는지 그를 굳이 제지하지 않았다.

"천해? 누가? 내가?"

호는 말 같지도 않은 말을 들었다는 듯 점돌이에게 되물었다.

"내가 누구인지 아느냐? 네년놈들을 아버지께 고해 목을 잘라 주겠다."

"기껏 도승지 따위가 내 백성의 목을 제멋대로 자를 권한이 있다니, 놀랄 노자구나. 말해보거라. 지금껏 네 아비의 권세로 호가호위하며 얼마나 많은 사람들을 괴롭혀 왔는지."

"행색을 보아하니 천것인 듯한데, 도승지 따위? 네 죽고 싶어 몸이 달았나 보구나. 네놈은 죽여 매달고, 저년은…"

"살려주세요."

라희가 문득 점돌이의 말을 끊었다. 점돌이가 가당치도 않는다는 표정으로 비릿한 미소를 띠며 라희를 돌아보자 라희가 말을 이었다.

"…라고 얼른 빌어요. 지금이라도 얼른!"

그녀의 말에 점돌이는 기가 차는 듯 웃더니 제 손을 주먹을 쥐었다 펴며 구타를 위해 몸이라도 푸는 듯 폼을 잡았다. 제 모습이 상당히 카리스마 있고 멋있는 줄 아는 모양이었다. 라희는 헛웃음이 나올 지경이었다.

"네가 말해보거라. 저놈이 지금껏 몇 명이나 욕보인 것인지."

호의 시선이 춘삼에게 향했다. 병욱의 실력을 보았던 춘삼은 두려운 눈빛으로 호를 바라보며 몸을 움츠릴 뿐, 별다른 대답을 하지 않았다. 지금은 호의 무력이 우세이라고는 하나 점돌의 가병들이 오면 판세는 달라질 것이다. 행여나 잘못 입을 놀렸다가는 점돌이에게 비 오는 날 먼지 나도록 맞을지도 몰랐다. 더럽고 치사하지만 권력을 가진 자의 비위를 거슬러서는 안 된다. 호의 말대로 도승지 아드님은 평민 여성들을 농락한 것이 한두 번이 아니었다.

"벙어리가 아니라면 빠르게 이실직고하는 것이 좋을 것이다."

"호. 잠깐만요, 흥분 가라앉히고! 손님이 진상일 뿐인데 종업원한테 무슨 죄가 있어요. 엉뚱한 데 화 내지 말라구요!"

"벌레 같은 자식이 널 건드리려고 했는데, 흥분을 가라앉힐 수 있겠느냐?"

호의 말에 발끈한 점돌이는 뒷목을 잡는 듯한 모션을 취했다. 둘은 점돌이의 존재를 대놓고 무시하고 있었다.

"벌레? 네놈이 더욱 명을 재촉하는구나."

그는 허리춤에 찬 검을 거칠게 뽑아 올렸다. 청등집의 객들이 검날을 보고 놀라 일어나 우당탕탕 문으로 도망쳤다. 검이 꽤 비싸 보이기는 하나, 점돌이의 엉성한 자세로는 검값을 하지 못할 듯했다. 라희는 한숨을 내쉬고 호는 여전히 아니꼬운 눈으로 점돌이를 보고 있었다.

"무릎을 꿇지 않으면 당장 목을 베겠다."

점돌이는 호기롭게 소리쳤으나, 호는 콧방귀도 뀌지 않았다. 병욱 역시 객들이 빠져나가 텅 비어버린 와상 하나에 앉아 시큰둥한 표정으로 귀를 파고 있었다. 보다 못한 점돌이가 성큼성큼 다가가 검을 휘두르려는 찰나 일어난 호가, 발을 올려 그의 복부를 걷어찼다.

"으아악!"

검을 들고도 한 번 휘둘러보지 못한 채, 점돌이는 뒤로 발라당 나가떨어졌다. 춘삼이가 황급히 점돌에게 다가가 그를 부축하려 했으나 성난 손에 오히려 뺨을 맞았다.

"이 천것들이 나를 능멸하다니 곱게 죽이지는 않겠다!"

점돌이가 씩씩거리는데 청등집의 대문이 쿵 소리를 내며 활짝 열렸다. 도승지댁의 가병들 십수 명이 우르르 몰려와 호와 라희를 둘러싸고 점돌이를 일으켰다. 제 지원군이 오자 의기양양해진 점돌은 분기 어린 얼굴로 호를 노려보았다. 가병들의 뒤, 적색의 관복을 입은 중년의 사내가 미간을 찌푸린 채 들어오고 있었다.

"아버지!"

점돌은 구원병이라도 등장한 것처럼 기쁜 표정으로 제 아버지에게 달려갔다. 호는 비웃는 듯한 미소를 입에 띤 채 상황을 관망하고 있었다.

"어디 다친 곳은 없느냐!"

"저 연놈들이 저를 죽이려 했습니다!"

"얼굴이 긁혔구나. 감히 어떤 고얀 것들이 하나뿐인 내 자식을!"

호 역시 들어본 적 있는 목소리였다. 앞뒤 분간하지 못하고 분기탱천한 도승지 영감이 화가 잔뜩 난 채 호와 라희를 둘러싼 가병들을 뚫고 들어오고 있었다. 너무 일이 커져버린 탓에 라희는 짜증스럽게 입술을 깨물었다.

"천한 것들이 양반의 몸에 손을 대었으니 엄벌로 다스려야 마땅합니다."

점돌이는 천군만마라도 얻은 듯한 기세로 입술을 비틀며 야비한 웃음을 지었다. 제 본색을 숨기지 않고 드러낸 점돌이가 노골적으로 음흉한 눈빛을 한 채 라희를 바라보고 있었다. 욕지기가 나올 지경이었다.

"그리고 저것의 처분은 제가 하겠습니다."

도승지는 펼쳐진 상황을 바라보며 끓는 노기를 간신히 자제하고 있었다. 고개를 돌린 채 얼굴을 보이지도 않은 젊은 남자는 건방진 자세로 앉아 있고, 제법 고운 여인은 제 아들을 똑바로 노려보고 있었다. 여인의 얼굴을 어디에선가 본 것 같다 생각했으나 기껏해야 기방이겠지 하며 큰 의미는 두지 않았다.

물론 제 아들이 꽤나 망나니짓을 하고 다닌다는 것은 알지만, 두 번째로 들인 부인에게 늦둥이로 얻어 귀하게 기른지라 아들의 일이라면 공사를 막론하고 눈이 돌아갔다. 지금 그에게는 제 아들의 긁힌 상처밖에 보이지 않았다.

"네 이놈! 고개를 들지 못하겠느냐. 감히 네 누구 몸에 손을 댄지는 알고 있느냐?"

도승지의 벼락같은 외침에, 호가 살짝 고개를 돌려 옆모습을 내

비추었다. 아련한 빛을 내며 타오르는 등에 그의 높은 콧대와 깊은 눈매가 드러났다. 도승지는 호의 생김새를 보기 위해 눈을 가늘게 떴다.

"그러게 말이오. 사람이 짐승과 다른 이유는 뜻을 폭력으로 행하지 아니하고 서로간의 예를 지키는 것에 있지 않소. 제 집안에서 기본적인 예의도 배우지 못한 버러지 같은 것이 감히 누구 몸에 손을 대려 한 것인지."

"버… 버러지? 아버님! 저 되어먹지 못한 천것의 말본새를 보십시오!"

점돌이는 흥분한 산돼지처럼 분기탱천해 날뛰었다. 호가 입가에 미미한 냉소를 지으며 고개를 완전히 돌렸다. 그의 눈은 빛이 들어오지 않는 심해의 풍경처럼 싸늘하며 이질적이었다. 도승지는 눈이 나쁜 터라 그의 얼굴이 뚜렷히 들어오지는 않았으나, 묘하게 익숙한 목소리와 등부터 스물스물 올라오는 불안한 기운에 얼어붙었다.

"아이고, 마마! 마마, 무사하십니까?"

그때였다. 기생처럼 화려한 옷을 입은 묘령의 여인이 가병들 사이를 비집고 끼어들더니 허겁지겁 라희에게 다가왔다. 김 상궁이었다. 춤판에 빠져 한창 자유를 즐기다가, 점돌이가 검을 뽑아든 뒤 우르르 빠져나가는 사람들의 물살에 휩쓸려 나갔다가 간신히 정신을 차리고 라희에게 돌아온 것이었다.

"뭐? 마마?"

점돌이가 코웃음을 쳤다. 마마라는 말은 아무에게나 쓸 수 있는 것이 아니다. 종종 마님이라는 호칭과 헷갈릴 때도 있지만, 두 호칭은 사실 천양지차의 간극을 가지고 있다. 간단히 설명하자면 마님은 양반님네들에게 두루 쓰이는 호칭인 것에 반해, 마마라는 호칭은 궁 안의 왕족들에게 쓰이는 호칭인 것이다.

"…."

평민들의 춤판이나 다름없는 이 천박한 청등집에서 들릴 리 없는 호칭이다. 도승지는 눈앞에 마주한 현실에 앞이 캄캄해지고 오금이 저려오는 듯했다. 달그림자가 지나가자 이제야 안개가 걷히고 처참한 현실이 드러났다. 그가 세자의 얼굴을 모를 리 없었다.

"풉…. 마마라니. 기생처럼 차려입은 것들이 지금 뭐 하는 짓이냐?"

"기생이라니! 그대는 누구시건데 마마께 감히 그런 망언을 하는 것이오? 만약 저하께서 이 사실을 알게 되신다면 목숨을 보존하기 어려울 것이오!"

"내비 둬, 김 상궁. 이미 알고 계시니…."

한숨을 푹 내쉬는 라희의 말에 고개를 들어 와상에 한가로이 앉은 사내의 얼굴을 확인한 김 상궁의 낯빛이 허얘졌다.

"헉…!"

아버지의 심경이 어떠하건, 철없는 점돌이는 여전히 분위기 파악 못 하고 이죽거리고 있었다. 도승지는 일그러진 표정으로 제 아들의 머리통을 냅다 후려쳤다.

"네 이놈! 그만 하거라! 이 육시랄 놈아! 주둥이를 확 찢어 버리기 전에!"

"아야얏! 아… 아버지! 왜 갑자기 욕을 하십니까?"

제게 대드는 점돌이의 머리채를 잡고 꿇어앉힌 도승지는 파랗게 질린 낯빛으로 자기 또한 흙바닥에 꿇어앉았다. 가병들 역시 심상치 않은 상황을 파악하고 제 주군을 따라 무릎을 꿇었다. 객들이 떠나 썰렁한 청등집에는, 칼날처럼 휘몰아치는 호의 살기만이 대기를 무겁게 짓누르고 있었다.

"저하! 죽을죄를 지었습니다!"

"저… 저하라니요. 아버님. 지금 저자에게 저하라고 하셨습니까?"

"그래, 이놈아! 네 하필이면 어찌 세자저하께! 이 미련한 놈 같으니라고!"

"노, 농담이시죠?"

"아이고 저하! 이 아무짝에도 쓸모없는 팔푼이 같은 놈을 한번만 살려주십시오!"

세자저하라는 말을 들은 점돌이는 뒤통수에 망치라도 맞은 표정으로 넋 나간 채 호를 보았다. 잘나고 곱상해 보이는 얼굴은 점돌이 한 짓으로 유발된 살기와 냉기로 점철되어 있었다.

"그렇다면 저 여자는…."

도승지가 찢어죽일 듯한 표정으로 제 아들 점돌이를 돌아보았다. 제 아들이 했던 말에 대수롭지 않게 반응했던 제 자신의 행동이 후회스러우나 이미 늦었다.

'저것의 처분은 제가 하겠습니다.'

도승지는 혈기왕성한 아들의 편력을 되도록 눈감아주고 있었다. 그저 널리고 널린 평민 아이인지 알았는데, 물려도 크게 물렸다. 아니, 물린 수준이 아니라 왕실을 모욕한 죄로 어떠한 처분이 내려져도 변명할 수 없다.

"그래. 버러지 같은 네놈이 손대려 한 여자가 내 빈궁이다."

금방이라도 숨통을 끊어 버릴 듯한 호의 짙은 살기에 점돌이는 이제야 현실을 직시하기 시작했다. 큰소리치던 위세는 사라지고 몸이 덜덜 떨렸다.

"말했잖아요. 임자 있다고."

꽤나 호의 눈치를 보고 있던 라희가, 호가 들으라는 듯 말했다.

지금껏 제가 '천것'이라고 불렀던 이들이, 실은 자신이 감히 우러러보지도 못할 만한 위치에 있는 세자와 빈궁이었다는 것을 알게 된 점돌이는 다리가 풀려 털썩 무릎을 꿇었다. 도승지 영감도 생각지 못한 날벼락에 혼이 반쯤 나가 있었다.

"말하거라. 저놈이 그간 벌인 만행을 말이다. 이번이 처음은 아닐 것이지."

도성 내에서 날고 기는 권세를 가진 도승지 영감마저 꿇어앉은 모습을 본 춘삼은 넋이 나가 있다가 호의 말에 번쩍 정신이 들었다.

"후환은 없을 것임을 세자 이호의 이름으로 약조하겠다."

세자! 장차 이 조선의 왕이 될 자이다. 춘삼은 제 목을 지키기 위해 황급히 답했다.

"이놈이 기억하기로는 한 열댓 명쯤 됩니다."

"열다섯 명이요?"

무슨 말이냐는 듯 라희가 되물었다. 춘삼은 겁을 먹고 몸을 움츠린 채 말했다.

"이곳에서 도련님이 농락했던 여인네들이 말입니다. 그리고 그 중 서너 명은 결국 스스로 목을 매어…."

"네 이놈! 누구 앞인 줄 알고 함부로 혀를 놀리는 것이냐!"

도승지가 춘삼을 노려보며 버럭 외치자 춘삼은 몸을 움찔거리며 말을 삼켰다. 호가 한파가 부는 매서운 눈으로 두 부자를 바라보았다.

"저하! 제 미천한 아들놈이 혈기왕성하여 많은 여인들을 품에 안은 것은 사실이나, 사대부가의 여식들을 함부로 대한 적은 없습니다!"

"마… 맞습니다! 저하, 그리고 모두 술에 취한 여인들이었습니다. 품행이 단정치 않고 방정맞으며, 조신하지 못한 평민 여자들이었습니다. 강제로 안았다 하더라도 할 말이 없는 그런 것들이란 말입니다!"

방금까지만 해도 놈자를 붙여댔던 호에게 덜덜 떨며 빌던 점돌은 제 나름의 변명거리를 늘어놓았다. 듣고 있던 라희가 기가 찬 얼굴로 말에 끼어들었다.

"그러니까, 술에 취한 여자는 겁탈을 해도 된다. 뭐 이런 말이에요? 도승지라는 분 말도 웃기네요. 사대부가 여식은 안 되고, 평민 여식은 그딴 식으로 대해도 된다?"

도승지가 시선 둘 곳을 몰라 당황하며 헛기침을 했다. 점돌은 기어들어가는 목소리로 변명을 늘어놓았다.

"여, 여자가 밤늦게 이런 곳에서 술 마시고 한다는 것은 자기도 사내와 정을 통하고 싶은 뜻이 있어서… 아니, 어떤 사내가 술 취한 여자가 누워 있는데 도를 닦겠습니까. 고자도 아니고….”

“이 새끼 순 쓰레기네!”

“예… 예?”

간만에 희대의 개소리를 들은지라 정의감이 불타올라 참을 수 없었다. 라희는 잔뜩 열 받은 표정으로 점돌이 앞에 섰다. 아까까지만 해도 라희의 빰을 후려치려 했던 점돌은 그녀가 세자빈이라는 것을 알게 된 이후로 그녀와 눈도 제대로 마주치지 못했다.

“니가 궁예니? 관심법이라도 쓰는 거야? 그냥 술을 먹고 싶어서 왔을지, 춤을 추고 싶어서 왔을지 네가 여기 오는 여자 속마음을 어떻게 알아. 그래, 백번 양보해서 남자 만나고 싶어서 왔다 치자. 근데 넌 거울도 안 보니?”

“마, 마마…. 그것이….”

“안 봐도 드라마지. 아까 같은 상황에서 내가 세자빈이 아니었으면 네 아버지 이름 들먹이며 협박했을 거고, 강제로 술 먹이고…. 야! 그리고 너 왜 갑자기 존댓말이야? 아까부터 이것저것 하며 반말 찍찍 하더니?”

간만에 라희 말발이 화력 센 따발총처럼 터지고 있었다. 멍청한 점돌은 무슨 말인지 이해하지도 못한 채 눈만 꿈뻑거렸고, 춘삼은 겁먹은 눈으로 라희를 힐끔거리고 있었다.

사실 빈번하던 레파토리였다. 점돌이는 제가 점찍은 여자를 집에 그냥 들여보내는 일이 없었다. 마음대로 일이 풀리지 않으면 손찌검을 하는 것은 흔한 일이었다. 춘삼이 라희에게 점돌이를 띄워 소개시켰던 것도, 어차피 저 망나니 도련님에게 찍혔으니 의미 없는 거부는 관두고 최소한 얻어맞지는 말라는 의미였다.

"고자라…."

그렇잖아도 검은 아우라를 내뿜던 호의 얼굴이 더욱 싸늘하게 굳었다. 점돌의 설명대로라면… 호는 고자였다! 호의 눈가가 씰룩거렸다. 호의 중얼거림을 들은 라희가 풉 하고 웃을 뻔했으나 제게 향하는 호의 매서운 눈길에 라희는 헛기침을 하며 웃음기를 지웠다.

"세자빈을 희롱한 죄에 더해… 내 심기를 참을 수 없이 건드는구나."

라희와의 혼인 첫날밤, 술 한 병을 벌컥벌컥 들이켜고 곧장 뻗어 잠 든 제 색시에게 손 끝 하나 대지 않았다. 그녀의 살포시 감긴 두 눈과 새초롬히 닫힌 입술에 근원을 모르는 아찔함을 느끼면서도, 차마 의식이 없는 여인을 건드릴 생각은 추호도 못 했다.

"저하! 이 일을 한 번만 눈감아 주신다면 이 은혜 죽을 때까지 잊지 않겠습니다. 이 못난 자식놈도 다시 교육시켜 새 사람을 만들겠습니다. 빈궁마마께서도 제발 너그러움을 보여 이 멍청한 아들놈을 용서하여 주십시오."

"호부견자라는 말이 있긴 하지. 훌륭한 아버지 밑에서 개 같은 자식이라. 그러나 이번 일과는 어울리지 않는 말이오."

도승지의 간곡한 청에도 호의 눈은 싸늘함으로 빛나고 있었다.

"도승지와 친밀함을 나눈 적 없어, 그대의 성품에 대해 알지 못했는데 이번 기회에 확실히 알게 되었구려."

"저하! 왕실을 능멸한 죄가 죽어 마땅함을 아오나, 아무리 무지

렁이 같은 제 아들놈도 만일 빈궁마마와 세자저하인 줄 알았다면 어찌 그런 만행을 저질렀겠습니까."

"아직도 말귀를 알아먹지 못하는군."

살기가 깔린 청등집에는 무거운 정적이 감돌았다. 라희의 눈도 싸늘히 식어 있었다. 호가 점돌의 앞으로 다가가 섰다. 점돌은 눈에 두려움을 가득 담고 꿇어앉아 바닥만 뚫어져라 보고 있었다.

"네놈이 사과해야 할 사람은 빈궁만이 아니다."

점돌은 호의 말을 이해하지 못한 채 눈을 끔뻑거렸다.

"백성들의 피땀에서 나오는 나라의 녹을 먹는 자가, 그리고 그 아들이, 백성을 제 노리개라도 되는 마냥 짓밟고 목숨을 가벼이 여기는구나."

그의 목소리에 지독하리만큼 깊은 분노가 깔려 있었다.

"만일 세자빈과 세자인 줄 알았더라면 만행을 저지르지 않았을 것이라. 도승지의 그 말은 세자나 세자빈이 아닌 백성들은 네 만행에 희생되어도 마땅하다는 것으로 들린다. 네가 이리 구역질나는 잣대를 가진 것도, 네 혼자만의 탓은 아니라는 걸 도승지의 말을 들으니 알 것 같구나."

라희마저 간담이 서늘해질 정도였다. 점돌은 사시나무 떨듯 부들부들 떨고 있었다.

"걱정 말거라. 내 도승지씩이나 되는 자를 멋대로 처분할 권한은 없으니."

갑자기 부드러워진 듯한 호의 목소리에 점돌이 고개를 들었다. 호의 입술이 조소하는 듯 비틀렸다.

"그저 나는 전하의 아들이자 신하로서, 네놈에 의해 전하의 백성들이 핍박당하고 희생당한다는 사실을 고할 뿐이며. 네가 세자빈과 나를 말과 행동으로 능멸했다는 용서받지 못할 불경함을 있는 그대로 전할 뿐이다."

꿇어앉아 있던 도승지가 쓰러지듯 바닥으로 넘어졌고, 가병들이 황급히 제 주인을 부축했다. 점돌이는 밀려드는 두려움에 금방이라도 정신줄을 놓아 버릴 것만 같았다.

"가자."

호가 라희의 손목을 잡아끌었다. 세자가 입만 삐끗해도 멸문지화를 당할 수 있는 상황에, 청등집은 도승지 일행의 상가집이 되어버렸다. 제 스스로 만든 결과이기는 하지만 라희도 그리 좋지 않은 마음으로 청등집을 나왔다. 춘삼은 대문까지 나와서 절을 했고, 두 나인을 챙겨 라희를 따르려던 김 상궁은 호의 눈치에 먼저 궁으로 돌아가기로 했다.

"어떻게… 처리할 건가요?"

"삭탈관직을 피할 수는 없을 것이다. 제 자식이 네 몸에 손을 댄 것만으로도."

왕의 기억과 정신이 온전하지 않은 지금, 호는 실질적으로 정무의 많은 부분에 관여하고 있었으며 인사권과 처벌 역시 호의 관할하에 있었다. 대리청정까지는 아니었으나, 차기 왕위계승권자로서 착실하게 왕을 돕고 있었다.

"미안해요. 나 때문에 이렇게…."

호는 라희의 말에 대꾸하지 않은 채, 그저 그녀의 손목을 붙잡고 경사가 있는 내리막길을 걸어내려 왔다. 라희는 지은 죄가 있어서 반항치 않고 호를 따를 뿐이었다.

"정말이에요. 다른 남자를 만날 생각은 추호도 없었다고요. 그냥 풍년제를 맞아 백성들의 놀이문화를 구경해보고 싶을 뿐이었는데…."

"다친 곳은…."

"네?"

"그 미친 자식이 널 다치게 하지는 않았냐는 말이다."

호의 얼굴에는 아직도 흉포한 살기가 반쯤 남아 있었다. 혹시나 몰라 라희 일행에게 미행을 붙인 것이 천만다행이었다. 그렇지 않았더라면 심한 꼴을 당했을 수도 있었다.

"응, 하나도 안 다쳤어요. 누구 덕분에."

"지금이라도 가서 죽여버리고 싶다. 그 자식이 널 보던 눈을 떠올리면 말이다."

라희를 만나기 전, 어떤 여인에게도 큰 흥미를 느끼지 못했던 호는 질투라는 감정에 대해 도무지 이해하지 못했다. 그런 것은 시시한 여자들의 전유물이라고 믿었다. 그러나 그녀를 만나고 사랑하게 되면서, 제 자신이 사랑 앞에서는 얼마나 집착적이며 독점욕이 강한 옹졸한 사내인지 알게 되었다.

"난 괜찮아요."

호는 라희를 강하게 끌어당겨 제 품에 끌어안았다. 처음에는 화를 낼 생각이었다. 라희에게 다른 의도가 없었음을 알았다. 그러나 다른 사내들이 많은 개방된 곳에서 그 고운 얼굴을 내보이고 있다는 것만으로도, 그녀를 힐끔대는 사내들이 점돌이뿐만이 아니었음을 뻔히 알고 있었기에 화가 났다.

"미안해요."

그녀가 다시 사과했다. 끓어오르던 분노가 냉철한 분노로 바뀔 즈음, 호는 바쁘다는 핑계로 그녀와 동반하지 못한 자신에 대한 죄책감이 들었다. 편치 않은 복합적인 감정들은 그녀를 품에 안은 후에서야 사그라들고 있었다.

"…호. 저거 봐요."

그의 어깨에 볼을 기댄 라희가, 무언가를 발견하고 그를 살짝 밀어냈다.

"…."

"우와…!"

풍등이다. 불이 일렁이는 각양각색의 풍등을 백성들이 한 마음으로 검은 하늘에 띄우고 있었다. 별이 되기 위해 제가 쉴 곳을 찾아 올라가듯, 풍등들은 느릿느릿 하늘을 향해 떠오르며 풍경을 수놓고 있었다.

"너무 예뻐요! 세상에, 이런 건 처음 봐요!"

라희가 감격스러운 듯 외쳤다. 빌딩들의 조명도, 가로등도 없는 어두움만이 가득한 조선의 밤, 생동하는 불빛처럼 제 주위를 밝히며 고고히 어둠을 가르고 올라가는 풍등들은 잔잔한 감동을 안겨주었다. 이 나라는 현대의 도시들처럼 화려한 멋은 없다. 투박하고 자연적이며 잔잔하다.

"백성들이 올리는 풍등이군."

"저 풍등들에 다 누군가의 소원이 담겨 있겠죠?"

너무 자극적인 것을 먹게 되면 미각이 둔해진다고 한다. 인공적으로 만들어진 수도 없는 자극 속에 살다가 조선에서 살게 된 이후로, 시골에라도 온 듯 눈이 심심할 때도 있었다. 그러나 이곳의 수수한 풍경에 서서히 적응한 뒤 간만에 본 순수한 인공미의 향연은 현대에서 마주쳤던 수많은 불꽃놀이보다 자극적이고 감동적이었다.

"호는 소원 없어요?"

"있지."

"풍등 한 번 날려 볼래요? 이제 와서 날리기에는 너무 늦었으려나?"

"그럴 필요 없다."

풍등이 승천하는 진풍경을 배경으로 호는 라희에게 얼굴을 가까이 댔다. 붉은 홍조는 풍등들 때문일까, 혹은 두근거리는 그녀의 마음 때문일까. 문득 은은히 입에 걸린 호의 미소가 라희의 마음을 더 들뜨게 했다.

"이미 이루고 있는 중이니까."

그의 입술이 라희의 입술을 부드럽게 끌어안았다. 달콤한 사탕을 입에서 놓지 못하는 아이처럼, 그녀의 입안을 헤집고 맛보았다.

***

의정부와 멀지 않은, 수락산의 동편 산세를 타고 띄엄띄엄 지어진 민가들 중 현과 몇의 수하들이 비밀스럽게 머물고 있는 거처가 있었다. 낡은 마루에 자신의 심복과 나란히 앉아 달을 보는 현의 다리 한쪽은 붕대로 칭칭 감겨 있었다. 청으로 가는 배를 타러 강화까지 갔다가 정체모를 무리들의 습격을 당한 것이었다.

"퇴로는 해주를 통해 확보될 것 같습니다. 다행히 용모파기가 철회되며 군사들의 추적이 느슨해졌습니다."

"이제 와서, 인정이라도 두시겠다는 건가. 곁에 있을 때는 그렇게 죽이려고 하더니."

현의 입꼬리가 비틀렸다. 자신이 아는 아버님이라면 궁 안 모든 군사들을 풀어서라도 눈엣가시처럼 여겼던 자신을 어떻게든 잡아 죽이려 했을 텐데. 역시, 무언가 이상했다.

"어쩌면 소문이 사실일지도 모르겠구나."

"무슨 소문 말씀이십니까?"

"아버님께서 기억을 잃고 실성하셨다는."

그것이 사실이라면 참으로 기가 막힐 일이었다. 왕이 기억을 잃었다면 애초에 궁에서 급히 도망칠 필요 없이, 왕을 맞고 그대로 호를 제거했으면 될 일이었다. 그 또한 그들이 짜놓았던 계략이었던 것인가.

"범상치 않은 아이라 생각했는데. 결국 내 발등을 찍는구나…. 라희."

용포를 입은 왕을 모시고 만백성들의 시선을 받으며 천천히 왕을 모시고 입궁하던 라희의 소식을 기억하고 있었다. 라희와 호의 합작품에 보기 좋게 넘어가, 비워 주지 않아도 되었던 궁을 비워

주고 호에게 세자의 자리를 거저 넘겨준 것이나 다름없다.

"우선은 청으로 가서 몸을 추스르시고, 재기를 준비하시는 것만 생각하십시오."

"황실과 연결된 인물들에게 내 움직임이 흘러들어서는 안 된다."

"하오나 저하께서는 청에 우호적이셔서 그들도 저하를 받아들이려…."

"이미 버려진 패이다."

"예?"

현은 강화에서 자신을 습격했던 이들의 무술을 연경에 있을 때 본 적이 있었다. 그리고 그들의 발목에 매여 있던 검은 띠와 특이한 매듭. 자신만의 정보기관을 통해 친왕의 그림자 조직에 대해 알아본 적 있었는데, 그 당시 들었던 정보와 일치했다.

"내가 청으로 가도 그들에게 도움 될 일이 없다는 것이다. 내가 이미 버려진 패인 이상, 우호적인지 그렇지 않은지 따위는 중요하지 않다."

"…."

"내가 잡히는 것이 그들에게 더 효용가치가 있다면, 그들은 나를 잡아 전하에게 먹잇감으로 던질 것이다."

우호 관계나 의리 따위는 강자의 위치에서만 가치 있는 것이다.

"알겠습니다. 오늘 동 트기 전, 중전마마께 급보가 오면 당장이라도 출발하시는 것이 좋을 듯합니다."

"그래. 아버님이 기억을 완전히 되찾기 전에 조선을 뜨는 것이 좋겠다."

쓰고 차가운 밤바람이 불어왔다. 패장에게는 돌아갈 곳이 없다 하나, 현은 이대로 생을 마감할 생각은 없었다. 청에서 재기하여 다시 조선의 패권을 노려 보겠다고 다짐했다. 그리고 만날 수 없던 그녀의 얼굴을 한 번 쯤은 다시 보고 싶었다. 못난 미련이라고 해도 좋았다.

***

으슥한 밤, 중궁전에서 장옷을 둘러쓰고 나와 비밀스레 출궁한 이가 있었다. 궁문 밖에 다다르자 장옷을 벗어던진 그는 여인이 아닌 흑의의 복면인이었다. 누가 봐도 수상한 차림이었으나, 어두운 밤 제 몸을 숨기기는 제격이다.

'지도이다. 수락으로 가서 문서를 전하여라.'

실어증에 걸려 말 한마디 못한다는 중전은, 족제비처럼 곤두선 눈으로 자신의 자객에게 문서의 전달을 명령했다. 수락의 산세가 정밀하게 그려진 지도는, 일반적인 나그네가 찾기 힘든 위치의 민가를 보기 쉽게 나타내고 있었다.

"서둘러야겠군."

준비된 곳에서 말을 탄 복면인이 이랴 하며 말의 궁둥이를 때렸다. 밤을 가르고 목적지로 향하는 그의 뒤를, 두세 명의 수상한 자들이 몰래 따르고 있었다. 눈빛을 주고받은 그들 중 한 명이 보고를 위해 뒤로 빠졌다. 밤이 깊어갔다.

***

따스한 물로 목욕을 한 라희는 살결이 비치는 따스한 옷을 걸치고 침소로 향했다. 그와 부부가 된 지는 오래되었지만, 첫 합방일이었다. 원래대로라면 내명부에서 세자 부부의 합방일을 보내야 했을 것이나, 중전의 상태가 좋지 않아 대전에서 직접 노상궁들에게 명해 합방일을 받아 잡았다. 마음의 준비가 되지 않아 거부할까도 생각해보았으나, 어제 청등집에서의 고자 사건 이후로 한껏 예민해져 있는 호를 차마 거절할 수는 없었다.

"휴…."

호롱불만이 붉게 일렁이는 침소에 홀로 앉아, 호의 준비가 끝날 때까지 기다리자니 라희는 입이 바싹 말라 왔다. 현대에서는 돌싱녀인 만큼 남자 경험이 없을 수가 없지만 조선에 와서는 이런 일이 처음이었다. 호의 얼굴을 생각하기만 해도 얼굴이 뜨거워져 왔다.

"세자저하 드십니다."

상궁의 말에 라희는 몸을 바짝 굳혔다. 미닫이문이 열리고, 옥색의 편한 도포를 입은 호가 시원한 향기를 풍기며 성큼성큼 들어왔다. 훤칠한 키와, 넓은 어깨, 붉은 입술. 바라보는 것만 해도 긴장으로 두 눈이 빙빙 돌 지경이었다.

"가끔은 네 실수를 봐주는 것도 괜찮구나."

"…?"

"그걸 핑계 삼아 드디어 널 안을 수 있다니."

스킨십은 점점 더 농밀해졌지만, 그는 한 번도 마지막 선을 넘은 적이 없었다. 라희는 준비가 안 되었다라는 말로 얼버무렸고, 그는 신사적이게도 제 욕망을 최대한 자제했다. 하지만 오늘은 달랐다.

"도승지는 전하께 사직을 청했고, 받아들여졌다."

"어제의 일, 전하께 고하지 않으셨어요?"

"내게 와서 제 아들의 목숨만은 살려달라 애원하더군. 그놈이 피해를 준 여인들에게 전 재산을 털어 보상한다면 생각해보겠다고 했다."

"그래서 어떻게 되었는데요?"

"내 말대로 하고, 관직에서 내려온 뒤 아들과 함께 지방으로 내려간다더군. 고을 현령에게 말은 해두었다. 그놈이 또 허튼 짓을 하려거든 바로 내 귀에 들어오도록."

라희는 고개를 끄덕였다. 점돌이가 온갖 악행과 괘씸한 짓을 한 것은 사실이지만, 그를 죽게 하는 것은 마음이 편치 않을 것이다. 이 정도면 훌륭한 마무리이다.

"왜, 혹시 그놈에게 마음이 쓰이는 것이냐?"

"이 치사한 심술쟁이!"

풍년제의 일에 은근히 뒤끝이 남은 호에게 원하는 것을 말하면 들어주겠다고 라희는 그를 달래려 했고, 말을 듣자마자 안색을 바꾼 호는 악마처럼 씩 웃었다.

"다시 한 번 말해봐."

"…읍!"

라희에게 다가온 호의 입술이 그녀의 입술을 집어삼키듯 덮쳤다. 갈구하던 것을 손에 쥔 어린아이처럼 거침없이 그녀를 삼키고 또 삼켰다. 머리털이 쭈뼛 설 만큼 그와의 키스는 자극적이었다. 전에는 마냥 그녀의 볼을 쓰다듬던 호의 두 손이 라희의 옷고름을 풀었다. 그의 찬 손이 맨가슴에 닿자 움찔하는 라희의 모습에 더욱 자극받은 호는 그녀를 밀어 눕히고 자신의 아래에 가두었다.

서늘하기만 하던 눈동자에 가득 찬 욕망은, 라희의 숨을 더 헐떡이게 했다. 첫날밤임에도 불구하고, 이 밤은 매우 길 것 같았다. 그의 입술이 다시 라희의 입술을 부드럽게 빨더니 점점 턱과 목선으로 옮겨갔다. 라희는 달뜬 숨을 신음처럼 내뱉었다. 일렁이던 호롱불이 훅 꺼졌다. 달이 빛나고 있었다.

***

다음날 아침 눈을 뜨자 해가 중천에 떠 있었다. 어젯밤 라희의 전부를 휩쓸고 간 그와의 뜨거운 열락이 아직도 온몸에 잔상처럼 남아있었다. 허리도 아프고 다리도 아팠다. 호는 스물을 조금 넘겼을 나이이다. 잠을 재우지 않겠노라고 속삭였던 그의 말은 사실이었다.

'먼저 나갈 테니, 좀 더 푹 쉬거라.'

동이 틀 무렵 기진맥진해서 자고 있는 라희의 이마에 키스하고, 호는 나갔을 터였다. 그의 낮은 목소리가 아직도 귓가에서 맴도는 듯하다.

"아야야!"

물 젖은 솜처럼 축 늘어진 몸을 일으키려다 라희는 다시 푹 주저앉았다. 흰 침구에 군데군데 묻어 있는 핏자국이 너무도 부끄러워 뒤집고 싶었다.

'내 나이가 몇인데….'

정신적인 나이로 치자면 현대에서 타임슬립한 라희는 서른이 넘는다. 호와는 거의 열 살이 차이 나는, 어찌 보면 한참 누나뻘인데. 모든 것에서 그를 이길 수가 없었다. 처음도 아니면서 처음처럼 미숙한 그녀와, 처음이면서 처음 같지 않은 그의 밤은 지나치게 매끄럽게 흘러갔다.

"우씨, 진짜 나이 속인 거 아니야?"

라희는 혼잣말을 궁시렁거리며 침구를 스스로 접었다. 깨지기 쉬운 그릇을 씻듯, 호는 제 본능을 숨기지 않으면서도 라희를 배려해 그녀를 조심스레 대했다. 적어도 라희의 기억 속에, 그런 잠자리는 처음이었다. 일렁이는 그의 눈동자를 떠올리자 라희의 볼이 다시 붉어졌다.

"마마! 기침하셨습니까!"

"아, 네! 들어오지 말아요! 잠깐만!"

김 상궁의 소리에 화들짝 놀란 라희는 허겁지겁 침구를 여러 번 접었다.

***

그날의 한적한 오후, 누각에 앉아 다소 뻐근한 어깨를 제 손으로 주무르던 라희에게 나인 하나가 헐레벌떡 달려왔다. 상궁들은 들어온 어린 나인의 경거망동에 엄한 표정을 지으며 다그쳤다.

"여기가 어디라고 발을 들이느냐!"

"급히 전해야 할 것이 있어서! 무례를 용서해 주십시오, 빈궁마마!"

"무슨 일이에요?"

고개를 갸웃하는 라희의 앞에 꿇어앉은 나인은 떨리는 목소리로 입을 열었다.

"소녀는 중궁전에서 보모상궁님과 함께 세손마마를 돌보다 이번에 일터를 옮기게 된 매향이라 하옵니다! 세손마마를 뵈러 출궁했다가 큰일을 보고, 어디에 고할까 놀라 경황이 없던 차에 동궁으로 달려왔습니다."

"큰일이라니요?"

"제가 세손마마가 계시는 사저에 도착했을 때, 집이 엉망진창이 되어 있었고 보모상궁님과 세손마마는 보이지 않았습니다. 납치되신 것이 분명합니다."

울먹이는 매향의 모습에 라희의 안색이 하얗게 질렸다.

"그게 정말이에요?"

"네 이년! 그런 일이 생겼으면 의금부에 고하여야 할 것을 어찌 동궁으로 왔다는 말이냐?"

"처음에 관청에 찾아갔지만, 세손마마의 처지가 처지이신지라 나서려 하지 않았습니다."

궐 밖으로 쫓겨나 재기의 가능성이 없는 어린 세손이 납치당한 일이라면, 필시 상전들의 무언가가 있었을 것이라 생각한 관리들이 머뭇거린 모양이었다. 상궁의 매서운 물음에 매향이는 겁에 질린 듯 울먹거리고 있었다.

"지금 가봐야겠어요."

"마마! 어찌 그런 위험한 곳에 가신다는 것입니까? 아니되옵니다!"

"김 상궁은 어서 세자저하께 가서 이 사실을 알려주세요. 내가 먼저 출발하고, 저하께서 뒤따르면 저하의 발이 빠르니 적당히 만날 거예요. 얼른 가세요!"

"하오나…! 알겠습니다, 마마!"

지금쯤 임금을 보필하여 정무를 보고 있을 세자에게 빨리 급보를 알리라는 부탁을 한 라희는 상궁 하나, 나인 둘과 함께 빠른 걸음으로 걸었다. 이제 궁을 나와 안전한 곳에서 행복해질 것이라 믿었는데 납치라니. 그 어린아이를! 라희의 심장이 미친 듯 뛰었다.

"어디에 가십니까?"

김 상궁이 황급히 대전을 향해 뛰어가는데, 젊은 내관 두엇이 상궁을 막아섰다.

"급히 세자저하께 소식을 전하라는 빈궁마마의 명이오. 비키시오."

"그렇게는… 아니되겠습니다."

둘 다 이판 김장호의 소개로 궁에 들어온 내관들이었다. 재빨리 김 상궁의 입을 막고 사람이 다니지 않는 수풀로 끌고 간 내관들은 바둥거리는 김 상궁의 얼굴을 더 강하게 수건으로 옥죄었다. 김 상궁의 눈이 힘없이 감기자 그들은 서로 어두운 눈빛을 주고받았다.

한편 김 상궁이 도중에 습격당해 세자에게 소식이 전해지지 않았다는 사실을 모르는 라희는 벌써 궁문을 지나 호가 린이의 거처로 내어준 사저를 향해 걷고 있었다. 장옷을 뒤집어쓴 터라 몇몇의 사람들이 힐끔거리며 쳐다보기는 하였으나 차마 세자빈인 줄은 알지 못했다.

"린아!"

사저를 찾아 들어간 라희는 린이를 찾아 외쳤다. 마당은 매향이의 말대로 흐트러진 집기들로 난리가 나 있었고, 뜯어진 문은 대롱거리며 경첩 하나만 남아 거의 누워 있다시피 했다.

"린아! 있으면 대답해! 린아…!"

"이미 늦었나 봅니다. 어떡합니까!"

망연자실한 표정으로 뻥 뚫린 문을 바라보던 라희는 한숨조차 쉴 수 없었다. 린이의 천진난만한 미소가 아직도 어른거리는 듯했다. 부엌까지 뒤지던 라희가 갑자기 무언가 생각난 듯 나와 매향에게 말을 걸었다.

"매향이라 했죠?"

"예? 네, 맞습니다."

"처음 여기를 발견하고 나서 지금까지 시간이 얼마나 지났나요?"

"아마 한 시진(2시간)은 지난 듯하온데…."

매향의 대답에 라희의 입술이 비틀렸다. 라희가 얼음처럼 찬 목소리로 매향을 노려보며 말했다.

"부엌에 내팽개쳐져 있는 솥에 아직도 온기가 많이 남아 있어요. 뜨끈뜨끈."

"네 이년!"

라희의 말에 라희의 곁을 지키던 상궁이 매향을 노려보며 불벼락처럼 호통을 쳤다. 그러나 매향은 자신의 거짓말이 밝혀졌음에도 안색이 크게 변하지 않았다.

"왜 거짓말을 했죠? 아니, 그쪽은 애초에 이 상황을 보지도 않고 궁으로 달려왔겠죠. 린이가 납치당할 것을 미리 알고서요."

"그냥 속고 계셨다면, 다른 방식으로 모셨을 텐데 아쉽습니다."

매향이 라희의 말을 받아치자, 담 밖에서 검은 옷을 입은 사내들이 나타나 사저 안으로 들이닥쳤다.

"마마! 피하십시오!"

"꺄아아악!"

라희는 함정에 빠졌다는 것을 깨닫고 도망치려 했으나, 그들은 훈련받은 솜씨로 세자빈을 보호하려는 상궁과 나인을 제압하고 기절시켰다. 매향만이 라희를 바라보며 서 있었다. 그녀 역시 이판 김장호가 궁에 들였던 나인이었다.

"린이는 어디 있어요?"

"대단하십니다, 빈궁마마. 이런 상황에서조차 세손마마를 걱정하시다니요."

"곧 저하께서 오실 거예요."

"헛된 믿음이실 듯싶습니다."

길이 없는 상황, 아까와는 달리 승기를 잡은 듯 오만한 매향의 말에 라희는 입술을 깨물었다. 세자에게 린이의 소식이 전해졌다면 지금쯤 거의 도착했을 듯한데, 소란이 없는 것을 보니 아마도 이 무리들에게 김 상궁이 당했을지도 모른다는 생각이 들었다. 상황이 좋지 않게 흘러가고 있었다. 자객 둘이 다가와 라희의 양 팔을 붙들었다.

"날 어디로 데려가려는 거예요?"

매향은 김장호가 궁에 들였던 제 사람들 중 담이 크다며 칭찬받고 총애 받는 아이였다. 씨익 웃으며 매향이 답했다.

"가까운 곳입니다. 수락산."

7
역적 이현

황혼이 드리운 시간, 정무를 마친 호는 동궁으로 향하였다. 많은 내관들과 궁인들이 호의 뒤를 따랐다. 어젯밤 잠을 제대로 자지 못해 피곤했지만, 라희의 달뜬 얼굴을 다시 떠올리자 피가 솟구치는 듯했다. 남녀 간의 운우지정이 이리도 즐거운 일인 줄 몰랐다. 발걸음이 빨라졌다.

"라희의 행방이 묘연하다고?"

어쩔 줄 모르는 표정으로 발을 굴리는 나인들의 말에 호는 안색이 굳어졌다.

"송구하오나… 저하께 소식을 전하신다는 김 상궁님도 돌아오지 않으시고, 궁 밖으로 나갔던 빈궁마마와 한 상궁님, 나인 아이 둘 역시 전혀 소식이 없습니다."

"궁을 나선 지 얼마나 되었느냐?"

"두 시진이 조금 못 되온 듯한데…."

"오늘 김 상궁을 만난 적 없다. 린이의 사저로 간 것이 분명하느냐?"

"그렇사옵니다…."

무언가 일이 벌어지고 있음이 분명했다. 성큼성큼 동궁전의 안으로 들어간 호는 용포를 벗고 사복을 재빨리 갈아입었다. 내관이 눈치를 보며 물었다.

"출궁하려 하십니까?"

"당연한 것 아니냐? 채비를 하라."

갓을 쓴 호는 자신의 애검을 허리춤에 둘렀다. 그의 눈이 서늘하게 빛나고 있었다.

"누구든 내 것을 건드린 것을 후회하게 될 것이다."

채비를 끝내고 동궁을 나서 돌계단을 내려오는 호는 분노에 차 있었다. 그때, 갑자기 달려온 내관 두엇이 호의 앞에 넙죽 고개를 숙이고 헐떡였다.

"저하! 큰일이 났사옵니다!"

"세자, 아니 폐세자 현의 본거지가 발각되어 전하께서 군사들과 급히 출궁하시는 참이옵니다!"

"그게 무슨…."

"수락, 수락이라 하옵니다! 저하께도 채비를 하라는 명이 내려왔습니다!"

불길한 예감이 서늘한 바람처럼 가슴에 스몄다.

***

큰 가마니에 넣어져 수레로 이동당하는 것은 다시는 하고 싶지 않은 경험이었다. 포장되지 않은 흙길은 울퉁불퉁한 돌멩이의 감촉들이 세세히 느껴졌다. 타고 다니는 경차의 승차감이 안 좋아 바꾸려 했었는데, 수레에 비하면 고급 외제차나 다름없는 호사였다.

"으읍!"

입을 틀어막은 천은 제 침으로 축축이 젖어 있었다. 어찌나 세게 동여매었는지 턱관절이 아플 정도였다. 아마 천을 빼면 베게에 눌린 자국과는 비교되지 않을 만큼 진한 자국이 나 있을 것이다.

"대역죄인이 실은 코앞에 있었다니, 지금쯤 조정이 뒤집혔겠군요."

"아마 영상 대감과 이판 대감이, 전하께 현을 잡아들일 것을 청했을 것입니다. 전하께서도 왕권에 대한 강건함을 보이려면 직접 출병하셨겠지요."

"그런데 세자빈을 그냥 죽여도 될 것을 왜 꼭 수락에서…."

"확실한 명분이 필요하신가 봅니다. 어쩌면 장윤 영감도 함께 몰락시키기를 원하실지도…."

매향이와 자객 우두머리의 대화 내용이 알 듯 말 듯 들려왔다. 과연 이들은 누가 보낸 자들일까. 알 수가 없었다. 두세 시간쯤 흘렀을까, 덜컹거리던 수레가 갑자기 멈추었다. 자객들은 바짝 긴장하고 있는 라희를 끌어내 창고 같은 곳으로 거칠게 밀어 넣었다. 자루는 벗겨주었지만, 날도 밤인 데다가 창고 안이 컴컴해 앞이 잘 보이지 않았다.

"잠시만 기다리세요. 위치를 확인하자마자 곧 꺼내 드릴 겁니다."

라희는 매향이의 목소리가 들리는 곳으로 고개를 돌려 그 아이를 노려봤다. 문이 닫히고 걸쇠가 걸리는 듯 둔탁한 소리가 들려왔다.

***

굳은 표정으로 말을 탄 채 자신의 군사들을 이끌고 궁을 나서는 호의 시야에, 익숙한 아이의 모습이 보여 급히 말을 멈추었다. 궁문 앞에서 차마 들어가지는 못하고 린이와 보모상궁이 망설이며 발을 굴리고 있었다.

"린아!"

"세자저하!"

말에서 뛰어내린 호는 린이의 얼굴을 살폈다. 다친 데 없이 멀쩡했다.

"몸은 괜찮느냐? 다친 곳은 없고?"

"예, 숙부님!"

"보모상궁이 말해보아라. 이게 무슨 일이더냐?"

"세자저하! 요새 산세가 좋다길래 마마와 함께 나들이를 다녀왔는데, 방금 전 돌아오니 집안이 난장판이 되어 있고… 궁녀 둘이 죽어 있… 으흐흑!"

아까 동궁의 궁녀들에게 들은 것과 말이 달랐다. 호가 미간을 찌푸리며 물었다.

"무슨 말이냐! 린이가 납치되었다는 말에 빈궁이 출궁을 했다. 혹시, 오늘 나들이를 간다는 것을 미리 알고 있는 자가 있느냐?"

"세손마마가 납치라니요? 이리 계시는데…. 대체 누가!"

"시간이 없다. 어서 떠올려 보거라."

"동궁에서부터 저와 함께 세손마마를 전담하다시피 했던 아이가 있는데…. 종종 들리곤 합니다. 하지만 그 아이가 어찌…."

아까 동궁에서 벌어진 상황을 빈궁 곁에서 지켜 보았던 나인도 그 자리에 함께 있었다. 나인을 한번 쳐다본 호는 다시 보모상궁을 보며 물었다.

"이름이 무엇이더냐, 그 아이."

"매향이라 합니다."

나인이 놀라 눈을 크게 뜨며 호에게 말했다.

"맞습니다! 아까 그 아이가 달려와서 마마께 세손마마께서 납치되셨다고…!"

계획된 함정에 빠진 것이었다. 호는 상황을 정리해보다가 약간의 두통을 느꼈다. 자신이 그 아이의 곁에 오늘 하루만이라도 있었으면 이런 일이 벌어지지 않았을 텐데, 자책감이 들었다. 호는 심복에게 나직이 말했다.

"병욱아."

"예, 저하."

"매향이라는 아이가 궁에 들어오게 된 경위, 그전의 행적, 그 아이에 대한 모든 배후를 즉시 조사해서 내게 알리거라."

"명 받들겠습니다."

병욱은 그림자처럼 빠르게 담을 넘어 사라졌다.

"우리는 수락으로 간다."

"하오나 빈궁마마는 어쩌시고…."

"이 시국에 두 일이 겹친 것은 우연이 아니다. 피 냄새가 난다."

사저의 문을 박차고 나선 호는 단박에 말로 뛰어올랐다. 엉망이 된 마당에 선 린이가 울상이 된 얼굴로 작게 중얼거렸다.

"숙부님…. 꼭 누나를 구해주세요."

***

중전의 연통이 오지 않아 현의 일행은 하룻밤을 더 낡은 민가에서 머물렀다. 어머니라면 진작 연통을 보내셨을 텐데, 도착하지 않은 것이 중간에 무슨 사고가 생겨서인지 알 수 없었다.

"거처를 옮기는 것이 좋겠다. 이곳 역시 발각되었을 가능성이 크다."

"예, 저하."

그때, 먼 풀숲에서 갑자기 바스락거리는 소리가 들렸다. 그것도 한 사람이 몰래 내는 소리가 아닌, 여럿이 이곳을 향하는 소리였다. 타닥 타다닥 하며 억지로 끌려오는 듯한 사람의 발자국 소리 또한 들렸다.

"누구냐!"

현은 검 손잡이에 손을 대며 일어섰다. 한쪽 다리가 부상으로 인해 자유롭지 않았으나 설 수는 있었다. 현의 심복과 일행들 역시 검을 뽑아들었다.

"오래간만이옵니다, 저하."

"너는…."

십수 명의 흑의인들 사이, 홀로 나인복을 입은 매향의 얼굴을 발견한 현은 미간을 찌푸렸다.

"세손마마를 모시던 나인 매향이라 하옵니다."

"네가 이 밤에, 어찌 나를 찾아왔느냐?"

"저하의 은혜를 잊을 수 없어, 선물을 드리러 찾아뵈었습니다."

확실히 린이의 뒤를 따르던, 익숙한 얼굴의 나인이기는 하나 눈을 제대로 마주쳐본 적은 없었다. 그녀의 눈이 어찌하여 적의로 빛나고 있는지는 알 수 없었으나, 그녀의 뒤를 따르는 무인들의 기세가 만만치 않았다.

"너는…!"

무인들의 사이를 가르고 머리와 옷매무새가 엉망이 된 라희가 질질 끌리듯 앞으로 나왔다. 매향은 라희의 팔뚝을 붙잡더니 라희를 앞으로 밀었다.

"이게 무슨! 이 아이를 왜 내게…!"

입이 천으로 막혀 있어, 아무 말 하지 못하고 끙끙대는 라희가 제 품으로 밀려난 것을 받아 중심을 잡으며 현은 당황에 휩싸였다. 그들이 이곳은 어찌 알았으며, 라희는 어찌 잡아왔으며, 무엇보다 그들의 정체는 무엇이란 말인가.

"저하!"

"라희야! 괜찮느냐!"

"네…! 저는 괜찮은데…."

라희의 입을 가린 천을 풀어주자 그녀의 놀란 목소리를 들을 수 있었다. 다시는 들을 수 있을지 몰랐는데, 다시는 볼 수 있을지 몰랐는데. 이 위험천만한 상황에서도 작은 감격이 몰려왔다.

"어찌 된 것이냐?"

"린이가 납치되었다 하여! 그래서 쫓아갔다가 붙잡혔어요. 그런데, 청으로 가지 않고 왜 여기 계세요!"

"린이가?"

그들의 대화가 우스운지 매향은 기분 나쁜 목소리로 깔깔 웃더니 독기 어린 눈으로 현을 노려보았다.

"왜요? 오래간만에 들은 이름인데, 제 자식인지 기억은 나십니까? 저하께서는 전부터 참으로 책임감 없는 사내셨지요."

"네년은 누구길래 이런 짓을 하는 것이냐?"

"칠 년의 세월이 흘렀기에, 제 얼굴도 잊어버리셨더군요. 강아 언니를 기억하십니까?"

동궁에 있을 적 말고 어디에선가 매향의 얼굴을 본 일이 있다고 생각했는데, 그제야 현은 먼 기억 속 어린 소녀 하나를 떠올렸다. 혼례일에 기둥에 숨어 형부의 얼굴을 몰래 훔쳐보던 사내애 같던 여자아이, 그리고 현과 청으로 볼모가 되어 떠나야만 했던 언니를 붙잡으며 가지 말라고 울던 여자아이. 분명 강아의 여동생이었다.

"네가… 네가 어찌!"

드디어 자신을 알아본 듯한 현의 반응에, 매향은 분노 가득한 눈으로 미소 지었다.

"제 손으로 죽인 부인의 여동생을 다시 만나게 되실 줄은 몰랐나 봅니다."

"본… 것이냐?"

매향의 말보다 더 경악할 만한 것은 현의 대답이었다. 라희는 깜짝 놀라 눈을 동그랗게 뜨고, 현에게서 한 걸음 물러섰다. 그의 아내였던 세자빈은 청에서 볼모 생활을 하던 중 병사한 것으로만 알려져 있었다.

"아버지를 조르고 또 졸라, 먼 길을 걸어 청에 언니를 만나러 갔던 그 밤, 경화관의 오동나무 아래서 이미 전하의 손에 숨이 끊어져 축 늘어진 언니를 보고 말았지요. 해산한 지 얼마 되지도 않았을 적인데."

라희는 경악으로 터져 나오는 신음을 막기 위해 양 손으로 입을 막았다.

"…이유가 있었다."

"이유는 무슨! 죄 없는 언니를 죽이고도 행복히 잘 사실 줄 아셨습니까?"

"그래. 그럼 나는 죄가 있더라도, 이 아이는 없다. 라희를 놓아주거라."

"동궁에 소문이 무성했는데 사실이었나 봅니다. 세자가 대군의 처를 연모한다는 것이요. 저하와 빈궁마마께서는 오늘 이곳에서 함께 돌아가시게 될 것입니다."

현은 굳은 얼굴로 검을 뽑고, 라희를 한 팔로 밀어 뒤로 빼내었다. 그리고 낮은 목소리로 심복에게 말했다.

"군사들을 부른 모양이다. 라희를 이곳에서 최대한 멀리 빼내어라."

매향의 손짓에 많은 흑의인들이 촘촘히 포위망을 만들어갔다. 고생해서 데려온 라희인데, 쉽게 이 함정을 빠져나가게 둘 수는 없었다.

"나가셔도 소용없습니다."

흑의인 한 명이 피투성이가 된 사내를 끌고 나왔다. 그는 중전의 연통을 전하던 사자였다.

"원하는 것이 무엇이냐?"

"저하의 죽음입니다."

검을 뽑은 현은 자신을 향해 달려드는 흑의 무인들을 베어 넘겼다. 매향은 싸늘한 얼굴로 흑의인들의 뒤로 사라졌다. 다리가 불편해 움직임은 제한되어 있었지만, 실력이 좋았기에 쉽게 당하지 않았다. 현의 수하들도 혼신의 힘을 다해 그들과 싸웠으나, 수의 차이는 이겨내기 힘들었다.

챙! 챙!

사극 드라마를 볼 때도 이런 피 튀기는 장면이 제일 싫었다. 사람의 살이 베이는 끔찍한 소리와 비명 소리가 들릴 때마다 라희는 몸을 움츠리고 눈을 감았다. 현의 수하가 라희를 이끌고 그들의 포위망을 빠져나가려 했으나, 흑의인들은 둘을 쉽게 보내주지 않았다.

"꺄아아악!"

자신을 보호하며 쏟아지는 공격을 막아주던 사내의 가슴이 검에 베이고 피가 튀었을 때 라희는 얼굴이 파랗게 질려 비명을 지르고 또 지를 뿐이었다. 그가 자신의 죽음을 믿을 수 없다는 눈으로 무너졌다.

"마마께서는 오늘 대역죄인과 몰래 접선하다가 이곳에서 습격을 받아 돌아가신 것입니다. 곧 전하께서 오셔서 상황을 정리하시겠지요."

넘어져 덜덜 떨고 있는 라희의 앞에 매향이 다가왔다. 그녀의 품에서 꺼낸 단검이 달빛에 빛났다.

"라희야!"

뒤늦게 라희의 상황을 발견한 현의 목소리가 귓가에 윙윙거리며 천천히 울렸다. 매향의 단검이 위를 향하고, 다시 라희를 향해 휘둘러지려 할 때, 라희는 눈을 감으며 가슴을 손으로 막는 것 밖에는 할 수 있는 것이 없었다.

챙!

그때, 빠르게 달려 라희의 앞으로 난입하여 매향의 검을 유연하게 쳐낸 이가 있었다. 튕겨 날아간 매향의 단검이 포물선을 그리다 바닥에 꽂혔다. 바람이 불었다. 밤에 나는 향기만으로 알 수 있었다. 검은 도포를 입고 자신을 등진 남자가 살짝 고개를 돌려 라희의 상태를 확인했다. 얼음처럼 찬 검은 눈에는 아찔하리만큼 매서운 분노가 서려 있었다. 호였다.

"주상전하와 세자저하 납시오!"

뒤이어 군사들의 발소리와 외침이 울려 왔다.

간발의 차로 목숨을 구한 라희는 얼빠진 표정으로 주저앉아버렸고, 호의 난입으로 인해 기습에 실패한 매향은 안타까운 표정으로 뒤로 빠지며 흑의인들과 도망쳤다. 그들을 뒤쫓고 싶은 것이 호의 마음이었지만, 라희가 베일 뻔한 통에 그들을 직접 추격할 수는 없었다.

"저하! 괜찮으십니까?"

호의 뒤로 달려오는 장졸들이 있었다. 결국 자신의 동생과 다시 맞닥뜨리게 된 현은 허탈한 표정으로 호를 바라보았다. 둘 사이에 기묘한 기류가 흘렀다.

"주상전하 납시오!"

더 이상 도망칠 곳이 없는 사면초가였다. 현은 으드득 이를 갈았다. 현은 아직도 덜덜 떨고 있는 라희를 잡아 일으켜 세웠다. 힘들게 산길을 올라온 왕의 가마가 멈추었다.

"전하, 소자는 억울하옵니다!"

갑작스러운 현의 외침에 라희는 눈을 크게 떴다. 가마에서 용포를 입은 임금이 내렸다. 그의 표정은 속내를 짐작키 어려웠다.

"현이, 현이가 맞느냐?"

왕은 눈을 가늘게 뜨고 미간을 찌푸렸다. 과연 기억을 잃었다는 세간의 소문이 사실이었나 보다. 현은 호랑이굴에 잡혀도 정신만 차리면 된다는 마음가짐으로 왕에게 호소했다. 그의 낯빛에는 부끄러움이 없었다.

"지금 이 일로 인해, 가장 큰 이득을 본 자가 누구 같습니까?"

"이득이라니! 네 나를 죽이려 들었으면서 그 무슨 소리냐?"

"소자는 어차피 세자로서 가만히 있어도 왕위를 물려받습니다. 하지만 호는 다르지요. 호가 전하를 독살하려 했으나 실패하고, 저를 쫓아낸 뒤 전하를 꼭두각시처럼 휘두르고 있다는 생각은 해 보지 않으셨습니까?"

"끝까지 저를 실망시키시는군요, 형님."

호가 검을 털더니 현에게 다가갔다. 현의 표정에는 일말의 망설임이 없었다. 왕은 다소 혼란스러운 표정이었다.

"전하! 간악한 자에게 속지 말고, 진실을 다시 조사하십시오. 제게 한 점 부끄러움이 있었더라면 먼 곳으로 떠났을 것이나, 마지막으로 저하의 용안을 뵙고 억울함을 호소하고자 떠나지 못했습니다."

라희는 너무도 기가 막혀 웃을 수도 없었다. 현이 건 마지막 수는, '모함'이었다. 왕의 흔들리는 심기를 이용해 호에 대한 의심을 심어주고, 제 자리를 되찾을 가능성을 만드는 것이다. 호는 형의 간계에도 흔들리지 않고 검날을 겨누었다.

"멈추어라."

뒤에서 들리는 왕의 음성에, 호의 얼굴이 굳었다.

"전하. 대역죄인입니다."

"명령이다. 멈추어라."

현의 눈에 작은 광채가 서렸다. 진실로 다시 이 사안을 조사하게 할 생각은 없었다. 현은 소매에 있는 암기를 슬쩍 만졌다. 이 자리에서 아버지를 죽이고, 어떻게든 호와 겨뤄 천운으로 이기게 된다면 청나라까지 가지 않아도 이 나라를 손에 쥘 수 있다. 아직 어둑한 빛과 험한 산세는 이곳의 지리에 능통한 현에게 유리하다.

"전하!"

"비켜서거라! 내 아들을… 안아봐야겠다."

용포를 입은 왕이 발아래 낙엽을 밟으며 친히 현에게 다가갔다. 호가 말리려 했으나 대기를 얼려버릴 듯 차가운 목소리였다. 생전 호를 편애하던 임금이었으나 독으로 생긴 후유증으로 사람이 변해버리기라도 한 것일까. 불안한 예감이 들었다.

"아버님, 소자를 믿어주시는 것이옵니까?"

"그래, 이리 오거라. 현아."

오랜만에 만난 아들의 실체가 대역죄인이든 무엇이든, 심기가 흐려진 임금에게는 별 상관없는 듯 임금은 현을 안았다. 아버지의 어깨와 턱이 느껴지자 현은 입술을 비틀며 손을 살짝 튕겨 소매의 암기를 쥐었다. 한 번, 한 번만 급소를 제대로 찌를 수만 있다면…!

"…!"

그러나 현은 자신의 생각을 실행에 옮길 수 없었다. 복부에서 날카로운 것으로 자신의 내장을 꿰뚫는 엄청난 고통이 느껴져 왔기 때문이다. 아버지의 잔악한 저음이 현의 귓가에 들려왔다.

"드디어 내 손으로 널 죽이게 되는구나. 독사의 자식 같은 놈."

"어, 어째서…!"

아래로 비수를 떨어뜨린 현이 입에서 왈칵 피를 내뿜으며 믿을 수 없다는 눈으로 임금을 쳐다보았다. 아버지의 표정은 기괴했다. 아까의 멍한 표정은 모두 연기였던 듯, 왕의 눈에는 일전에 자신을 보던 벌레 보는 듯한 눈빛보다 더욱 큰 혐오가 담겨 있었다.

"기억을 다 되찾았다."

현은 단검이 배에 꽂힌 채 비틀거리며 뒷걸음질 쳤다. 호와 라희는 기억을 되찾았다는 발언에 놀라서 그 자리에 굳어버렸다. 그들은 임금을 바라볼 뿐이었다.

"네 어미가 내 죽음을 기다릴 때, 옆에서 내가 언제 죽느냐고 재촉하던 네놈의 목소리가 아직도 귀에 생생하다."

"어찌 그것을…?"

"눈을 감는다고, 소리까지 들리지 않는 것은 아니다. 너는 마지막까지 용서를 빌지 않고 거짓된 낯빛으로 나를 속이려 들었으나, 이제 끝났구나."

현의 입에서 계속해서 피가 흘러나왔다. 왕이 현의 급소를 단박에 찌른 덕이었다. 자신의 죽음을 통감한 현의 입술이 비틀렸다.

"아버님이 단 한 번이라도 호를 보는 인자함으로 저를 대해 주었다면 저 역시 이런 길을 택하진 않았을 것입니다."

"네놈은 어릴 적부터 그랬다. 같은 것을 줘도 동생의 것을 빼앗지 못해 안달이었지. 버릇을 고치기 위해 너에게 엄하게 하자 온순한 가면을 쓰고 제 살길을 물색했지만, 네놈의 시선은 늘 남의 것에 향해 있었다."

"아버님의 편애가 저를 이리 만들었다 생각하시지는 않습니까?"

강자에게는 약하고 약자에게는 강하다, 비겁한 소인배적 기질이었다. 왕은 자신의 심약함을 충분히 인정하고 그것을 괴로워하고 있었다. 왕기가 없는 현이 커가면서 자신을 거울처럼 닮아갈수록, 그것이 소름끼치도록 싫었다.

"네놈을 더 보고 싶지 않다."

"제가 원해서 이리 태어난 것이 아니고, 제가 원해서 이런 역심을 품게 된 것이 아닙니다! 당신의 가시 같은 눈길 속에서 살아남기 위해 그랬습니다! 나도! 당신의 아들입니다! 당신의 장자란 말입니다!"

부모도 자식을 선택해서 낳을 수 없지만, 자식도 부모를 선택할 수 없다. 하늘 아래 최고의 신분으로 태어났으나, 현의 삶은 자신의 타고난 기질과 아버지의 냉대 속에 미치도록 불행했던 것이다. 현의 발악을 들으며 라희는 가슴 속 뜨거운 슬픔이 울렁거렸다.

"여기서 나서면 곤란해진다."

아무리 자신의 목숨을 앗아가려 했던 사람이나, 피를 쏟으며 주저앉은 현의 모습에 라희는 그에게 다가가려 했다. 그러나 호가 막고 나직이 속삭였다. 아들의 죽어가는 모습을 무심히 바라보던 왕이 뒤돌아서 가마로 향했다. 기억이 돌아온 사실을 아무도 모르게 숨기다니, 제 자식을 죽이고도 일말의 표정 변화가 없다니 무서운 사람이었다.

"…그래도 가야겠어요."

"라희야, 보는 눈이 많아."

"두렵지 않아요."

왕은 냉정히 가마에 탔고, 라희는 제 손을 잡은 호를 뿌리친 채 현에게 성큼성큼 걸어갔다. 눈물이 뿌옇게 앞을 가렸다. 그가 아무리 밉더라도 이런 모습을 보고 싶지는 않았다. 호는 가족의 비극에 불처럼 끓어오르는 가슴을 진정시키며 제 이마를 짚었다.

"아프죠…. 으흡, 너무 피가 많이 나…."

"나는 너를 죽이려 했었다. 내 죽음을 슬퍼하지 말아라."

"죽지 말아요!"

"호의 집에서 보았던 그자에게 고마워 해야겠구나. 너를 살려두어 마지막이나마 볼 수 있으니. 내게 과분한 죽음이다."

"말하지 말아요! 피가 더 많이 나잖아요!"

"호야."

자신을 부르는 현의 목소리에 호는 원망스런 눈으로 형을 내려다보았다. 가슴이 찢어지는 듯했다. 현의 낯빛은 하얗게 질려 있었다. 죽음이 멀지 않음을 알 수 있었다.

"염치없지만 죽기 전 마지막 부탁을 하마. 전하께서 기억을 찾으셨으니 린이도 죽이려 드실 테다."

"그걸 아시면서 왜 그런 짓을 하셨습니까?"

"그 아이를 죽게 하지 마라. 지켜주어라. 그 애는… 내 핏줄이 아니니까."

"지금 무슨 말씀을 하시는 겁니까!"

죽음 직전의 충격적인 고백에 호는 얼어붙었다. 연경에서 형수는 아들을 낳았고, 그 아이가 린이였다. 린이를 낳은 지 얼마 되지 않아 형수는 죽었고, 향후 조선으로 돌아온 현은 세자에, 린이는 세손에 책봉되었다. 그런데, 린이가 현의 핏줄이 아니라니. 형수가 부정을 하였다는 말인가. 현은 슬피 웃었다.

"내 것이 아닌 것을, 갖고 싶었다. 그러지 말았어야 했는데."

"엉엉… 죽지 말아요, 흑, 흑…."

탄식으로 가득 찬 현의 마지막 한마디, 그리고 그 공허한 눈이 움직임 없이 우는 라희에게 멈추었을 때 그들은 현이 떠났다는 것을 알게 되었다. 가마꾼들이 왕의 가마를 들었다. 호는 비통한 표정으로, 현의 주검을 바라보았다. 왕은 작은 한숨을 내쉬더니 혼잣말을 중얼거렸다.

"다음 생에는 내 아들로… 못난 왕의 아들로 태어나지 말거라."

***

매향은 조금 아쉬움이 남은 표정으로 산채로 향했다. 아까 단검을 쥔 손에 충격을 받아서 한쪽 손이 알싸하게 아파왔다. 산채에는 한 인물이 미리 도착해 기다리고 있었다. 매향은 흑의인들을 밖에 두고 홀로 산채로 들어섰다.

"어떻게 되었습니까?"

"현이 죽었습니다."

놀랍게도 그는 모든 순간 현을 따라다니던 부하 중 하나로 '산'이라 불리우는 자였다. 치켜올라간 눈과 코 옆의 큰 점이 특징인 그는 매향이 라희를 데려오기 전 아무도 모르게 사라졌던 이였다. 매향은 아쉽다는 듯 입을 실룩였다.

"아끼는 사람이 제 눈앞에서 죽는 모습을 보여주고 싶었는데…. 내가 보는 곳에서 그가 내 언니를 죽였듯이요."

"아마 빈궁도 무사하지는 못할 것입니다."

"그렇겠지요. 수락에서 역당과 함께 있었다? 궁에 있을 빈궁이. 전하께서는 기억까지 돌아오셨습니다. 어물쩍 넘어가지는 않으실 겁니다."

산은 오랜 기간 모셔왔던 제 주군을 배신하고도 아무렇지 않은 듯 여유로운 표정이었다.

"그런데 느낌이 좀…."

"무슨 느낌 말씀이십니까?"

어딘가 석연치 않아 보이는 표정의 매향을 보며 산은 싱긋 웃었다.

"먼 길을 와서 그런지 조금 어지럽군요."

"먼 길을 와서가 아닙니다."

"네?"

매향은 시야가 둘로 겹쳐 보이고 머리가 무거워져 휘청거리며 산을 쳐다보았다. 산은 아무렇지 않게 미소 짓고 있었다.

"독향을 피웠습니다. 해독약은 나만 마셨구요."

"어째서…! 이… 판 영감이 가만있지 않을 겁니다. 이 배신자!"

"명령을 따를 뿐입니다. 현을 죽였으니 쓸모없는 패는 폐기하라는."

매향은 더 이상 서 있을 수 없었다. 으득 이를 갈며 바닥으로 풀썩 무너졌고, 킬킬 웃으며 그 광경을 보던 산은 문을 닫고 나갔다. 밖에 기다리던 흑의인 중 하나가 산에게 물었다.

"아무리 그래도 매향 님까지…."

"복수심만큼 강한 도구는 없지."

"…."

산은 오랫동안 현의 곁을 지켰다. 그것이 그가 속한 조직에서 그에게 내린 임무였기 때문이다. 그는 청에서 태어났고, 조선에서 자랐다. 처음 조직에 들어왔을 때, 앳된 모습의 매향을 기억했다. 그녀는 언니의 복수에 대한 독기에 가득 차 있었다.

"죽어도 될 만한 죄는 없다 하지만, 다른 사내와 간통하여 아이까지 낳은 여인인데, 나는 현이 돌아버린 것도 이해가 간다. 만약 매향이가 제 언니의 진실에 대해 알았더라면 우리에게 득 될 것은 없었겠지."

"설마… 그렇다면 세손이 애초에 적통이 아니라는…!"

"애초에 제 언니의 복수를 하러 이판께 몸을 의탁한 아이이니, 죽어도 여한은 없을 것이다."

후환은 없애야 했다. 매향이 세자빈까지 확실하게 처치하지 못했던 것이 내심 아쉽기는 했으나, 김장호 영감의 뜻대로 판이 돌아가는 것은 확실했다. 산은 오랜 시간동안 세자의 곁에서 그의 일거수일투족을 보고해왔던 생활을 끝내고, 제 조직의 일원으로 돌아갔다. 시원섭섭한 느낌이었다.

"하하핫, 아쉽구나."

"무엇이…?"

"매향이 고년, 그래도 얼굴은 반반했는데 죽기 전에 한번 건드려나 볼 것을."

어두운 산 속의 산채, 사내의 기분 나쁜 킬킬거림이 나직이 들려왔다.

***

"흡, 흡…. 으흡…."

현의 주검 앞에서 라희는 파랗게 질려 어깨를 들썩이며 울었다. 사람이 죽은 것을 본 것은 이번이 두 번째였다. 현의 손에 생을 마감했던 정 내관은 가까이 지내지 않아 그 충격이 덜했지만, 현의 죽음은 달랐다.

"형님이… 널 죽이려 했다는 말은 무엇이냐?"

호가 쉰 듯한 목소리로 낮게 물었다. 그가 감정을 자제하고 있는 것이 보였다.

"호가 전하를 모시러 갔던 날, 제가 세자저하를 불렀어요…. 흑, 거사에 방해가 되지 않도록 붙잡고 있으려고요."

"바보 같은!"

"제가 속였다는 것을 안 세자저하가 저를 죽이려 했어요…. 리센이 도와주어서 살았지만요. 흑… 호를 도우려는 마음도 있었지만, 두 분이 싸우는 것이 싫었어요. 형제잖아요!"

이제는 모든 것이 부질없었다. 혼인 후 호와 궁에 첫인사를 드리러 갔을 때, 우연히 현을 마주쳤던 기억이 났다.

'덕분에 웃었구나. 내가 그런 말장난 하나에 동생의 부인까지 죽일 정도로 쪼잔한 사내는 아니니라.'

'그렇죠. 동생분과는 달리 저하께서는 매우 너그러우신 분 같습니다. 형만 한 아우 없다더니, 이건 그릇이 달라도 너무 다르죠.'

현은 박장대소를 하듯 웃었고, 호도 싫은 듯 자신을 노려보면서도 즐거워했다. 언제나 그처럼 즐거운 일만 가득하리라 생각했던 것은 순진한 착각이었을 뿐, 현은 호의 검에 스러지고 모든 관계가 비극의 무대가 되었다.

"그저… 네가 무사해서 다행이다."

소리 내어 우는 라희를 가슴에 안으며 호는 다그치듯 말했다.

"궁이라는 곳은 안개는 자욱한데 발 디딜 곳이 보이지 않아 한 걸음 앞의 낭떠러지를 분간치 못해 실족한다고 조심, 또 조심하라 일렀거늘, 왜 내가 오기도 전에 홀로 린이를 찾아갔느냐?"

"이렇게 올 줄 알았으니까요, 호가."

"일이 복잡해질 거다. 널 모함하려는 자들이 있을 거야."

"두렵지 않아요."

울먹이면서도 라희는 강한 의지를 담아 말했다. 앞길이 뻔히 보이는데도 그녀는 제 스스로 판단해 험한 길을 택한다. 어리석다고 말하기에는 너무도 올곧아 사내대장부에게나 어울리는 길이다. 막막한 심정에 호가 핀잔을 주려는데 라희가 먼저 입을 열었다.

"슬퍼해도 돼요."

"…."

"나를 죽이려 했던 사람이더라도. 함께한 기억이 떠올라 너무 슬퍼요. 그런데 호는 나보다 백배 천배 더 슬프지 않나요?"

라희를 안은 그의 손에 힘이 더 들어갔다. 라희는 울며 말했다.

"울어도 돼요. 이럴 때는… 흑…."

"하…."

호는 피가 날 정도로 강하게 아랫입술을 깨물었다. 눈물에 젖은 그녀의 목소리를 듣자 간신히 자제하던 감정의 파도가 밀려왔다. 조선으로 떠나기 전날 심양에서 현과 함께 별을 보며 나누었던 대화가 떠올랐다.

'호야, 왕은 외로운 자리라던데, 내가 왕이 되더라도 내 곁을 떠나면 안 된다.'

'걱정 마십시오. 저하의 가장 가까운 신하가 되겠습니다.'

그는 종종 호라도 다가가기 힘들 정도로 어둡고 쓸쓸한 표정을 짓고는 했다. 그의 짐을 함께 지려 더욱 가까이 다가갔으면 결과는 달라졌을까. 복잡한 심경과 가슴이 찢어지는 듯한 고통이 명치 부분에서 들끓어 올랐다. 호가 문득 얼굴을 라희의 어깨에 묻었다.

"흑, 흑…."

몸을 들썩이며 울고 있는 라희에게, 어깨가 젖어 오는 축축한 감촉이 느껴졌다. 그가 너무 아파하지 않게 해주세요, 라희는 마음속으로 빌며 울며 또 울었다. 굳은 땅에 비가 내리고 있었다.

***

수락에서 환궁한 임금은 곧장 중궁전으로 향했다. 놀라 몸을 숙이는 중궁전 상궁들과 내관들을 젖히며 문을 차례차례 벌컥 열어젖히며 중전의 침소로 향했다. 그의 눈에는 핏발이 벌겋게 서 있었다.

"…."

문이 굉음을 내며 열리고, 용포를 입은 왕이 들이닥쳤음에도 중전은 미동 없이 다른 곳을 보고 있었다. 왕의 입술이 비틀렸다. 그는 품 안에서 피 묻은 편지를 꺼내 내팽개쳤다.

"되도 않는 연기는 그만하시구려."

중전의 시선이 아주 천천히 바닥의 편지를 향했다. 그것이 무엇인지 알자마자 그녀의 몸이 떨려왔다. 자신의 안위 때문이 아니었다.

"오밤중에 중궁전에서 출발한 심부름꾼이 가지고 있던 것이오."

"…."

"중전이 쓴 편지이지. 현이에게 빠져나갈 길을 알려주고 싶었나 보군."

여전히 시선을 다른 곳으로 돌린 채, 중전은 입술을 깨물었다. 저것이 임금의 손에 들어갔다는 것은 현이 위험해졌다는 것을 의미한다.

"이제 다 소용없소. 현이는 대역죄인이고, 내 손으로 현이를 죽였소."

"…그것이 무슨 말이시옵니까?"

비릿한 왕의 음성에, 그제서야 중전은 눈을 부릅뜨고 자신의 지아비를 노려보았다.

"이제야 정신이 드는 모양이구려. 말 그대로요. 내 손으로 현이를 죽이고 왔소. 검으로 단박에 급소를 찔렀소. 옷에 묻은 피가 보이시오? 현이의 것이오."

"전하…! 거짓말이시지요? 그럴 리가 없습니다! 내 아들, 내 아들이 죽었을 리가 없습니다!"

"모자가 합심하여 아비를 독살하려고도 하는 세상인데, 아비 손으로 아들을 죽였다고 해도 뭐 특별한 일이겠소?"

중전은 온몸을 부들부들 떨며 말을 잇지 못했다. 왕의 모든 기억이 돌아왔음이 분명하다. 그렇다면 현이는…. 순간 앞이 핑 도는 듯했다.

"저도, 저도 죽여주십시오…. 모든 것을 아셨으니, 차라리 저부터 죽이시지!"

"아니, 중전은 살려 둘 것이오."

"살고 싶지 않습니다. 자식을 먼저 보내고 어찌…. 아아악!"

먼 나라에 보내더라도, 한 하늘 아래 살아있다는 것만으로도 위안을 얻으려 했다. 그러나 그조차 욕심이었을까, 중전은 제 아들이 죽었다는 사실을 인정하고 싶지 않았다. 가슴이 난도질 당하듯 아파 비명을 질렀다.

"사는 것이 중전에게 내리는 벌이오."

"전하를 저주합니다! 내 아들…! 내 아들을 돌려줘!"

"중전의 지아비이자, 이 나라의 지존인 나를 배신한 대가이니, 자업자득이오."

"아아악! 아아아악!"

눈물을 쏟으며 괴성을 부르짖는 중전을 두고 돌아선 임금은 뒤따르던 내관들에게 명을 내렸다.

"앞으로 중전의 일거수일투족을 감시하여 스스로 제 몸을 해하지 못하게 하라."

"명 받들겠습니다."

인간이 느낄 수 있는 가장 고통스러운 감정이 제 자식을 잃은 어미의 고통이라고 한다. 현에 대한 중전의 애정을 알기에, 임금은 자기가 내릴 수 있는 가장 중한 벌을 그녀에게 내렸다. 한때 총애했던 자신의 왕비가 가슴을 치며 부르짖고 있었지만, 임금은 무언가 마비되기라도 한 듯, 눈가가 조금 따끔거리는 것을 제외하고는 아무런 감정도 느껴지지 않았다.

"이제 누가 남았을까?"

그의 퀭한 눈두덩이는 병든 자처럼 어두웠다.

"그래…. 후환은 남기지 않는 것이 좋다."

자신의 유약한 모습을 빼닮은 현을 왕은 유독 싫어했다. 특히나 제 아비에게 삼두구배의 치욕을 안겼던 청 오랑캐들에게 우호적이던 현을 그는 견제하고 미워했다. 왕재가 아니라는 것은 알고 있었지만, 아무리 그래도 제 어미와 음모를 꾸며 왕의 목숨을 노리리라고는 생각하지 않았었다.

'제가 원해서 이리 태어난 것이 아니고, 제가 원해서 이런 역심을 품게 된 것이 아닙니다! 당신의 가시 같은 눈길 속에서 살아남기 위해 그랬습니다! 나도! 당신의 아들입니다! 당신의 장자란 말입니다!'

피 흘리며 한 자 한 자 또박또박 내뱉던 현의 얼굴이 생생했다. 어디서부터 왕실의 이 비극이 시작된 것인지는 알 수 없었으나, 고치거나 무마하기에는 이미 늦었다. 왕은 어두운 표정으로 무거운 발걸음을 옮겼다.

"세손…. 린이는 어디에 머물고 있느냐?"

동이 틀 듯 하면서도, 두터운 구름 때문인지 하늘이 밝아지지 않았다.

***

어슴푸레하게 서서히 밝아 오는 새벽, 라희를 앞에 태운 호가 라희를 감싸며 뒤에 앉아 고삐를 잡고 있었다. 라희의 눈은 퉁퉁 부어 있고, 호의 표정 역시 참담하기 그지없었다.

"시신은… 어떻게 되는 건가요?"

"예우는 기대하기 힘들 것이다. 대역죄인이니까."

"대역죄인…."

너무도 무겁고 무서운 말이다. 이 시대에서 가장 큰 중죄인 대역죄를 현이 범했다는 것은 인정하나, 그래도 그가 그렇게 제 아버지한테 죽임당할 정도로 잘못했다고 생각하진 않았다. 죽을죄가 세상 어디에 있는가. 그러나 사형제도가 폐지된 현대와 조선시대는 다르다.

"린이를 지켜달라는 유언은… 뭔가요?"

"대역죄인의 자식은 살아남을 수 없다."

"그게 무슨!"

"삼족을 멸할 죄이나, 그 삼족에 아버지와 나도 포함되니 그럴 수는 없지."

"지금 농담할 때예요?"

"적어도 린이는 죽이려 드실 게다."

한가롭게 들을 말장난이 아니었다. 린이의 목숨도 경각에 달렸다는 호의 말에 라희는 몸을 떨었다. 현의 죽음이 다시 떠올랐다.

"안 돼요. 그럴 수는 없어요, 절대! 그 어린애를…!"

"조선 땅에서 전하의 뜻대로 되지 않는 것은 없다."

끔찍하도록 차가운 말에 라희의 말문이 막혔다. 린이의 천진난만한 미소가 생생한데, 그 아이가 현처럼 죽임당하는 것을 두고 볼 수는 없었다.

"지킬 거예요. 내 목숨과 바꿔서라도."

"네 목숨은 내 것이고 그 무엇과도 안 바꾼다."

"말리지 말아요."

"이미 손을 써뒀다. 그러니 네 목숨까지 내놓을 필요 없다는 말이다."

"손이라면…."

호가 한숨을 내쉬었다. 심복을 급히 보낸 터였다. 아버지보다 빠르게 린이에게 닿았을 것이다.

"병욱을 보내 린이를 빼돌리라 했다. 새로운 거처로 그 아이를 숨길 생각이다."

꽉 막혔던 가슴에 숨통이 트이는 듯했다. 라희는 그제서야 안도의 한숨을 내쉬었다.

"진작 말해주지. 나 정말 심장이 내려앉는 줄 알았단 말이에요…. 고마워요."

"뭐가?"

"린이를 구해줘서요."

"잊고 있는 모양인데 린이는 내 조카다. 네가 고마워 할 필요 없어."

무뚝뚝한 듯 다정한 그의 목소리에 라희는 슬피 미소 지었다. 이 비극 속에서도, 한 생명을 지킬 수 있다는 것이 다행이었다.

"린이를 보호하고 있다는 것이 새어나가서는 안 된다. 대역죄인의 아들은 대역죄인과도 같고, 그 아이를 숨겨주는 것은 내 자리는 물론… 너를 위태롭게 할 수도 있다."

"미치지 않는 이상 말할 생각도 없고, 난 하나도 두렵지 않아요."

"그게 문제다. 넌 왜 겁이 없는 것이냐?"

"그쪽을, 호를 믿으니까요. 아까도 날 멋지게 구해줬잖아요."

다소 철없어 보이는 라희의 말에 호는 한숨을 내쉬며 라희를 제 품 안으로 더 꽉 끌어안았다. 조금만 늦게 도착했어도 그녀를 잃을 수 있었다는 것이 아찔했다.

"다시는 무모한 짓 하지 말아라."

맹랑하고 건방졌던 작은 소녀의 존재감은 이제 호에게 세상 그 자체였다. 무엇과도 바꿀 수 없었고, 바꾸지도 않을 것이다. 그것이 제 목숨일지라도.

***

참으로 오래간만에 열리는 어전회의였다. 현의 목숨을 왕이 손수 거두었다는 급보가 전해진 터라 분위기는 살얼음판과도 같았다. 옥좌에 임금이 앉아 있었고 좌우로 신하들이 정렬해 있었으며, 왕과 가장 가까운 우측 자리에는 세자의 복식을 한 호가 서서 자리해 있었다.

"용모파기를 다시 붙이려 하는데 공들은 어찌 생각하오?"

왕의 말에 신하들이 침을 꿀꺽 삼켰다.

"세손 린이 말이오. 역도의 자손을 살려 둘 수는 없지 않겠소? 그놈을 잡아오라 명했건만, 맹랑하게도 이미 줄행랑을 친 후였소."

"지당하신 말씀이옵니다. 하오나 전하, 그보다 앞서 중전마마의 일을…."

"불문에 붙이오."

영상의 말이 끝나기도 전에 왕은 단칼에 잘라버렸다. 독살 시도 사건이 있기 전, 다소 유순했던 임금의 성정은 기억을 되찾은 후에는 극도록 날카로워진 듯했다.

"중전의 일은 불문에 붙이오. 어명이오. 중전의 일을 입에 다시 담는 자는 임금의 명을 가벼이 여기는 자로 간주하겠소."

"명 받들겠습니다, 전하."

영상과 이판은 눈빛을 주고받았다. 어차피 중전은 별 볼일 없는, 이리 버려지든 저리 쓰이든 상관없는 패였다. 작게 헛기침을 한 이판이 입을 열었다.

"하오나 전하, 빈궁마마에 대한 일은 그냥 넘어가시면 아니 되옵니다."

"세자빈 말이오?"

"그렇사옵니다. 빈궁마마께서는 역적 이현과 내통하여 수락에 간 정황이 포착되었습니다."

"가당치 않은 말입니다."

호가 아득 이를 갈 듯 분노에 찬 말투로 그의 말을 끊었다.

"어제는 함정에 빠졌을 뿐입니다. 이판께서는 전하의 환궁에 그 아이가 가장 큰 공을 세웠다는 것을 모르고 계시오? 그 아이가 역적과 작당하였다면, 어찌 재기를 발휘하여 전하를 도왔겠습니까?"

"맞는 말이다."

호의 말을 임금이 거들었다. 신하로서 듣고만 있던 장윤이 안도의 한숨을 내쉬었다. 딸아이가 죽을 뻔한 소식에, 시집보낸 것을 후회했는데 든든히 나서는 사위를 보니 안심이 되었다. 그러나 이판은 포기하지 않았다.

"빈궁마마께서 죽어가는 이현을 붙잡고 통곡하였다는 사실이 이미 군사들과 백성들에게 알려졌습니다. 과거의 공이 있다 하더라도 이 나라의 세자빈으로서 매우 바람직하지 못한 일입니다."

"그 또한 맞는 말이다."

"전하! 빈궁은 왕실의 일원이었던 이현을, 그가 제 가족이었기 때문에 동정하였을 뿐입니다. 그렇게 치자면 이현에게 형제애를 버리지 못했던 저 또한 세자로서 바람직하지 못합니다."

왕의 애매한 태도를 사이에 두고 이판과 호가 치열하게 맞붙었다. 영상이 심려 깊은 표정으로 중재하듯 입을 열었으나, 나오는 말은 명백히 치우쳐 있었다.

"전하 송구하오나 빈궁마마께서는 이전부터 이현과 입에 담을 수 없는 망측한 소문이 나돈 바가 있습니다. 간밤의 일이 함정이다 하더라도 수락까지 가신 이상 역적과의 관계에 대해 조금 더 조사할 필요가 있습니다."

"관계라니, 영상 대감께서는 말씀을 조심하십시오!"

"일리가 있는 말이다."

"전하!"

왕의 대답에 호가 분노어린 눈으로 차갑게 굳어 제 아비를 바라보았다.

"그러실 수는 없습니다."

"그럴 수는 없다니, 너도 현이처럼 왕 노릇을 하고 싶은 것이냐?"

"전하! 소자와 그 아이는 목숨을 내놓고 전하를 지켜드렸습니다."

"그 일과는 별개로, 빈궁은 대역죄인과 함께 있다가 대역죄인을 붙잡고 서럽게 울었다. 조사하여야 할 필요가 있다."

영상의 졸개들이 꼬리를 붙들고 넘어질 줄 알았다. 어제 라희를 온몸으로 막아서라도 말렸어야 할 것이 후회되었다. 호는 냉기가 흐르는 얼굴로 영상을 보며 대답했다.

"굳이 제 빈을 추궁하시겠다면, 저도 함께 조사를 받겠습니다."

"세자!"

왕이 다소 노한 목소리로 호를 다그쳤다. 영상은 일이 생각대로 풀리지 않는 느낌에 미간을 찌푸렸다. 노려야 할 것은 세자빈 하나인데, 호는 호락호락하게 제 것을 내어줄 생각이 없었다.

"그리고 만일 제 빈에게 죄가 있다면 지아비로서 그 아이를 단속하지 않은 책임이 막중하오니 세자의 자리를 내놓겠습니다."

"…!"

좌중의 시선이 모두 호에게 쏠렸다. 왕조차 말문이 막혀 미간에 깊은 주름을 만들고 자신의 아들을 쏘아볼 뿐이었다. 이판은 머리가 아파왔다. 당초의 계획은 세자빈을 내치고 제 양녀인 난영을 새 세자빈으로 앉히는 것인데, 세자가 저리 나오면 곤란해진다. 세자빈의 조사를 청하는 보람이 없는 것이다.

***

늦은 시간 동궁으로 돌아온 호는 다소 피로한 표정이었으나, 큰 눈을 똘망히 뜨고 안절부절못하며 자신을 바라보는 라희를 보자 피로가 모두 가시는 듯 그녀를 덥석 안았다. 익숙한 풍경에 내관과 상궁들이 헛기침을 하며 자리를 비켜 주었다.

"날이 추워요. 들어가요."

"잠시만 이대로 있자."

그의 가슴에 파묻히다시피 한 라희는 못 말린다는 듯 미소 지었다. 다시 이런 사랑을 하게 될지 몰랐고, 이런 과분한 사랑을 받게 될지도 몰랐다. 호는 그녀의 머리를 쓰다듬으며 눈을 감았다.

"다행이다."

"뭐가요?"

기억을 되찾은 뒤 다소 심기가 날카로워진 왕이었으나, 호에 대한 신뢰와 애정은 변하지 않았다. 어전회의에서 호가 자신의 세자 자리를 건 행동은 크게 질책을 받았으나, 덕분에 아버지와 이판이 한 발 물러섰다. 호는 나직한 목소리로 말을 이었다.

"오늘도 너를 지킬 수 있어서."

그의 진심이 따스한 숨결처럼 라희의 가슴에 와닿았다. 라희는 그에게 더욱 폭 안겼다.

***

이판 김장호의 집, 그는 사랑채에서 양녀 난영과 독대하고 있었다. 일이 잘 풀리지 않아서인지 김장호의 표정은 짜증스러웠다.

"세자가 완강해서 영 어렵게 되어가는구나."

"빈궁께서 매우 총애받고 계시나 봅니다."

"명분은 충분하나, 끌어내릴 틈을 벌려면 시간이 걸릴 것 같다."

"저도 움직이겠습니다."

난영의 말에 김장호는 미간을 찌푸리며 딸을 쳐다보았다.

"그게 무슨 말이냐?"

"보고만 있는 것은 성미에 맞지 않아서요. 또한…."

여우상의 눈꼬리를 가진 난영의 미소에는 묘한 색기가 피어올랐다.

"연모하는 여인을 지키기 위해 세자의 자리까지 내놓는 사내라, 얼마나 박력 있는 분일지 큰 기대가 됩니다."

"허허, 내 비록 너의 과거는 모르나 조심하는 것이 좋을 거다."

"조심, 또 조심해야지요. 조선을 제 치마폭에 담는 일인데 심혈을 기울여야 하지 않겠습니까?"

요부처럼 웃는 난영의 모습에 김장호는 고개를 절레절레 저었다. 양녀로 들이기 전 난영의 과거는 자세히 알지 못하나, 기방에서 자란 아이이며 친왕의 조직에서 특수한 훈련을 받았다는 대략 정인 정보는 알고 있었다. 화려한 미색의 겉은 꽃 같으나 속은 독사 같은 아이였다.

"대감!"

밖에서 하인의 부름이 들려 왔다.

"무슨 일이냐?"

"대사의 리셴 상단주께서 초대에 응하셨습니다."

"알았다."

난영은 미소를 거두고 의아한 눈빛으로 이판을 바라보았다.

"대사의 상단주라니, 독대하실 생각이십니까?"

"그렇다. 청에서도 규모가 큰 상단인데, 이번에 세자저하를 도우며 조선에서의 입지가 어지간한 토착 상인들과는 비교되지 않게 커졌다. 친분을 잘 맺어 두면 향후 내 계획에도 도움이 될 만한 사람이야."

"아까 대감께서 제게 하셨던 말 돌려드리지요. 조심하십시오."

"그자를 아느냐?"

난영은 이판의 물음에 잠시 뜸을 들이더니 대답했다.

"글쎄요. 대감과의 계약에 없던 기밀은 말씀드릴 수 없지만 작은 단서를 드리겠습니다. 명의 시대를 넘어 청에서도 열 손가락 안에 손꼽히는 상단 이름이 큰 뱀이라니, 웃기지 않습니까?"

"상단의 이름으로 어울리지는 않지. 뱀은 교활함을 떠올리게 하니 말이다."

"본디 대사는 상단이 아니었으며, 지금도 드러난 것과는 달리 주로 거래하는 품목은 다소 비밀스러운 것이지요."

"상단이 아니라니…."

그와 마주쳤을 때 난영은 리셴을 보았으나, 리셴은 난영에게 시선을 주지 않았다. 임무를 수행하다 우연히 마주친 그에게서 난영은 본능적으로 느꼈다. 이자는 매우 위험하다. 선배 조직원은 대사에 대해 이야기해 주었고, 난영의 궁금증이 풀렸다.

"전하께서 독에 당하실 뻔했을 때, 그 독의 출처가 어디일 것 같습니까? 왜 어의는 하지 못하는데 대사의 의원이 궁에 드나들며 전하를 치료할 수 있었을까요?"

"설마 대사란 말이냐?"

"그들은 독뿐 아니라 많은 것을 다루지요. 보이지 않는 암투와, 잘 보이는 전쟁에서 승리하려는 자들을 위해 말입니다."

"오히려 더 흥미가 생기는 군. 내 편으로 만들면 좋을 일이 아니냐."

이판의 반응에 난영은 몰래 코웃음을 쳤다. 헛된 꿈에 젖어 있는 망상가를 이용하기란 참으로 쉬운 일이다.

"좋은 자리 보내십시오. 대감과 뜻이 통할 자인지는 모르겠습니다."

난영은 알고 있었다. 대사의 상단주 리셴은 교활한 자였다. 분명 중전의 손에 들어갈 것임이, 그것이 왕에게 사용될 것임을 알았음에도 리셴은 독을 팔았다. 대사는 언제나 사용할 곳을 확인하고 독을 판다. 친왕이 리셴과 거래하는 것을 본 적 있었다. 그는 제가 판 독을 이용해 왕과 세자의 신임을 함께 얻었다. 무서운 자였다.

"그래, 들어가보거라."

"예, 대감."

대사의 주인은 조선을 부채질하기를 원할 것이다. 승산이 있든

없든, 그들은 더 많은 피를 보고 더 많은 전쟁이 일어나야 이득인 자들이다. 친왕 또한 대사를 경계하고 있었으나, 뿌리가 깊고 견고해 파악하기 힘든 조직이었다.

'우선 이판과 리센이 접선한다는 것을 보고해야겠구나.'

난영은 사랑채를 나섰다. 이후의 판단은 자신의 몫이 아니었다. 난영의 임무는 남중일색이라 알려진 잘난 세자를 제 사내로 만드는 일뿐이었다.

***

날은 점점 추워지고 물들었던 낙엽들도 말라 떨어진다. 빡빡하고 재미없는 일정이 끝나고 나면 호가 동궁에 돌아오기까지 멍하니 후원을 거닐며 산책이나 하는 것이 라희의 일과가 되었다.

"혼자 걷고 싶어요."

"하오나 마마…."

"화장실 앞까지 따라오니 스트레스 받아 죽을 것 같아요! 법도니 예절이니 그런 말 그만 하시구. 이거, 이것도 얼른 벗겨줘요. 목 부러져 죽을 것 같으니."

"스트레라는 것이… 무엇이옵니까, 마마?"

상궁이 무슨 죄가 있으랴. 그러나 라희는 요새 폭발 직전이었다. 여자는 사랑을 먹고 산다는 말은 고리타분한 옛말이다. 현대 여성 라희에게는 호의 배터지는 사랑 말고도 할 일이나 오락거리가 필요했다. 이렇게 묵직한 가채를 매일 머리에 두르고 하루 종일 고고히 갇혀 있는 생활이 쉬울 리가 없다.

"반 시진 안에 돌아올게요. 어차피 여기야 박 상궁 손바닥 안인데, 내가 어딜 가겠어요?"

박 상궁은 못 이긴다는 듯 한숨을 내쉬더니, 순순히 가채를 벗겨 주었다.

"반 시진이옵니다. 마마."

"콜!"

올려 맨 머리를 풀어버리며 라희는 작게 조성된 동궁의 후원으로 들어갔다. 왕복으로 걸어 돌아와도 10분이 되지 않을, 크지 않은 공간이지만 나무와 풀이 우거져 있어 혼자 있기 좋은 장소였다. 실외라 그리 답답하지도 않고 말이다.

"미안해요, 김 상궁. 내가 해 줄 수 있는 게 이거밖에 없어서."

몇십 보 걷자, 라희가 작게 만들어둔 무덤이 있었고 호에게 부탁해 받아온 위패가 있었다. 라희는 손을 모으고 눈을 감으며 잠시나마 명복을 빌었다. 얼마 전 호에게 린이 납치당했다는 급보를 전하러 갔다가, 시신으로 발견된 김 상궁의 것이었다. 린이의 집에 찾아갔을 때 죽임당한 나인들은 가족들이 살아 있어 시신을 인계할 수 있었으나 김 상궁은 사고무탁이라 궁에서 화장을 했다.

"그날 내가 좀 더 영리했더라면 죄 없는 김 상궁이 이렇게 되지는 않았을 텐데…."

후회해도 소용없는 일이었다. 몇의 목숨이 스러지고 라희는 한

동안 죄책감에 시달렸으나 그런다고 죽은 사람들이 살아 돌아오지는 않는다.

'그들이 누구인지는 몰라도 왜 나를 납치하려 했는지 알아내겠어요. 나를 현과 엮어서 얻는 이득이 무엇인지, 나를 죽이려 한 이유가 무엇인지도!'

조사를 시작한 지 시간이 조금 흘렀지만 가닥은 쉽게 잡히지 않았다. 매향과 내관 둘은 흔적도 없이 사라져버렸고, 그들에 대한 기록은 이미 말소되어 있었다. 들꽃을 바라보며 생각에 빠져 있는 라희의 뒤에서, 갑작스런 인기척이 느껴졌다.

"머리를 내린 것도 예쁜데? 빈궁마마."

"리센?"

"세자저하를 보러 동궁에 들렀다가, 저하가 없다고 해서 후원이나 보고 있었는데 이거 횡재인걸? 아니면… 운명 같은 건가?"

훤칠한 키와 이국적인 얼굴, 옅은 머리칼, 붉은 눈. 한 번 보면 절대 잊을 수 없는 자이다. 흑색 의복을 입은 리센이 쭈그려 앉아 있는 라희에게 손을 내밀었다.

"그렇게 앉으면 몸에 안 좋아. 기가 잘 돌지 않는다구."

라희는 순순히 리센의 손을 잡았다. 그리고 그의 끌어당기는 힘에 몸을 맡겨 쉽게 자리에서 일어났다. 리센이 아직도 라희의 손을 잡고 있었다. 그의 강렬한 눈은 보면 볼수록 빨려들 듯해 시선을 피하게 된다.

"그 손, 놓는 것이 좋을 것이다."

하필 이런 타이밍에 갑작스레 들리는 호의 목소리에 라희는 놀라 움찔했다. 리센은 여전히 여유로운 표정으로 라희의 손을 붙들고 있었다.

"…!"

전광석화의 속도로 걸어온 호가 차가운 눈길로 리센을 보더니 라희의 손을 제 것인 마냥 강하게 빼내었다.

"오해에요. 쭈그려있는 날 일으켜 세워 준 거 뿐이라구요."

"지아비가 있는 여인의 손을 잡는 것은 조선은 물론 청의 법도에도 어긋날 텐데?"

라희도, 호도 이 상황에 대해 기시감을 느꼈다. 일이 벌어지기 전, 저잣거리에서 라희의 손목을 잡은 현에게 호는 적대적으로 대한 바 있었다. 리센이 문득 현으로 겹쳐 보이며 호의 신경이 더 날카로워졌다. 살기까지 느껴지는 분위기에도 리센은 재미있다는 듯 풋 웃음을 터뜨렸다.

"그렇게 잡아 죽일 것처럼 볼 필요는 없잖아, 세자저하. 내 손 좀 잡았다고 빈궁마마 손이 닳는 것도 아닌데."

"손님으로 왔으면 가만히 기다릴 것이지, 왜 허락도 없이 돌아다니는 거냐?"

"초대해놓고 집주인이 코빼기도 안 보이는데, 심심하잖아. 조선의 법도는 손님을 나 몰라라 하기야?"

"이래서 혓바닥 긴 장사치들은 상대하기 피곤해."

처음에는 이상한 오해로 흐르는가 했더니 유치한 언쟁으로 흘러가자 라희는 한숨을 내쉬며 그들을 막았다.

"둘 다 그만 좀 해요. 남 보기 부끄러워요."

"앞으로는 차라리 땅을 짚고 일어서거라."

"에휴, 알았어요. 하여간…."

호는 여전히 못마땅한 표정이었다. 라희가 여느 여인들과 다르다는 것은 잘 알고 있었으나 다른 남자들과 지나치게 스스럼 없이 어울리는 것을 볼 때면 가슴속에서 불쾌한 감정이 꿈틀거렸다.

"라희는, 아니 빈궁은 들어가고, 너, 아니 자네는 나와 이야기 좀 하지."

"동궁에서 귀한 차 한 잔 얻어먹으려 했는데, 여긴 좀 그러지 않아?"

"차를 내줄 생각이 사라졌다."

"차 한 잔 정도의 가치는 있는 정보를 가져왔는데?"

리셴의 말에 호의 눈썹이 꿈틀거렸다. 심상치 않은 분위기를 느낀 라희가 말했다.

"그럼 저는 먼저 들어갈게요. 이야기 천천히 하세요."

머리를 귀 뒤로 넘긴 라희가 종종 사라지는 모습을 호가 바라보았다. 그의 눈빛을 리셴은 흥미롭게 지켜보고 있었다. 라희가 후원을 나서자 호가 차갑게 말했다.

"누각으로 가자. 다과를 준비했다."

"좋아."

"병욱아."

호가 심복을 부르자 기척 없이 숨어 있던 그가 움직여 모습을 드러냈다. 그의 실력에 리셴은 살짝 놀랐지만 내색하지 않았다. 호가 명령했다.

"듣는 귀가 없도록 주변을 잘 감시하거라."

"명 받들겠습니다."

병욱은 나타났을 때와 마찬가지로 기척 없이 사라졌다. 그들은 후원 가까운 누각으로 향했다. 차는 식지 않고 뜨거운 채 찻주전자에 담겨 다과상에 올라가 있었다. 내관들과 상궁들은 모두 물러난 이후였다.

"수락의 산채에서 여자의 시체를 찾았어. 세자저하가 내게 주었던 매향이라는 여자의 초상과 일치하더라구."

"그 여자 역시 도구였을 뿐인가…. 친왕이 왜 형을 아버지께 던져주었는지 이유를 모르겠다."

"세자저하도 알고 있었어? 도르곤이 뒤에서 움직이고 있었다는 사실을?"

도르곤은 예닐곱 살밖에 되지 않은 청 황제를 실질적으로 지배하고 있는 섭정왕이자, 전에 현과 호가 볼모로 있을 적 현과 벗이 되었던 자였다. 현과 동년배에 뜻이 잘 맞아 친분을 유지하다가 형수가 죽은 이후로 그들이 다시 만나는 것을 본 적 없었고, 현과 호는 다시 조선에 돌아왔다.

"이제 쓸모없는 패라서? 아니면 다른 이유가 있을까?"

"모르겠다."

"그런데 세손, 아니 전 세손마마는 어디 모셔다 두었어?"

"그건 알 필요 없다."

"이렇게 아군을 믿지 못해서야. 내게 말하고 말고는 세자저하 자유지만 남들에게는 들키지 않는 게 좋을 거야."

당연한 이야기이다. 아무리 조카라 하더라도 모반죄로 죽임당한 현의 아들인데 린을 숨겨주었다는 사실이 밝혀지면 세자의 입지가 위태로워진다.

"충고 잘 듣도록 하지. 그럼 이제 차 값을 내놔."

"성미도 급하다니까. 사실 아까 이판 김장호 영감을 만나고 왔어."

"그자를?"

"그릇에 비해 욕심이 큰 자더군. 그래봤자 잔챙이지만."

"영상의 사람이지."

김장호는 만나는 내내 제 자랑과 포부에 대해 이야기하며 자신과 거래를 하자고 요구했고 리션은 그가 기분 나쁘지는 않을 만한 모호한 대답을 남기고 그의 집을 나섰다. 그것은 확실한 승낙도 거절도 아니었다. 그리고 그의 집에서 익숙한 냄새가 나는 자들을 목격했다.

"그리고 친왕의 사람이기도 해."

"그게 무슨 말이지?"

"현을 전하께 넘겨 죽이고, 빈궁마마를 현과 함께 죽이려던 그들은 친왕 도르곤의 그림자가 맞아. 그리고 그들이 김장호에게 끈을 대고 기거하고 있어."

"웃기는 일이군. 반청파의 주축이 청 친왕의 허수아비라니."

어전회의에서 라희의 조사를 주청했던 김장호가 떠올랐다. 세자의 자리는 언제든 물어뜯길 준비가 되어 있어야 했으나, 호에게는 털끝만큼도 침범을 허용하지 말아야 할 소중한 제 것이 있었다.

"값은 두둑이 받았다."

"뭐, 빈궁마마 같은 미인이 위기에 처하는 것은 나도 원하지 않거든. 곁에 있을 때 잘 지키는 게 좋을 거야. 도르곤에게 끈을 대고 있는 김장호가 빈궁마마를 없애려 하는 건 분명하니까."

"네 걱정 따위는 필요 없는 일이다."

"세자저하는 말투가 참 예뻐."

둘의 시선에 강한 스파크가 일었다. 호가 모든 것을 얼려버릴 것 같은 얼음이라면, 리센은 세상을 태워버릴 잠재력을 가진 불꽃이었다. 극단적으로 다른 성향이었으나, 리센은 호에게 정보를 제공하는 것을 후회하지 않았다. 그의 계산법으로 호에게 줄 것보다 얻을 것이 더 많았기 때문이다. 싱긋 웃으며 뒤돌아서는 리센의 귀에 호의 한 마디가 꽂혔다.

"네 도움은 고맙게 받겠지만, 넘보지 말아야 할 것을 넘보는 일이 없었으면 좋겠다."

리센의 입꼬리가 올라갔다. 역시 간파하고 있었던 것인가. 호가 말을 이었다. 서늘하고 낮은 음색이지만 또렷히 귀 속으로 들어왔다.

"가령 운명을 가장한, 우연 같은 만남이라든지."

비릿한 웃음을 띤 채 리센은 다시 걷기 시작했다. 심히 갖고 싶은 물건은 아무리 포기하려 해도 쉽게 머리에서 잊히지 않는다.

〈2권에서 계속〉